Ingrid Werner (Hrsg.) • Mordsmäßig Münchnerisch 3

Ingrid Werner (Hrsg.)

Mordsmäßig Münchnerisch 3

20 Stadtteilkrimis & 20 Rezepte

HIRSCHKÄFER
verlag

Handlung und Personen sind frei erfunden. Jede Ähnlichkeit mit tatsächlichen Ereignissen, lebenden oder toten Personen wäre rein zufällig.

1. Auflage, März 2021
Cover und grafische Gestaltung von Hirschkäfer Design/Coriander P.
Coverfoto: Martin Arz
gedruckt in der EU

© für die einzelnen Texte liegt bei den jeweiligen Autoren
© Hirschkäfer Verlag, München 2021
Alle Rechte vorbehalten. Das Werk einschließlich seiner Teile ist urheberrechtlich geschützt. Jede Verwendung außerhalb der engen Grenzen des Urheberrechts ist ohne Zustimmung des Verlags unzulässig und strafbar. Das gilt insbesondere für Vervielfältigungen, Übersetzungen, Mikroverfilmungen und die Verarbeitung in elektronischen Systemen.

ISBN 978-3-940839-74-9

Besuchen Sie uns im Internet:
www.hirschkäfer-verlag.de

Mit Liebe gemacht.

Seite	Stadtteil	Autor / Titel
6	*ALTSTADT*	Ursula Hahnenberg – Gloria boxt sich durch
17	*HAIDHAUSEN*	Beatrix Mannel – Salz
30	*NEUHAUSEN*	Thomas Kastura – Wilderer
41	*LEHEL*	Heidi Rehn – 1 675 Tage und in Ewigkeit
49	*SCHWABING*	Ingrid Werner – Bullet Man
59	*AUBING*	Manuela Obermeier – Einmal Bruni, immer Bruni
70	*RAMERSDORF*	Sabine Trinkaus – Mutterliebe geht durch den Magen
79	*SENDLING*	Peter Goldner – Elfi schöpft Hoffnung
88	*GLOCKENBACH*	Martin Arz – Die Sache mit dem Franzl und dem Pepe
100	*ALLACH*	Lisa Graf-Riemann – Pastor alemán
113	*THALKIRCHEN*	Iris Leister – Aus der neuen Welt
120	*BERG AM LAIM*	Joachim Biedermann – Toter Winkel
130	*FREIMANN*	Nicole Neubauer – Nightswimming
142	*LAIM*	Oliver Pötzsch – Der Mann mit der Mundharmonika
156	*FÜRSTENRIED*	Ursula Schmid-Spreer – Das Wandern ist …
165	*PERLACH*	Julia Hofelich – Special Guest
176	*DREIMÜHLENVIERTEL*	Bettina Brömme – Mathildas Schlacht
187	*WESTEND*	Florian Scherzer – Die Göttin der Wachsmännchen
198	*HARLACHING*	Raoul Biltgen – Der Omega
208	*HADERN*	Lena Avanzini – Der Rosenkavalier
218	*BIOGRAFISCHES*	

Gloria boxt sich durch
Ursula Hahnenberg

Gloria traf ich zum zweiten Mal vor etwas über zehn Jahren, als ich gerade nach München zurückgekommen war. Es war Ende Februar und sie saß allein an einem Tisch vor dem überfüllten Tambosi am Odeonsplatz, vor sich ein Glas Moët, über sich einen Heizpilz, und sah so aus, als wäre sie extra für diesen Ort geschaffen worden. Sie musste gerade vom Starfriseur gekommen sein, die blonden Locken funkelten in der Frühlingssonne und fielen ihr über den Rücken wie ein Wasserfall aus Gold. Schwarze Stiefel reichten ihr bis über die Knie, doch ihr Rock war so kurz, dass noch ein gutes Stück ihrer wohlgeformten Oberschenkel zur Geltung kam, als sie nun ein Bein über das andere schwang und sich lässig im Stuhl zurücklehnte. Gloria, ich wusste zu diesem Zeitpunkt nicht, dass sie sich jetzt so nannte, trug Kleidung, Schmuck und Frisur wie Insignien ihrer Herrschaft über die Altstadt. Man hätte sie als Münchner Original bezeichnen können, wäre dies nicht schnauzer- und dackelbewehrten Altherrengesichtern vorbehalten gewesen. Da wusste ich natürlich noch nicht, dass sich das ändern würde. Das mit dem Dackel, meine ich. Dass Gloria sich einen Schnauzer angeschafft hätte, dafür bestand in diesem Universum keine Möglichkeit, nicht mal im Gesicht eines Verehrers hätte sie eine derartige Verschandelung geduldet.

Ich setzte mich für ein Glas Moët zu ihr und wir frischten unsere Bekanntschaft auf, ohne allerdings über die Vergangenheit zu sprechen, daran lag uns beiden herzlich wenig.

Danach trafen Gloria und ich uns immer wieder zufällig, bald nicht mehr zufällig, und über die Jahre entwickelte sich eine Freundschaft zwischen uns. Unsere traute Zweisamkeit bekam mit der Zeit Zuwachs. Da gab es Richard, der sich Graf Bobby nannte. Er und ich waren alte Freunde, wenn auch nicht so alte wie Gloria und ich. Aber er hatte vor langer Zeit die Gewohnheit entwickelt, mich auf einen Drink einzuladen, und damit hatte er bisher nicht wieder aufgehört, glücklicherweise. Es schien sogar zu einem seiner Lieblingshobbys geworden zu sein. Da störte es auch nicht, dass er irgendwann eine zierliche Brünette im Schlepptau hatte, Anastasia, ein Mädchen österreichischer Abstammung (nun ja, dafür konnte sie wohl nichts) mit Rollkragenpullover und Perlenkette, die er im Café Reitschule kennengelernt hatte. Ihr Intellekt reichte nicht viel weiter als bis zur Spitze ihrer süßen Stupsnase. Von Klasse keine Spur, aber sie war jung, so beschlossen Gloria und ich in unausgesprochenem Einvernehmen, ihr Welpenschutz zu gewähren. Ihr Verhältnis zu Bobby war gar nicht so eng wie zuerst angenommen, und sie fügte sich nahtlos in unsere Runde ein. Wir trafen uns dienstags und donnerstags im Café Nymphenburg am Viktualienmarkt, aßen unseren üblichen Wurstsalat und tranken, was Bobby auch immer Lust hatte, uns zu spendieren. Anastasia war es, die schließlich einen weiteren Gast zu uns brachte, den Professor. Ich war nicht ganz sicher, ob er sich den Titel selbst verliehen, gekauft oder ordentlich verdient hatte, eins seiner Fachgebiete war jedenfalls die Champagnerkunde, was sehr zu unserer Erheiterung beitrug. Der Professor hatte natürlich auch einen Vor- und einen Nachnamen, beide bestanden jedoch aus einer recht umfangreichen Ansammlung von Buchstaben, die auch noch jeweils ein Bindestrich zusammenhalten musste, sodass ich es vorzog, ihn weiterhin Professor zu nennen. Der Professor trug stets einen Anzug, den er mit einem Einstecktuch passend zur meist ausgefallenen Farbe seines Hemds komplementierte, ein wenig aus der Zeit gefallen, aber doch recht ansehnlich.

Danach gab es sehr lange Zeit keine Veränderungen in unserer Gruppe, bis Gloria an einem Dienstag vor ungefähr einem Jahr einen Mann mitbrachte. Natürlich wusste ich, dass sie auch zuvor Bekanntschaften gehabt hatte. Sie war schließlich eine hübsche Frau mit Qualitäten. Aber sie hatte nie zuvor jemanden mitgebracht, um ihn unserer kleinen, manchmal etwas zynischen Runde auszusetzen. Glorias Begleitung war … gut aussehend hätte es nicht ausreichend beschrieben. Er war ein hochgewachsener, athletisch gebauter Mittfünfziger, den, wie es bei Männern so oft der Fall ist, die ergrauenden Schläfen im dichten Haar eher noch interessanter machten. Gloria hatte seinen Namen gesagt, doch hatte mich in dem Moment der Anblick des Kerls so gefangen genommen, dass ich ihn wohl sofort wieder vergessen hatte. Er strahlte uns an, begrüßte alle mit einem kräftigen Handschlag, woraufhin er sich bückte und etwas vom Boden aufzuheben schien. Als er wieder über der Stehtischkante auftauchte, staunte ich nicht schlecht. Der G-Man, wie ich ihn in Ermangelung seines richtigen Namens taufte, hielt einen kurzhaarigen schwarzroten Dackel auf dem Arm und grinste, als bekäme er Geld dafür.

»Und das ist unser Ben.« Er drückte dem Viech einen Kuss auf die Schnauze, ein Anblick, der mir eine kleine Welle Ekelgänsehaut über die Arme jagte. Pfui Deibel.

»Jö, ein Zamperl!« Anastasia holte nur selten ihren Wiener Akzent hervor, aber nun schien ihr der Anblick wohl angemessen dafür. Und ich konnte nicht anders, als ihr recht zu geben. Ein Zamperl und Gloria, wie sollte das zusammenpassen? War ich selbst schon alles andere als eine Hundefreundin, so wusste ich, dass Gloria in ihrer Jugend, als sie noch nicht Gloria hieß und auch noch nicht so blond war wie heute, eine sehr unangenehme Begegnung mit einem Hund gehabt hatte, von der sie zwei kaum mehr sichtbare Narben am Unterarm zurückbehalten hatte. Es war, wenn mich meine zugegebenermaßen unzuverlässige Erinnerung nicht trog, ebenfalls ein Dackel gewesen.

»Nein, ein Bierdackel«, korrigierte der Professor und unterhielt uns mit einer Geschichte darüber, dass der schwarzrote Kurzhaardackel ein Münchner Original sei und deswegen eben auch Bierdackel genannt würde. Es gäbe, dozierte er weiter, unzählige Zamperl-Trinkstellen an den öffentlichen Brunnen in der Stadt, der einzige designierte Hundebrunnen sei allerdings unlängst, also in den Neunzigern, abgebaut worden. Ich unterdrückte ein Stöhnen und versuchte lieber, Glorias Gesichtsausdruck zu lesen, was sich als schwierig erwies.

Der G-Man setzte Gottes Geschenk an die Dackelbesitzer, wie hieß er noch, »Ben, wie der Affleck, weil er an Fleck am Rücken hat«, wieder auf Mutter Erde ab und unterhielt uns den Rest des Nachmittags mit seinem Charme und einer Flasche Champagner, der Graf Bobby eine zweite folgen ließ.

Gloria bückte sich tatsächlich zweimal, um den Hund zu tätscheln. Ich glaubte, sie dabei »Komm her, Lumpi« murmeln zu hören. Der G-Man, das muss ich zugeben, passte ziemlich gut zu unserer kleinen Schar. Er war charmant, großzügig und schien Gloria fast genauso zu lieben wie Ben-Lumpi, der nicht von seiner Seite wich.

Manchmal, wenn der G-Man geschäftlich verreisen musste, kam Gloria wieder allein zum Stammtisch. Nicht ganz allein allerdings, denn der G-Man vertraute ihr den Dackel an. Glorias zur Schau gestellte plötzliche Dackelliebe kam etwas holprig daher, und als ich sie einmal bei einer Gassirunde begleitete, gestand sie mir, dass sie trotz aller Bemühungen nicht ganz warm wurde mit Ben-Lumpi. Am besten kamen die beiden miteinander klar, wenn sie sich ignorierten, was in G-Mans Abwesenheit nicht so recht möglich war. Und noch etwas fiel mir auf: Gloria war verliebt. Nicht so wie früher, wenn sie einen guten Fang an der Angel zu haben glaubte, nein. Der G-Man bedeutete ihr wirklich etwas. Sie hatte ihn gern. Trotz der Dackelkonkurrenz.

Es war ein schöner Nachmittag im April, Anastasia und ich saßen schon an unserem Stammplatz im Nymphenburg, als Gloria auftauchte. Mit schlafwandlerischer Sicherheit balancierte sie ihre Neun-Zentimeter-Heels über die Pflastersteine des Viktualienmarkts, in einer Hand die Leine, an deren anderem Ende der Dackel stolzierte. Kurz bevor sie zu uns stoßen konnte, forderte das Tier einen Stopp an der Hundetränke, den Gloria dazu nutzte, uns zuzuwinken und dann diskret den Blick über die übrigen anwesenden Gäste schweifen zu lassen. Nach einer Bussi-links-Bussi-rechts-Begrüßung klagte sie uns ihr Leid. Wieder einmal war der G-Man verreist und Gloria Hüterin des löwenherzigen Pflasterwatschlers.

»Nun«, kommentierte Anastasia, »sei mir nicht bös, aber warum weigerst du dich nicht einfach, auf das Hundsvieh aufzupassen, wenn der G-Man dich mit ihm allein lässt und du es so wenig ausstehen kannst?« Damit sprach sie aus, was ich mir dachte.

»Ach geh«, Gloria winkte ab, »ich könnte doch niemals etwas abschlagen, um was der G-Man mich bittet.« Mittlerweile nannte selbst sie ihn bei dem Namen, den ich mir aus Verlegenheit ausgedacht hatte. Und sie bestätigte meinen Verdacht, dass sie mittlerweile in der G-Man-Sache ganz schön tief drinsteckte.

»Also«, sagte Anastasia, »wenn das so ist, dann solltest du dir darüber klar sein, dass du höllisch auf das Dackelzamperl aufpassen musst.« Sie rutschte ein bisschen auf ihrem Barhocker hin und her und sah nach unten. Gloria und ich folgten ihrem Blick und betrachteten den Hund, der es sich zu unseren Füßen gemütlich gemacht hatte.

»Es scheint ihm doch ganz gut zu gehen«, maßte ich mir eine Beurteilung an, für die mir jedwedes Fachwissen fehlte. Ben-Lumpi hob kurz den Kopf und bettete ihn neu auf die Vorderpfoten. Eigentlich war er ja ganz süß.

Anastasia beugte sich verschwörerisch zu uns. »Habt ihr das noch nicht gehört? Hundeentführer treiben ihr Unwesen in der Altstadt!«

»Hundeentführer!« Ich musste ein Kichern unterdrücken.

Gloria hingegen stand der Schreck ins Gesicht geschrieben. »Wer entführt denn bitte Hunde?«

»Wenn man das wüsste, wäre die Bande ja wohl schon gefasst!« Damit hatte Anastasia natürlich einen Punkt.

Als Nächstes tauchte Bobby auf, mit dem Professor im Schlepptau, wir bestellten etwas zu essen, und das Thema geriet in Vergessenheit, ähnlich wie der Dackel unter dem Tisch. Eine Flasche Champagner wurde bestellt, dann eine zweite, die Stimmung wurde durch die Frühlingssonne weiter angeheizt. Kurz, es war ein richtig netter Nachmittag, einer der besten, die wir je hatten. Natürlich fehlte der G-Man, wie Gloria gegen 18 Uhr betrübt feststellte. Sie zog ihr Mobiltelefon aus der Tasche und tippte eine Nachricht an den Angebeteten.

Und dann wurde es Zeit zu gehen, weil auch der schönste Nachmittag einmal zu Ende sein musste, weil die Sonne schon tief stand und weil wir eine Nachmittagsgesellschaft waren, die abends andere Verpflichtungen und andere Freunde hatte. Bobby und der Professor hatten sich schon vor einiger Zeit entschuldigt, immerhin hatte Bobby aber noch eine weitere Flasche Champagner dagelassen, die wir zu dritt gekillt hatten.

Ich kletterte vom Barhocker, vom langen Sitzen etwas unsicher auf den Beinen, vermutlich war auch der Champagner nicht ganz unschuldig.

Plötzlich kicherte Anastasia schrill. Ich hob eine Augenbraue. Wie viel hatte die Gute denn getrunken? »Mensch, Anastasia, was ist denn?«

Sie zeigte auf Gloria, deren Gesicht leichenblass war, ihr Blick fassungslos zu Boden gerichtet. Ich ließ den Tisch, an dem ich mich festgehalten hatte, los. Dann sah ich es. Gloria hielt zwar Lumpis Leine in der Hand, doch der Hund am anderen Ende fehlte.

»Das Zamperl ist weg«, japste Anastasia.

Nicht nur, weil ich Gloria als Freundin betrachtete, konnte ich diese infantile Heiterkeit nicht teilen.

Gloria wurde immer blasser. Ich trat zu ihr und hielt ihren Arm, weil ich fürchtete, dass sie ohnmächtig werden könnte. Dann nahm ich ihr die Leine aus der Hand und begutachtete das Ende. Ben-Lumpi war nicht abgehauen, die Leine war glatt abgetrennt. Jemand musste sie durchgeschnitten haben, mit einem scharfen Messer oder einer Schere, die Leder schneiden konnte.

Anastasia beruhigte sich endlich ein bisschen. Auch sie betrachtete interessiert die Hundeleine.

»Krass.« Sie wirkte schlagartig nüchtern. »Das müssen ja wirklich die Dackelentführer gewesen sein.«

Ich enthielt mich eines Kommentars bezüglich ihrer enormen Kombinationsgabe.

Gloria sah sich hektisch um. »Wir müssen ihn suchen, oh mein Gott, hoffentlich ist Lumpi nichts passiert! Der G-Man bringt mich um!«

Anastasia riss die Augen so weit auf, dass ich mich dazu verpflichtet fühlte, Gloria zu korrigieren: »Das wird er natürlich nicht tun. Aber er wird maßlos von dir und deiner Verantwortungslosigkeit enttäuscht sein.«

Ein paar Tränen kullerten Glorias Wangen hinab, sie nickte jedoch tapfer.

»Aber du hast recht, wir müssen suchen, vielleicht finden wir einen Hinweis auf Lumpis Verbleib.« Ich ließ Gloria los und musterte den Boden unter unserem Tisch, Gloria bückte sich ebenfalls, so gut es eben auf ihren Stilettos ging. Wie ich mit einem Seitenblick feststellte, war

Anastasia wieder mal genug damit beschäftigt, möglichst gut auszusehen, was ihr eine gebückte Haltung natürlich verbot. Leider war abgesehen von Kippen und ein bisschen Dreck rein gar nichts zu finden, vor allem kein Hinweis auf Lumpi. Als Gloria und ich wieder auftauchten, trat ein Kellner an unseren Tisch.

»Sind Sie Gloria?«, fragte er Anastasia, die heftig den Kopf schüttelte.

»Das bin ich.« Gloria zog den kurzen Rock zurecht.

Mit einem Kopfnicken überreichte er ihr einen Umschlag. »Das ist für Sie abgegeben worden.«

Gloria riss die Augen auf und dann den Umschlag. In ihrem Gesicht konnte ich lesen, dass es eine Nachricht von Ben-Lumpi sein musste. Ich rief dem Kellner hinterher: »Von wem stammt der Brief?«

Er wandte sich um und zuckte die Schultern. »Keine Ahnung, das war so ein Bürscherl, wahrscheinlich nur ein Bote, aber der ist schon wieder weg.«

Ich stieß heftig die Luft aus. Das war nicht gerade hilfreich. Zwischen Glorias Augenbrauen hatte sich eine steile Falte gebildet, die sie sich unter anderen Umständen kaum erlaubt hätte.

»Was steht da?«

»Es ist eine Lösegeldforderung. Jemand hat Lumpi entführt«, sagte sie tonlos.

»Jö«, machte Anastasia, was es mal wieder traf.

»Was fordern sie denn?«

»Zehntausend Euro.« Glorias Finger, mit denen sie den Brief festhielt, zitterten.

Ich nahm ihr das Blatt aus der Hand.

Tatsächlich. Ein schnöder Computerausdruck. Jemand forderte für des Dackels Leben die Summe von zehntausend Euro in kleinen Scheinen. Der Umschlag mit dem Geld sollte schon morgen kurz vor 18 Uhr oben auf dem Kirchturm des Alten Peter versteckt werden. Kurz vor 18 Uhr, klar, um sechs wurde ja der Turm für Besucher gesperrt. Dann konnte der Entführer das Geld, sofern er Zugang zum Turm hatte, ganz bequem und in Ruhe abholen. Der Dackel sollte übermorgen zu unserer gewöhnlichen Runde wieder hier im Café Nymphenburg auftauchen. Dieses Detail beunruhigte mich. Das war ein gefährlicher Weg, einen lebenden

Dackel zurückzugeben, wenn man nicht erwischt werden wollte.

»Hast du denn so viel Geld?« Anastasia war wie gewohnt praktisch, ihr war nun nichts mehr vom Champagner anzumerken.

Gloria schüttelte den Kopf. »Natürlich nicht. Ich weiß nicht, wie die sich das vorstellen.« Sie klang verzweifelt. »Und der G-Man kommt nicht vor Freitag heim, was soll ich ihm nur sagen?«

Ich nahm Glorias Hand und drückte sie. »Nichts sagst du ihm. Wir holen uns den Dackel zurück. Lebend. Ich habe einen Plan!«

So kam es, dass Gloria am Mittwoch kurz vor 18 Uhr den Turm des Alten Peter erklomm, einen großen Umschlag, mit Zeitungspapier in der von uns geschätzten Masse von zehntausend Euro gefüllt, in der Yves Saint Laurent-Tasche (eine andere wäre der Aufgabe nicht gewachsen gewesen). Sie wartete einen unbemerkten Augenblick ab und versteckte den Umschlag an der geforderten Stelle. Dann allerdings hielt sie sich nicht an den Plan. Entgegen unserer Abmachung, als Nächstes ins Nymphenburg hinüberzugehen und ein Glas Sekt oder meinetwegen auch Kamillentee gegen die Aufregung zu trinken, umrundete sie die Kirche und schlüpfte hinein.

Anastasia, die sich ebenfalls nicht hatte abwimmeln lassen, und ich hatten uns in einem der Beichtstühle versteckt, von wo aus ich einen einigermaßen guten Blick ins Kirchenschiff hatte. Wir wollten uns einschließen lassen und dem Entführer auflauern, ihn verfolgen und Lumpi retten. Unauffällig. Deswegen ohne Gloria. Aber da hatte ich die Rechnung ohne sie gemacht. Ich beobachtete, wie Gloria sich uns gegenüber ebenfalls in einem Beichtstuhl verbarg. Gemeinsam warteten wir. Es wurde dämmrig, dann dunkel. Vorsichtig öffnete ich den Beichtstuhl und trat heraus, um mir die steifen Glieder auszuschütteln. Anastasia folgte meinem Beispiel.

Auch Gloria kam heraus und wollte wohl zu uns herübergehen, als wir ein Geräusch an der Kirchentür hörten. Ich nickte den beiden zu und wir huschten hinter die Säulen der Nebenaltäre. Ich hörte meinen Herzschlag in den Ohren pochen, während wir warteten, wer sich zeigen würde.

Eigentlich hatte ich fast mit einem Pfarrer gerechnet, aber statt eines schwarzen Ornats leuchtete ein Einstecktuch im dunklen Anzug mit einem ebenso farbenfrohen Hemd um die Wette. Der Professor. Unmöglich, ihn zu verwechseln. Außerdem hielt er den Umschlag mit der vermeintlichen Lösegeldzahlung in der Hand.

Anastasia stieß einen unterdrückten Laut aus und hielt sich die Hand vor den Mund hielt, um sich nicht zu verraten. Ich blickte zu Gloria hinüber, der die Zornesröte ins Gesicht stieg. Um sie davon abzuhalten, dem Professor sofort an die Gurgel zu gehen, gestikulierte ich heftig. Mit Erfolg. Gloria blieb in ihrem Versteck.

Wir beobachteten, wie er zügig hinter dem Hochaltar verschwand. Ich zog meine Pumps aus, damit meine Schritte nicht zu hören waren, abgesehen davon war so ein Pfennigabsatz eine nicht zu verachtende Waffe, Gloria und Anastasia taten es mir gleich. Dann schlichen wir dem Übeltäter hinterher.

Zu meiner nur milden Überraschung stand dort eine Tür offen, die in einen Kellerabgang führte. Wir blieben kurz stehen und sahen uns an. Dann hörten wir leise, aber unverkennbar ein Gebell, das nur von Lumpi stammen konnte. Sofort setzte sich unsere barfüßige Expedition wieder in Bewegung. Hintereinander, Gloria übernahm die Führung, stiegen wir die staubige Treppe hinunter, die nur schwach von einer Notbeleuchtung erhellt wurde. Wir schlichen einen Gang entlang und mussten fast am anderen Ende des Kirchenschiffes angekommen sein, als wir wiederum eine Tür sahen, die offen stand. Am liebsten hätte ich die Tür einfach zugeworfen, verriegelt und die Polizei gerufen, aber ich wusste, dass es für Gloria nicht infrage kam, den Dackel auch nur eine Sekunde länger mit dem Professor allein zu lassen. Bevor ich sie hindern konnte, stürmte sie in den Raum.

»Was machst du da, Professor!«, schrie sie.

Der Angesprochene hatte sich kaum umgedreht, da flog auch schon Glorias Faust in sein Gesicht. Es blieb ihm nicht einmal Zeit, perplex zu gucken, denn Glorias Schlag saß wie damals, als wir zusammen in der Boxfabrik trainiert hatten und Gloria noch Monika hieß. Es hatte abgesehen von Moni und mir nicht viele boxende Mädchen gegeben, vor allem keine, die aus dem Hasenbergl stammten, da klärte man die Dinge eher auf der Straße als im Ring, aber in der Boxfabrik war das egal gewesen.

Perfekt getroffen fiel der Professor um wie eine Heiligenfigur und blieb reglos auf dem Marmorboden liegen.

Anastasia zog sich den Seidenschal vom Hals und verknotete dem ruchlosen Hundeentführer die Hände hinter dem Rücken. Es sah sehr fachmännisch aus, was mir ein anerkennendes Lächeln entlockte.

Gloria hatte in der Zwischenzeit Ben-Lumpi auf dem Arm. Sie strahlte den Asphalttiger so verliebt an, als hätte sie den G-Man persönlich vor sich, und auch der Dackel schien sich zu freuen, denn er schleckte ihr aufgeregt quer über das Gesicht. Pfui Deibel.

Als der G-Man in der darauffolgenden Woche fragte, wo der Professor eigentlich abgeblieben war, zuckten wir alle einvernehmlich unwissend mit den Schultern, was Bobby zugegebenermaßen am besten hinbekam.

BAYRISCHER WURSTSALAT

ZUTATEN
Zwiebeln
Stadtwurst oder Regensburger
Essig
Öl
Salz und Pfeffer
Butter

ZUBEREITUNG
Die Zwiebeln in dünne Scheiben schneiden und nur ganz kurz in einer Pfanne mit zerlassener Butter schwenken, um ihnen die Schärfe, aber nicht den Biss zu nehmen. Abkühlen lassen. Die Wurst ebenfalls in sehr feine Scheiben schneiden. Eine Vinaigrette aus Öl, Essig, Salz und Pfeffer anrühren und mit den Zwiebeln über die Wurst geben. Kurz durchziehen lassen. Mit Brezen oder Buttersemmeln genießen.

Salz
Beatrix Mannel

»Das Stück, das Sie vorgestern hier im Gasteig uraufgeführt haben, ist ja geradezu durch die Decke gegangen«, sagt der ungelenke junge Mann mit einem leicht überraschten Unterton. Er stellt die beiden Tassen mit Cappuccino, die er draußen in der Gasteig-Cafeteria geholt hat, neben mich auf den Bühnenrand. Wir sitzen ganz allein in der Black Box. Er wollte es ruhig.

Aber warum dieses hörbare Erstaunen? Immerhin gehöre ich zu den Erfolgreichsten der Szene, und dieses Mal habe ich noch mehr Herzblut in meine Aufführung investiert als sonst. Ich unterdrücke einen Kommentar und setze mich noch gerader hin. Auch wenn wir nur ein Radiointerview für den Bayerischen Rundfunk machen, braucht er sicher noch Bilder für die Social Media-Kanäle. Besser, man sieht gut aus.

»Zucker?« Er wedelt mit einer Handvoll Päckchen, reißt gleich zwei davon auf und häuft einen Berg Zucker in seinen Kaffee. Ein erfrorener Maissack hätte mehr Grazie. Warum haben sie mir ausgerechnet den geschickt? Ich suche den Presseausweis, den Journalisten sonst wie Jagdtrophäen vor sich her tragen. Nichts. Für einen Volontär ist er deutlich zu alt. Und er hat offensichtlich Hautprobleme.

»Möchten Sie Zucker?«, wiederholt er.

»Nein, lieber Koks«, murmele ich und frage mich, auf welchem Planeten dieser Mann lebt. Welche Ballerina nimmt schon Zucker?

»Danke für den Kaffee«, sage ich stattdessen laut, »sehr freundlich.« Ich nippe am Cappuccino, lauwarm und ein eher bitteres Automatenaroma.

Er rührt bedächtig in seiner Tasse.

Brezensalzer kommt mir bei dem Anblick in den Sinn. Gott, an das Wort habe ich schon zwanzig Jahre nicht mehr gedacht. So nannte Robert Männer, die er für Versager hielt.

Der Journalist gibt sich einen Ruck, stellt das Aufnahmegerät ein, und endlich geht es los.

»Elena Deschamps, gestern bei der Premiere Ihres Stücks gab es Standing Ovations und überschäumende Kritiken. Sie haben die Tänzer des Bayerischen Staatsballetts zu Höchstleistungen gebracht. Man lobt die innere Zerrissenheit, die authentische Wucht und Brutalität, mit der Sie die Liebe als den Motor jeglichen Seins aufzeigen. Danke, dass Sie sich Zeit für ein Gespräch mit uns genommen haben.«

Er schaut hoch und versucht seinen Worten ein Lächeln anzuziehen, doch es verendet in seinen Mundwinkeln.

Und nun wird mir klar, was sein Problem ist, weshalb mir auch der Brezensalzer eingefallen ist. Viele Männer haben Angst vorm Tanzen. Sie wissen, dass ihre Seele sich entblößt, wenn sie ihrem Körper mal mehr als ein Vor und Zurück erlauben. Sie verstecken ihre Seele lieber hinter Worten oder Schweigen. Der arme Mann hat bis heute Morgen wahrscheinlich noch nie von mir gehört, und selbst wenn er das Tanzen nicht verabscheut, ist es für ihn ein Buch mit sieben Siegeln.

Oh, die Sieben Siegel, dieses Thema schreit geradezu nach einer Choreografie. Ich angle wortlos Notizbuch und Füller aus meiner Handtasche, eine altmodische Manie, die mir dabei hilft, neue Ideen zu entwickeln.

Er zieht fragend eine Augenbraue hoch, traut sich aber nicht, etwas zu sagen. Womöglich ist mir mein Ruf als schwierige Diva vorausgeeilt. Ich notiere: erfrorener Maissack und sieben Siegel. Die Initialen in dem goldenen Füller blitzen im dämmrigen Halbdunkel der Black Box auf. RIS, das erinnert mich immer daran, dass es besser ist, niemandem zu vertrauen.

»Danke«. Ich lege Buch und Füller zur Seite und schenke ihm einen tiefen Blick in seine wässrig graugrünen Augen. Für einen etwa Dreißigjährigen hat er reichlich dunkle Augenringe oder vielleicht ja auch nur Neurodermitis. »Sie haben mich gerade auf eine wirklich originelle Idee gebracht.«

»Hm.«

Er sollte sich wenigstens etwas geschmeichelt fühlen. Ich kann mir nicht vorstellen, dass irgendjemand sonst ihn für eine Quelle der Inspiration hält. Ein leichtes Glitzern perlt über seine Stirn. Ah, also doch eine, wenn auch schüchterne Reaktion. Eine hohe Stirn, er wird früh kahl werden. Tapfer ignoriert er den Schweißausbruch, auch als sich ein Tropfen löst und über seine Augenbraue rollt. Erstaunlich dunkle und schön geschwungene Brauen, Teil einer Ellipse. Eine Ellipse ... bemerkenswert. Über diese Form habe ich schon lange nicht mehr nachgedacht. Sieben Siegel, Ellipsen, was für unerwartete Geschenke. Ich widerstehe der Versuchung, erneut das Notizbuch zu zücken.

»Was hat Sie nach Gastspielen und Auftritten in Weltmetropolen wie Amsterdam, Paris und Tokio in unser doch eher gemütliches München verschlagen?«

Er lacht kaum merklich in sich hinein. Wäre ich nicht so auf Körpersprache trainiert, hätte ich es vielleicht übersehen. Was findet er hier komisch? Mich etwa?

Es war nicht nur das Geld, was mich hergelockt hat. Jahrzehntelang habe ich die Angebote aus München ignoriert, was mich natürlich für die Bayern besonders interessant gemacht hat. Meine Therapeutin war der Meinung, nach all den Jahren könnte ein Aufenthalt hier kathartisch für mich sein. Daraus könnten sich spannende neue Ideen entwickeln. Natürlich kennt sie nicht die ganze Geschichte.

»Was für eine Frage.« Ich schüttle dezent den Kopf und bemerke einen leichten Schwindel. Mein Blutdruck scheint im Keller zu sein. »München hat doch so vieles zu bieten ... Denken Sie nur an München im Sommer und die bezaubernde Isar, wie sie leise rauschend die Kiesel dieser Stadt umarmt ...« Etwas zu dick aufgetragen.

»Ich dachte, Sie wären vielleicht aus sentimentalen Gründen hierhergekommen. Immerhin hatten Sie vor zwanzig Jahren an unserer Oper Ihr erstes Engagement als Solotänzerin.«

Ups. Offensichtlich hat er wohl doch seine Hausaufgaben gemacht.

»Ja ... Schwanensee damals«, murmele ich. »In München sind sie sehr für das Klassische.«

»Schauen Sie mal, ich habe im Archiv sogar ein Foto gefunden.« Er tippt auf sein Handy und hält es mir hin.

Ich will es nicht sehen, dieses ahnungslose, strahlend schöne Premierengesicht mit dem Federkrönchen auf dem Kopf. Aber besser ich heuchle Interesse und gebe vor, mich über sein Engagement zu freuen.

Ich schaue hin.

Oh! Mein Magen versucht ein Grand Jeté. Für einen Moment verliere ich die Kontrolle über meine Gesichtsmuskulatur. Wo hat er das denn her? Ich stehe in Roberts Garten. Er rechts von mir und Sawallisch, der Intendant, reicht mir gerade ein Sektglas.

Ich versuche mich zu beruhigen, das Bild war in keiner Zeitung. Internet? Zufall oder ein Grund zur Sorge? Aber wen interessiert das, Robert ist schon so lange tot.

Betont langsam nehme ich einen Schluck Cappuccino, kalt schmeckt er noch schlechter. Wir Tänzerinnen brauchen Hitze, um Höchstleistungen zu bringen. Ich breite meine Arme weit aus. Gut gespielte warmherzige Offenheit, um ihm zu zeigen, wie willkommen mir seine Fragen sind.

»Sie haben recht! Hier in München begann meine Weltkarriere!«

Doch ich erreiche ihn nicht, wie ich es mir erhofft hatte.

Er wirkt sogar nervöser als vorhin. Sein schlaffer Bauch quillt über den schwarzen Gürtel seiner Jeans, als er sein Handy wieder einsteckt. Dabei scharrt er mit den Füßen, die in erstaunlich eleganten Budapestern stecken. Er betrachtet sein Aufnahmegerät, runzelt die Stirn, beugt sich vor, justiert etwas an meinem Mikro. Dabei kommt er näher, und ich rieche Hautcreme mit totem Meersalz und ... Holunder. Wie in Roberts Garten. Das schnürt meine Kehle zu. Was ist denn heute nur mit mir los? Ich betrachte den Mann genauer, plötzlich kommt er mir bekannt vor.

»Wie war ihr Name noch?«, frage ich.

»Nicolas Müller.«

Da schwingt nichts in mir, nicht die kleinste Resonanz. Aber ich spüre deutlich, dass mir hier gerade etwas entgleitet, und gleichzeitig merke ich eine seltsame Entspannung.

Er räuspert sich.

»Wie sind Sie denn auf die Idee zu Ihrem«, er geniert sich nicht, Anführungszeichen in die Luft zu setzen, »so authentisch kraftvollen Stück gekommen?«

Genau diese abgeschmackte Frage stellen sie immer. Ich unterdrücke ein erleichtertes Ausatmen. Als ob irgendein Künstler das je aufrichtig beantwort hätte.

»Es sind natürlich viele Ideen, die sich befruchten müssen, Tautropfen, die im Netz unserer Kreativität hängen bleiben. Muster, die erst sichtbar werden, wenn alles sich mit allem verbunden hat. Wie eine Choreografie.«

»Allerdings scheint in jedem Ihrer Stücke die Kugel eine wichtige Rolle zu spielen.«

»Warum auch nicht? So viele Aspekte unseres Daseins sind mit ihr verknüpft, nehmen Sie nur die Clelia-Kurven oder die Loxodrome, die für mich nicht nur mathematische Gleichungen sind, sondern tanzbare Philosophien darstellen.«

»Aha.« Er verkneift sich ein Grinsen. Unfassbar! Normalerweise werden Journalisten nervös, weil sie vermuten, Loxodrom wäre ein Abführmittel, und ich würde mir einen Scherz auf ihre Kosten erlauben.

»Warum hier in München dieser eher, äh, schlichte Titel?«, fragt er dann.

»Salz!« Tja, welcher Teufel hat mich da nur geritten? Riskant war es schon, aber es hat mich amüsiert. Jedes Mal, wenn ich irgendwo ein Plakat oder einen Hinweis bei Instagram gesehen habe.

»Wie Sie sicher wissen, werden meine Stücke von der Stadt inspiriert, die mich einlädt und bezahlt. Genau darin liegen die Herausforderung für mich und der Reiz für meine Auftraggeber. Sie wollen wissen, wie stellt sich ihre Stadt in meinem Tanz dar? In Amsterdam zum Beispiel habe ich mich im Rijksmuseum vom Kornfeld mit Krähen …«

Mit einer ungeduldigen Handbewegung würgt er mich ab.

»Könnten Sie meine Frage beantworten? Wie kam es zu dem Titel?«, insistiert er unerwartet fest.

»Nun, das dürfte für Sie als Münchner doch auf der Hand liegen.« Mein Kopf kommt mir ungewöhnlich schwer vor. Ich muss mich anders hinsetzen.

Er schaut mich durchdringend an und bleibt stumm.

»Ich wusste ja, die Uraufführung würde hier in Haidhausen im Gasteig sein. Der Gasteigberg kann auf eine lange und interessante Geschichte zurückblicken. Nach dem Ende der Föhringer Brücke im Mittelalter war er Teil des Salzpfades von und nach Wien. Später gab es hier ein Leprosenhaus und Armenspital, und noch viel später, also schon im 20. Jahrhundert, das Café Gasteig, wo sich Hitler mit seinen Kumpanen traf.«

Er seufzt ungeduldig. Was denkt er eigentlich, wer er ist? Ich nippe am Kaffee und spüre trotzdem den dringenden Wunsch zu reden, ihm alles haarklein zu erzählen.

»Wir sind hier nicht weit entfernt vom Bürgerbräukeller, der ja dann auch immer wieder und gerade in Bezug auf Hitler eine wichtige Rolle für München gespielt hat.« Es ärgert mich, dass er nicht einmal jetzt zustimmend nickt.

»Warum dann aber gerade das Salz?«, insistiert er. »Warum nicht Revolte, Hitler, Putsch oder Oktoberfest?«

»Sagen wir so, das Leprosenhaus hat mir Angst gemacht, Hitler erschien mir für ein Ballett unangemessen, ja geradezu abgeschmackt. Aber vor allem anderen vereint Salz so vieles in sich …«

»Wollen Sie sagen, München sei das Salz der Erde?« Er wirkt nun irgendwie wacher und lächelt zwei Wimpernschläge lang in sich hinein, als würde ihn etwas amüsieren. »Können Sie unseren Zuhörerinnen und Zuhörern das noch näher erklären?«

Sein Ton gefällt mir nicht. Zeit für eine kleine Dusche. »Welches Salär erhalten Sie denn heute für diesen Beitrag? Offensichtlich zu wenig, um mir mit Respekt zu begegnen.«

Er errötet, die Ellipsen verlagern ihren Höhepunkt nach oben, was ihn unerwartet sympathisch macht. Eigentlich möchte ich, dass er mich mag. Natürlich weiß ich, dass das unklug ist – man sollte sich nicht von anderen abhängig machen. Wohin das führt, weiß ich ja nur zu gut.

»Was hat mein Salär denn mit meiner Frage nach dem Titel zu tun?«

»Nun das Salär, also dieser etwas altmodische Begriff für Lohn, entstammt dem lateinischen salarium und bedeutete Salzration, die man bereits in der Antike auch den Sklaven zahlen musste. Salz hat eben immer schon eine wichtige Rolle in der Wirtschaft gespielt. Denken Sie nur an die Salzsteuer und die diversen Salzkriege und speziell hier in Bayern an den Ochsenkrieg um 1611 mit Salzburg.«

Er nickt, wirkt ungeduldig. Wie ein Lehrer, dem ein Wortbeitrag nicht taugt. Frechheit. Da muss er jetzt durch.

»Die Römer vergruben Salz in der Erde, um sie zu weihen, die Druiden verwendeten es bei heiligen Zeremonien. Und dann die zahlreichen Sprichwörter, die sich um Salz drehen.«

»Salz in die Wunde streuen!«, sagt dieser Nicolas Müller mit reichlich Spott. »Jemandem die Suppe versalzen.«

Was für eine traurige Sicht auf die Welt dieser Mann hat.

»Eine versalzene Suppe könnte auch auf eine verliebte Köchin hinweisen«, sage ich. »Aber selbstverständlich beschäftige ich mich sehr eingehend mit meinen Themen, studiere Mythen und Märchen und ziehe naturwissenschaftliche Theorien heran, um mich dem Thema zu nähern. Salz ist in unseren Knochen, 0,9 % Salz stecken in unserem Körper, das sind etwa 200 Gramm Salz, und ohne Salz wären unsere Zellen nicht lebensfähig und …«

»Danke.« Er fällt mir schon wieder ins Wort! Ungeheuerlich! »Unsere sehr gebildeten Zuhörerinnen und Zuhörer wissen das. Kommen wir zum Wesentlichen.«

Etwas in seinem Gesicht erinnert mich plötzlich an einen hinterlistigen Faun. Hitze strömt in meinen Kopf. Mir ist nun wunderbar warm, als käme ich von zwei Stunden intensivem Barre-Training. Mein Herz klopft viel unregelmäßiger als sonst, aber das fühlt sich gut an. Aufregend.

»Was meinen Sie mit: das Wesentliche?«

»Um was genau geht es in Ihrem Stück?«

»Um die tragische Ungerechtigkeit des Schicksals.«

»Das klingt reichlich pathetisch.« Er grinst nun geradezu unverhohlen.

»Den Kritikern hat genau das gefallen.« Ich möchte zurückgrinsen, aber das wäre unpassend. »Und die Tragik, die entsteht, wenn Menschen Schicksal spielen.«

»Nennen Sie das Kind doch einfach beim Namen: Es geht um Mord!«

Seine Worte splittern durch meinen Kopf. Bilder ploppen auf. Bilder von rosarotem Zorn. Ich versuche es mit Atmung. Ich möchte es ihm gern erklären. Diese Ellipsen. Der Geruch von Holunder. Dieses Schwindelige fühlt sich so gut an, befreiend, ich will, dass er mich versteht!

»Mord, nein – aber es geht um den Tod und um die Wucht von Gefühlen und darum, dass jede Gewalt neue Gewalt gebiert.«

»Mit Tod kenne ich mich aus. Ich bin Vollwaise. Mit neun bin ich in meine erste Pflegefamilie gekommen.«

»Das tut mir wirklich leid, Nicolas.« Während ich diese Plattitüde absondere, dämmert mir, wer er ist. In meinem Kopf dreht sich alles in den unglaublichsten Pirouetten. Zehn Jahre Therapie, und nicht einmal habe ich an das Kind gedacht! Dabei hatte Robert ihn mal erwähnt, war enttäuscht, konnte nicht glauben, dass so ein Brezensalzer seinen Lenden entsprungen ist. War er damals nicht in einem Heim oder Internat?

»Ich habe Sie gesehen.«

»Natürlich, ohne das Stück zu kennen, können wir uns ja nicht darüber unterhalten.«

»Damals, an dem Tag, als meine Mutter gestorben ist. Anja Santmann.«

»Da war ich nicht in München«, rutscht es mir heraus. Zu spät beiße ich mir auf die Lippen. Aber dann lasse ich los, was solls, es fühlt sich gut an zu reden.

Das Band läuft zwar noch, das muss ich dann eben später entsorgen. Ihn dann auch, da wird mir schon noch etwas einfallen. Ich liebe Herausforderungen. Gott, was für ein kraftvolles Ballett ich aus seinem Schicksal erschaffen könnte, Sergei Polunin wäre perfekt für diese verwaisten Ellipsen.

»Ich wusste nicht, wer Sie sind. Ich sah Sie weggehen und dachte, Sie wären die Putzfrau. Wegen den Gummihandschuhen und dem Kopftuch. Bei der Polizei haben sie mich ausgelacht.«

Natürlich war ich nicht so dumm, Spuren zu hinterlassen.

»Jahrelang habe ich recherchiert, was wirklich passiert ist. Sie haben meine Eltern vernichtet.«

Ich erlaube mir ein herzhaftes Lachen. »Es war genau andersherum.«

»Ohne Sie hätte ich richtige Eltern gehabt.«

»Ihre Eltern waren Monster.« Ich werde ihm den Füller schenken, den ich damals vom Schreibtisch seines Vaters mitgenommen habe. RIS, die Initialen seines Vaters. Robert Ilja Santmann, oder für mich: Rache ist Salz. Ich muss kichern. Es ist mir nicht einmal peinlich. Es fühlt sich gut an.

»Ich weiß, es war Rache«, sagt er.

»Sie wissen rein gar nichts.« Unwillkürlich reibe ich meine Schulter, die Stelle, die nie wieder richtig verheilt ist.

»Sie haben meinen Vater verführt.«

Nun muss ich dermaßen lachen, dass ich Schluckauf kriege. Ich erinnere mich nicht, je zuvor Schluckauf gehabt zu haben, noch habe ich jemals so gelacht. Es fühlt sich verblüffend gut an, lockernd. Sollte ich der Therapeutin sagen und eine Choreografie dazu kreieren, Titel Lachsalz. Ich habe Tränen in den Augen und kriege keine Luft mehr.

»Sie sind mir eine Erklärung schuldig!«

Schuldig? Das Wort wirkt wie ein Eisregen. »Eltern sterben früher oder später. Wir alle sind für unser Schicksal selbst verantwortlich.« Ich stehe auf. Das Verlangen, mich um mich selbst zu drehen und zu reden, wird geradezu überwältigend, und ich möchte es mit ihm zusammen tun. Doch ich gerate ins Taumeln und setze mich wieder.

»Sie haben meine Mutter ermordet. Ich bin hier, weil ich endlich die Wahrheit wissen muss, wie haben Sie das gemacht?«

Ich möchte ihm helfen, sich von seiner Last zu befreien. »Schauen Sie genau hin! Ich tanze es für Sie.« Ich springe auf und stürze nun selbst wie ein Sack Mais vor seine Füße.

Er steht über mir, groß und drohend wie sein Vater damals. Ich rolle mich zusammen zu einem Ball. Das immerhin schaffe ich noch. Er reicht mir die Hand. Unerklärlicherweise möchte ich sie nehmen, ihn umarmen. Wir sind doch alle nur Menschen. Bin ich das, die das gerade gedacht hat? Verrückt!

Plötzlich wird mir klar, was hier läuft.

»Was haben Sie mir in den Kaffee getan?«

Er zuckt mit den Schultern. »4-Hydroxybutansäure, GHB. Manche nennen es auch liquid ecstasy.«

»Sie sind gar nicht vom BR?«

»Nein«.

Das bringt mich wieder zum Lachen. Ich kann gar nicht mehr aufhören, obwohl ich möchte. Der Brezensalzer, was für eine schaurig komische Gestalt.

»Also wie war das?«

Er hat plötzlich Körperspannung, es wirkt, als ob er mich gleich schlagen würde. Warum es ihm nicht sagen? Meine Zunge wünscht, Worte zu tanzen.

»Dein Vater hat mich bedrängt und im Gegenzug versprochen, dass ich die Hauptrolle in Schwanensee bekomme. So lief das damals eben. Niemand wäre auf die Idee gekommen, sich über Santmann zu beklagen, den reichen Gönner der Bayerischen Staatsoper.

Ich musste nach Haidhausen in eure Villa kommen. Immer wenn deine Mutter ehrenamtlich unterwegs war. Zuerst sollte ich beim Licht dieser scheußlichen, rosa Lampen nackt für ihn tanzen. Ich glaubte allen Ernstes, das wäre dann alles. Gott, wie naiv ich war. Dann kamen seine perverseren Gelüste. Aber ich wollte voran, und ich war sicher, dass deine Mutter überglücklich sein müsste, seine Annäherungen los zu sein.«

»Sie hat ihn geliebt.« Seine Augen schwimmen geradezu in Empörung. Es muss schön sein, einen Sohn zu haben, der einen anbetet. Aber Frau Santmann war nie eine Maria.

»Deine Mutter hatte nur Angst um ihre Position, Angst, er könnte sie verlassen. Sie hat mich nicht nur kaltblütig die Treppe runtergestoßen, sondern auch noch zugetreten, mit ihren Wanderschuhen. Immer wieder, nur um ganz sicher zu gehen. Trümmerbrüche in der Schulter, in der Hüfte, eine Schädelfraktur und ein Milzriss.«

Er wirkt unbeteiligt.

»Sie haben ihre Kontakte genutzt und im Krankenhaus behauptet, ich wäre beim Training gestürzt. Meine Karriere als Solotänzerin war vorbei. Mein Leben war zu Ende. Ich hatte nichts sonst.« Tränen fallen aus meinen Augen. Ich fürchte, dieses Geräusch, da so fremd in meiner Kehle, ist tatsächlich ein Schluchzen. Zwanzig Jahre lang haben meine Tänzer für mich geweint.

»Nach den Operationen bettelte ich darum, dass die beiden mir helfen, finanziell wieder auf die Beine zu kommen, aber sie haben mich ignoriert. Wie Abfall haben sie mich aus ihrem Leben entsorgt. Kaputt und weg. Als hätte es mich nie gegeben.«

Die Worte tanzen Tarantella aus meinem Mund, wild und unablässig, als wollte das Gift der Erinnerung endlich aus meinem Körper herausgeschleudert werden.

»Ich habe einen Abend abgewartet, an dem dein Vater nicht zu Hause war. Ich wusste, der Schlüssel lag unter dem Vogelhäuschen in der Einfahrt. Deine Mutter war in der Badewanne, in ihrem täglichen Meersalzbad gegen ihre trockene Haut. Sie hatte Schuppenflechte, weshalb überall im Haus diese rosa Himalayasalz-Kugellampen und Salz-Zimmerbrunnen herumstanden. Ich habe mir die größte dieser Kugeln geschnappt, mich ins Bad geschlichen und ihr damit den Schädel eingeschlagen. Danach habe ich in der Küche die Kugel mit einem mitgebrachten Hammer in viele Stücke zerschlagen und in ihr Badewasser gekippt.«

Nur seine Augenlider bewegen sich, alles andere scheint zur Salzsäule erstarrt. Der Gedanke bringt mich zum Lachen, aber ich kann nicht lachen, nicht atmen, nur noch reden, reden, reden.

»Mein Plan ging auf. Man dachte, dein Vater hätte versucht, den genialen Mord zu begehen. Sie fanden heraus, dass er seine Frau totgeschlagen und die Mordwaffe im Badewasser aufgelöst hatte. Leider konnte man die Himalayasalzkristalle im Badewasser nachweisen, und natürlich fanden sich Spuren davon in der Wunde am Kopf deiner Mutter.«

Mein Herz schlägt jetzt Saltarello presto, wie in Mendelssohns 4. Sinfonie. Ich muss sprechen, als hätte mein Mund die zertanzten Schuhe angezogen und könnte nie mehr aufhören. Ich hole den Füller aus meiner Tasche, lege ihn auf meine ausgestreckte Handfläche und präsentiere ihm die goldene Opfergabe. Er ignoriert das vollkommen und wedelt stattdessen auffordernd mit dem Mikro.

»Natürlich haben sie ihn verhaftet, es war nicht schwer, Roberts Motive zu finden. Jeder wusste, dass er Affären hatte. Keiner hielt ihn für unschuldig. Er war nicht sehr beliebt, dein Vater. Obwohl er gute Anwälte hatte, wurde er wegen Mordes verurteilt.« Ich ringe nach Luft. »Es tut mir leid.«

Ich versuche, meine Hand auf seinen Arm zu legen, der Füller rollt klappernd auf die Bühne, ich verfehle seinen Arm, kann mich nicht mehr steuern. Eine der Tassen fällt vom Bühnenrand und zerschellt am Boden.

»Robert hatte nicht mal ein Foto von dir in seinem Arbeitszimmer, daher war mir nicht klar … Ich habe ihn für einen Kämpfer gehalten. Bei all seinen Kontakten war ich sicher, er kommt nach ein paar Jahren wieder raus.« Ich nicke bekräftigend. Ich möchte wirklich, dass Nicolas mich versteht.

»Ich hätte nie gedacht, dass ein Mann wie Robert sich in seiner Zelle erhängt. Nach nur einem Jahr! Kurz nachdem ich meinen ersten großen Erfolg in Toronto gefeiert habe: Himalayan Suicide.«

Mein Mund ist trocken vom vielen Reden und mein Herz rast.

Er räuspert sich. »Es ist seltsam, dass ich so gar keine Genugtuung verspüre«, murmelt er. »Ich war so sicher, es würde mich glücklich machen, Ihnen beim Sterben zuzusehen.«

»Das denkt man, aber das tut es nicht.« Ich ringe nach Luft, wie am Ende einer Premiere. Alles in mir möchte noch einen letzten Sprung schaffen, ihm Klarheit bringen. »Du musst die Rache vielmehr benutzen, lass sie das Salz deiner Kreativität werden.« Ich kann nur noch flüstern. »Gibt es etwas, dass du immer schon tun wolltest, hast du einen Traum?« Ich glaube, mein heißes Herz explodiert gleich. Schade, dass ich aus dieser Erfahrung kein Ballett mehr entwickeln kann.

»Mein einziger Traum war es, Sie zu töten.«

»Aber was dann?« Nur noch ein leises Japsen. Mein Herz explodiert doch nicht, es kühlt ab, schlägt einfach … nicht …

Er beugt sich über mich, verdunkelt alles, und ich höre, wie er mir ins Ohr flüstert. »Dann brate ich mir eine Lachsforelle, in einer ganz besonderen Salzkruste und fange endlich an zu leben.«

LACHSFORELLE IN SALZKRUSTE

(auch sehr lecker ist die italienische Variante mit Doraden, dann Thymian und Rosmarin zu den Zitronen verwenden)

ZUTATEN (für 4 Portionen)

2 küchenfertige Lachsforellen (je etwa 700 g)
je 2 Bund Dill und glatte Petersilie
eine Biozitrone, halbiert und mit Zahnstochern durchlöchert
Salz
frisch gemahlener Pfeffer

FÜR DIE SALZKRUSTE

2 Kilo grobes Meersalz
4 Eiweiß, Eier Größe L
(Eigelb anderweitig verwenden, z. B. für eine Mayonnaise)

ZUBEREITUNG

Den Backofen auf 200° C vorheizen.

Von den Forellen die Flossen abschneiden. Die Fische innen und außen kalt abspülen und dann mit Küchenpapier trocken tupfen.

Die Kräuter waschen und trocken schleudern.

Jede Lachsforelle jeweils innen salzen und pfeffern, dann mit jeweils einer halben Zitrone, die in zwei dicke Scheiben geschnitten wird, und je einem Bund Dill und Petersilie füllen. Die Kräuter vorher kurz mit dem Nudelholz abrollen, so wird alles aromatischer.

Für die Salzkruste das Meersalz gründlich mit den Eiweißen mischen, evtl. ein bisschen Wasser zugeben, falls die Masse zu trocken ist, und dann kurz ruhen lassen.

Jeden Fisch einzeln mit der Salzmasse umhüllen.

Dazu je ein Viertel der Salzmasse auf ein Blech geben, glatt streichen, die Forelle darauf setzen und darauf wieder ein Viertel der Salzmasse geben, alles gut verstreichen.

Die Salzkruste muss die Forelle komplett umhüllen, nur dann bleibt der Fisch saftig.

Die Fische 30-35 Minuten im Ofen garen.

Die Lachsforellen aus dem Ofen nehmen. Die Salzkrusten behutsam aufklopfen, abheben und den Fisch filetieren.

Dazu passen ... natürlich Salzkartoffeln, Gurkensalat und eine Zitronenbutter, oder wenn man es italienischer liebt, die Doraden mit kross gebratenen Polentawürfeln servieren.

Wilderer
Thomas Kastura

Sauber trennt der Loisl den Kopf und die Läufe ab und wirft alles ins Gebüsch. Nach ein paar Tagen wird wenig davon übrig sein. Den Pansen holt sich der Fuchs zuerst, dann die restlichen Innereien. Der Loisl behält Leber, Nieren und Herz für sich. Nach dem Aufbrechen des Rehs hat er sie in einen Beutel getan und zusammen mit dem Wildkörper in seinen alten Jägerrucksack gesteckt.

Es regnet an diesem Oktobermorgen kurz nach Sonnenaufgang. Ein feuchtes Tuch legt sich um die Buchenstämme, um Götterstatuen und Brückengeländer, senkt sich auf die durchweichte, schwarze Erde, als würde die Welt noch einmal angehalten werden, bevor der Tag anbricht. Der Loisl hat Glück gehabt, kein Wächter weit und breit im Nymphenburger Schlosspark, keine Jogger oder Spaziergänger in der Nähe, soweit er das beurteilen kann.

Das Reh hat gar nicht gemerkt, wie es zu Tode kam. Ein Schuss genau ins Herz, auf Anhieb getroffen, lautlos. Der Loisl ist ein guter Armbrustschütze. Die Waffe verwahrt er in seinem Mantel, handlich ist sie und zuverlässig. Auf vierzig, fünfzig Meter kann er damit ein Stück erlegen. Manchmal fällt es um, und die anderen Rehe und Böcke bleiben stehen, als ob nichts geschehen wäre. Bei einem Gewehrschuss würden sie sofort weglaufen. Doch er geht leise vor, unauffällig.

Der Park liegt zwar mitten in München, ist aber riesengroß. Und der Loisl ist ein Wilderer. Es gibt schlechtere Arten, nebenher ein bisschen Geld zu verdienen. Er tröstet sich damit, dass bei ihm noch nie ein Tier hat leiden müssen. Darauf legt er Wert. Die Viecher haben im Park ein gutes Leben, sie laufen frei umher, vermehren sich nach Lust und Laune. Sie haben keine Fressfeinde, außer wenn große Hunde von der Leine gehen und ihrem Jagdtrieb folgen. Das kommt selten vor.

Er schultert den Rucksack und nimmt den Weg Richtung Laimer Tor. Dann spürt er es in seinem Nacken. Etwas heftet sich an ihn. Ein fremder Blick.

Der Loisl fährt herum. Doch da ist niemand.

Er verharrt, die Sekunden verstreichen.

Nichts regt sich, was seine Besorgnis weckt. Die Nerven haben ihm wohl einen Streich gespielt.

Hinter einem Baum hat sie sich versteckt und den Mann beim Töten beobachtet. Die Jenny lässt ihre Nachtschicht im Krankenhaus Barmherzige Brüder gern im Park ausklingen, um runterzukommen und den Desinfektionsgeruch aus der Nase zu kriegen. Sie genießt es, einen Streifen Licht über den Wipfeln zu sehen, tiefstes Blau, eine Farbe, die noch keine Farbe ist, nur eine Idee davon am samtenen Saum des Himmels.

Die Jenny ist klein – mit ihrem dunklen Daunenparka und der Kapuze quasi unsichtbar. Eines Tages hat sie den Wilderer bemerkt. Seit Langem schon kennt sie Gefahr und Bedrohung. Sie weiß, wie es sich anfühlt, als Beute betrachtet zu werden. Rehe erinnern sie an Antilopen.

Beim ersten Mal wollte sie unwillkürlich einen Warnruf ausstoßen, als er die Armbrust auslöste und der Pfeil die Luft durchschnitt. Stattdessen duckte sie sich hinter einen Holunderstrauch und hielt den Atem an.

Angst kennt die Jenny nicht, dafür hat sie zu viel Schlimmes erlebt. Warum stellte sie den Mann nicht zur Rede? Etwas hielt sie davon ab, ihn bei den Parkwächtern zu verpfeifen oder gar die Polizei zu rufen. Vielleicht war es seine Art, mit dem zur Strecke gebrachten Tier umzugehen.

Er legte ihm die Hand auf den Hals, ganz bedächtig. Nicht, um den Puls zu fühlen – das Reh rührte sich nicht mehr, es war tot, lag reglos im Moos –, sondern als wolle der Mann Abschied nehmen von diesem Wesen, das kurz zuvor noch geatmet und gefressen hatte und nichts ahnend umhergesprungen war.

Seither hat sich das mehrfach wiederholt. Sogar die Bewegungen, mit denen er den Kadaver aufschlitzt, haben etwas Zärtliches. Wie er mit der

Klinge die untere Bauchdecke öffnet und entlang des Brustkorbes bis zur Drossel schneidet, das hat so gar nichts von brutalem Eindringen. Selbstverständlich kommt es ihr vor, notwendig, nachdrücklich auch, es muss ja schnell gehen.

Die Jenny beschließt, ihm diesmal zu folgen. Sie möchte wissen, wo er das Tier hinbringt. Was damit geschieht.

Er scheint genau zu wissen, wo er seine Schritte hinlenkt. Sein Gang ist fest und entschlossen, die Jenny muss schauen, dass sie hinterherkommt. Sie versucht, einen Abstand von etwa hundert Metern zu wahren, damit er keinen Verdacht schöpft. Er ist groß, mindestens einsneunzig, ein Hüne. Kräftig wirkt er mit seinen breiten Schultern, als könne nichts sich ihm entgegenstellen.

Sie durchqueren den Park. Sacht lassen sich die Regentropfen auf den gelb und rot verfärbten Blättern der Bäume nieder, ein stetiges Rauschen erfüllt die Luft. Die Jenny mag das sehr. Wasser von allen Seiten – für sie ist das purer Luxus. So viel Wasser wie in Deutschland gibt es dort, wo sie geboren wurde, nicht.

Durchs Laimer Tor gelangen sie in die Zuccalistraße. Die Natur endet hier, und alles andere beginnt, Münchens endloses Häusermeer, Asphalteinöden, Verkehrsströme, Ampelwälder. In Neuhausen ist die Bebauung weniger gesichtslos und anonym, Bäume lockern das Straßenbild auf. Die Jenny verringert die Distanz zu dem Mann, weiterhin schreitet er zielstrebig aus. Plötzlich biegt er in einen Gasthof ein.

Heraußen stehen Tische und Biergartenstühle, im Sommer oder an milden Herbsttagen kann man hier schön sitzen. Doch zu dieser frühen Stunde ist das Lokal noch geschlossen. Nur die Tür zum Hintereingang steht offen.

Vorsichtig kommt die Jenny näher. Ein langer Flur wird sichtbar. Auf dem Steinboden liegt der altertümliche Rucksack, in sich zusammengesunken, ohne den Wildkadaver. An einem Haken an der Wand hängt die Armbrust, eine moderne Waffe aus schwarzem Kunststoff.

Der Raum neben der Tür ist erleuchtet. Die Küche des Gasthofs, viel Edelstahl, Töpfe, Pfannen, Dunstabzüge. Durch das Fenster kann die Jenny zwei Männer erkennen, den Hünen, dem sie gefolgt ist, und einen rotgesichtigen Dicken mit einer Kochmütze. Sie reden miteinander. Der Dicke begutachtet das Reh, lächelt, nickt. Dann bringt er es in einen Kühlraum. Dort muss das Tier noch abhängen, vermutet die Jenny, bevor es aus der Decke geschlagen und zerlegt wird.

Die beiden Männer gehen vertraut miteinander um. Der Hüne verschwindet Richtung Gaststube und kommt mit zwei Gläsern Weißbier in die Küche zurück. Sie stoßen an, offenbar ein Ritual nach erfolgreicher Jagd. Sie trinken und plaudern im Stehen.

Die Jenny betrachtet wieder den Rucksack im Flur. Etwas in ihr wird stärker. Es ist schon im Park erwacht, als der Hüne das erlegte Reh ausgeweidet hat. So ein ziehendes Gefühl in ihrem Bauch, ein Verlangen, dumpf und drängend, nach und nach füllt es sie aus. Hitze steigt in ihr hoch und rast durch ihre Nervenbahnen. Sie schlüpft aus ihrem Parka und hängt ihn über einen Biergartenstuhl, darunter trägt sie ein Sweatshirt. Morgenkühle umfängt sie, aber die Hitze bleibt und brennt, es ist kaum noch zu ertragen.

Gegen jede Vernunft schiebt sich die Jenny in den Hausflur und kniet auf dem Steinboden nieder. Sie holt den Beutel mit den Innereien aus dem Rucksack und greift mit beiden Händen hinein. Weich und feucht ist es da drin, zwei Teile bekommt sie zu fassen. Sie presst die Masse an sich, auf den Mund und den Hals. Noch warm sind Herz und Leber, als wäre das Leben nicht ganz entwichen.

Die Jenny schließt die Augen und stöhnt leise. Hat sie sich je besser gefühlt? Sie beißt in die blutige Leber, es schmeckt unglaublich gut, metallisch, süßlich. An Antilopen muss sie wieder denken. Joel, ihr älterer Bruder, nahm sie einst mit auf die Jagd. Er brauchte jemanden, der das Wild aufscheuchte und ihm entgegentrieb, damit er den tödlichen Schuss anbringen konnte. Auch er verfehlte sein Ziel nie. Wartete auf den richtigen Augenblick.

Ein kurzer, stechender Schmerz durchfährt sie. Dann Kälte.

Reglos liegt die kleine Gestalt unter ihm. Der Loisl erschrickt. Hat er zu fest zugeschlagen mit dem Griff seines Hirschfängers? Er fühlt den Puls. Nein, sie ist bloß bewusstlos.

Er geht zur Tür des Hintereingangs, um einen prüfenden Blick nach draußen zu werfen, entdeckt den Daunenparka und nimmt ihn mit. Im Flur rafft er alles zusammen, auch die Armbrust an dem Umhängegurt. Er wirft sich den schlaffen Körper der Frau über die Schulter. Höchstens sechzig Kilo mag sie wiegen.

Jetzt muss er sich beeilen, bislang hat niemand etwas mitgekriegt. Der Chef bereitet schon das Mittagessen vor und macht Schweinshaxen fertig für die Röhre. Bald tritt der Rest der Belegschaft zum Dienst an. Der Loisl arbeitet nur als Küchenhilfe, er schält, schnippelt, spült, weil er nichts Anständiges gelernt hat. Sein Lohn ist ein schlechter Witz, aber er hat ein eigenes Zimmer über der Gaststube, und das Essen ist frei, Kost und Logis. Manchmal gelingt es ihm, etwas hinzuzuverdienen. Für schussfrisches Wildbret bekommt er einen guten Preis. Der Gasthof ist inzwischen bekannt für Rehfleisch von bester Qualität, die Feinschmecker rennen ihnen die Bude ein.

Wurde er diesmal ertappt im Schlosspark, womöglich auf frischer Tat? Von einer Frau um die dreißig, schätzt er. Das Gefühl in seinem Nacken hat ihn nicht getrogen. Er sollte öfter auf seine Gefühle hören, seine Instinkte. Er legt die Frau auf sein Bett.

Ihr Gesicht ist voller Blut. Warum hat sie sich mit den Innereien beschmiert? Was sollte das? Hat sie sich deshalb an seine Fersen geheftet?

Sie ist völlig weggetreten. Anscheinend hat er ziemlich fest zugelangt, eine Kurzschlussreaktion. Er befühlt die Stelle, wo der harte Messergriff sie getroffen hat. Eine Beule entsteht. Vielleicht sollte er nach unten gehen, um Eiswürfel vom Ausschank zu holen und damit die Schwellung zu kühlen? Einstweilen holt er einen Waschlappen, macht ihn nass und säubert den Mund und die Nase, dann die Kehle und den Hals. Das grüne Sweatshirt ist am Kragen dunkel vom Blut, auch das weiße T-Shirt darunter. So kann das nicht bleiben. Irgendwo hat er Funktionsunterwäsche, die liegt bei ihm ganz eng an. Der Frau dürfte sie ein bisschen zu weit sein, aber das wird schon gehen.

Er zieht sie aus, streift Sweatshirt und T-Shirt in einem über ihren glattrasierten Kopf. Ihm stockt der Atem.

Dass ihre Haut schwarz ist, so schwarz wie das Auge eines Rehs, wenn er direkt hineinsieht, das hat er gewusst. Aber ihren Oberkörper jetzt vor sich ausgestreckt zu sehen …

Knabenhaft wirkt sie, schmal. Klein und rund stehen ihre Brüste da und heben und senken sich bei jedem Atemzug. Sie ist auffällig durchtrainiert, muskulös an den Oberarmen und am Bauch. Festes Fleisch, kein Gramm Fett. Unter der Jeans zeichnet sich die Form ihrer Schenkel genau ab.

Dann bemerkt er die Narben. Sie scheinen von Schnitten, Hieben, auch von Verbrennungen zu stammen. Sie bilden kein Muster, sind wie zufällig verteilt über den Leib, haben rote Wülste und Schwielen herausgebildet oder punktförmige, fast weiße Flecken. Die rechte Brustwarze ist verstümmelt. Diese Frau hat viel aushalten müssen.

Den Loisl ergreift etwas, das er nicht beschreiben kann. Er möchte losheulen beim Anblick dieses geschundenen und zugleich wunderschönen Körpers – und seine Hände auf ihn legen.

Manche sagen, er besäße eine Gabe. Wenn der Umsatz gut war, feiern sie nach Lokalschluss, die Bedienungen und die Küchenmannschaft. Die Stimmung steigt, und nach ein paar Obstlerrunden wird der Loisl schon mal angefasst, erst an den Schultern und den Armen, dann an den Schenkeln und auch mal zwischen den Beinen. Aber viel regt sich nicht bei ihm, er kann es sich nicht erklären. Der Loisl lächelt dann ergründlich, weil er denkt, das wird von ihm erwartet.

Einmal hat die Vivian aus Australien ihn dazu gebracht, dass er sie mit auf sein Zimmer nimmt. Müde sei sie, hat sie gesagt, sie müsse sich kurz hinlegen. Doch dann war sie überhaupt nicht müde und hat alles Mögliche probiert. So ähnlich wie der Eddie aus Köln, der hat den Loisl gleich in der Küche überrumpelt und ihm die Hose aufgemacht, der Hallodri.

Die Vivian und der Eddie haben dann gemerkt, dass er ihnen nicht hat geben können, was sie sich so dringend von ihm wünschten. Und habens gut sein lassen. Wahrscheinlich hat es etwas mit seiner Kindheit bei den Pflegeeltern im Erdinger Moos zu tun, vermutet der Loisl. Damals war er noch klein und konnte sich nicht zur Wehr setzen. Später, als er Schmalz in den Knochen bekam, hat sich das geändert, und wie! Aber darüber mag er nicht nachdenken.

Inzwischen kennen ihn die anderen und akzeptieren, dass nichts läuft. Nur wenn der Loisl jemandem aus Sympathie über die Wirbelsäule streicht oder seine Pranken länger auf geplagten Füßen oder einem steifen Genick ruhen lässt, dann wollen sie mehr davon, immer mehr. Seine Hände wissen von allein, was zu tun ist, sie reiben, massieren, kneten. Danach hupft die Vivian wieder umeinander wie eine Bachstelze, und der Chef mit seinem Rundrücken geht plötzlich kerzengerade, als wär er ein Junger.

Die schwarze Frau würde der Loisl am liebsten vollständig mit seinem ganzen Körper bedecken, tagelang, in der Hoffnung, es nutzt etwas. Doch er wählt nur eine spezielle Stelle aus, die schlimmste, wie er annimmt, ihre rechte Brust. Er umfasst sie mit seinen beiden Riesenhänden, als würde er Semmelknödel für Rahmschwammerl formen. Aber er legt die Hände nur ganz behutsam auf die straffe Haut, erspürt das bisserl Fettgewebe darunter. Seine Daumen fahren über den zerklüfteten Warzenhof und die kaum noch vorhandene Brustwarze. Dort ist alles knotig und taub. Wer hat ihr das bloß angetan?

Der Loisl lässt seine Hände eine Weile auf der Brust liegen. Seine Fingerspitzen beginnen zu kribbeln, ebenso die Handinnenflächen. Es ist nicht so, als käme eine Art Verbindung zustande, er glaubt nicht an Hokuspokus. Doch ein wenig hat er schon den Eindruck, als könne er der Frau etwas abgeben von seiner Kraft, als flösse etwas von ihm zu ihr. Es kommt auch etwas zurück, von ihr zu ihm, ganz wenig, eine Erinnerung oder dergleichen. Es ist nicht schön, was er da spürt, sondern eisig kalt. Aus der Tiefe kriecht es hervor und streckt die Klauen nach ihm aus.

Ihn schaudert. Abrupt beendet er den Kontakt. Er nimmt seine Hände wieder zu sich, schüttelt sie aus und schnauft durch. Steht auf. Holt die Funktionsunterwäsche aus dem Schrank. Was soll er bloß tun, wenn sie wieder aufwacht? Wie kommt er aus dieser Sache wieder heraus?

Der Loisl hat eine Idee. Er durchsucht die Taschen des Daunenparkas. Zumindest den Namen der Frau will er herausfinden, während sie schläft. Irgendwo muss ihr Portemonnaie sein.

Die Jenny schlägt die Augen nicht auf. Längst ist sie wieder bei Bewusstsein. Aber sie macht keinen Mucks. Möglichst flach atmet sie, damit er nichts merkt. Das kann sie gut. Verbergen, dass sie noch am Leben ist. Noch eine Weile sie selbst bleiben.

Fast das gesamte Dorf hatte die Boko Haram in der Nacht niedergemacht, erst mit Maschinengewehren, dann mit Macheten. Zum Glück starb Joel einen schnellen Tod, während er seinen Karabiner nachlud, um die Familie zu verteidigen. An dem schrecklichen Morgen danach sperrten ihre Peiniger die Schule auf. Sie kamen in den Klassenraum, raubten der Jenny die Seele und zerstörten jedes Mal ein paar Empfindungen mehr.

Sie und die meisten anderen Mädchen wurden nach den ersten Tagen in Ruhe gelassen, auf Anordnung. Mit Lastwagen wurden sie verschleppt. Vier Monate Gefangenschaft irgendwo in der Wüste, wenig Wasser, Dosennahrung, dann freigekauft von Menschenrechtlern aus Europa, aus der Schweiz und aus Deutschland. Eine Gastfamilie in Germering nahm die Jenny auf, die besten Menschen der Welt.

Vorsichtig öffnet sie ein Auge.

Sie befindet sich in einem Zimmer. Unpersönlich wirkt es, schlicht eingerichtet, es gibt nur einen Schrank, einen Tisch und einen Stuhl. Der Mann, der das Reh getötet hat, hält ihr Portemonnaie in der Hand. Was wird er darin finden? Zuerst wohl ihren Ausweis vom Sicherheitsdienst, der steckt im Kartenfach ganz oben, stets griffbereit. Die Jenny arbeitet für die Security des Krankenhauses, in der Notaufnahme. Immer häufiger kommt es zu Aggressionen gegenüber Ärzten und Pflegepersonal. Es liegt am Alkohol, an Drogen oder psychischen Störungen, dass die Leute verrücktspielen, auch an der zunehmenden Dummheit und den abnehmenden Hemmungen, in München ist das nicht anders als in Afrika. Und wenn es sein muss, greift die Jenny dann ein.

Sie ist topfit und geht regelmäßig an die Geräte, das gehört zu ihrem Job. Sie hat die erforderlichen Kurse absolviert, wurde hart rangenommen. Wie beim Militär lief das ab. Der Ausbilder nahm keine Rücksicht darauf, dass sie die einzige Frau im Lehrgang war. Er hat ihr alles beigebracht, was zur Gefahrenabwehr nötig ist, gewaltlose Deeskalation, verbale und nonverbale Kommunikation – und jegliche Form des Körpereinsatzes einschließlich aller Tricks, auch der gemeinen, die richtig wehtun. Ihr Vorteil ist, dass niemand ihr zutraut, eine geprüfte Schutz- und Sicherheitskraft zu sein.

Der Mann, der das Reh getötet hat, setzt sich wieder aufs Bett. Er betrachtet lange ihr Gesicht und dann ihren nackten Oberkörper. Sie hat gemerkt, wie er ihre kaputte rechte Brust betatscht hat, davon ist sie aufgewacht. Viel hat sie nicht gespürt, zumindest am Anfang. Es fühlte sich gar nicht schlecht an, ganz im Gegenteil. Eine Wärme hat sich in ihr ausgebreitet, an die sie sich kaum noch erinnern konnte, eine Geborgenheit, als würde sich etwas lösen in ihr und erneut öffnen nach langer Zeit.

Aber sie möchte nicht, dass es sich gar nicht schlecht anfühlt. Sie möchte keine Wärme und auch keine Geborgenheit. Und zum Studienobjekt eines Wilderers werden, das möchte sie ganz gewiss nicht.

Der Geschmack der Leber ist noch in ihrem Mund. Das war ein Fehler, da hat sie sich hinreißen lassen.

»Ich glaub, du bist wach«, sagt er. »Jennifer ..., ein schöner Name. Ich bin der Loisl. Tut mir leid, dass ich dir eine Beule verpasst hab. Ich will dir nichts Böses.«

Er beugt sich vor und hält ihr ein Kleidungsstück hin. Blitzschnell richtet sich die Jenny auf und versetzt ihm einen Kopfstoß direkt aufs Nasenbein. Bevor er nach hinten wegkippen kann, schlingt sie den rechten Arm um seinen Hals.

Er ist benommen, aber außer Gefecht hat sie ihn noch nicht gesetzt. Sie windet sich unter ihm hervor und springt auf seinen Rücken, bringt die Beuge ihres Ellenbogens unter seine Kehle. Sie presst ihn an sich, würgt ihn, schneidet ihm die Luft ab. Ihre Miene ist verzerrt, sie keucht vor Anstrengung und Kampfeslust. Zur Kriegerin ist sie erst in Deutschland geworden.

Er beginnt sich zu wehren in ihrem Klammergriff. Sie hält ihn unnachgiebig fest, drückt stärker zu. Bis die Spannung in seinem Körper nachlässt und schließlich erlahmt.

Sie lässt ihn los. Er sinkt auf die Matratze.

Eine Weile kniet sie über ihm. Wartet, ob er sich noch rührt.

Keine Reaktion.

Sie triumphiert. Es ist ihr gelungen, den Hünen zu überwältigen. Ihre Erregung ebbt ab, ihr Schädel brummt. So ein Kopfstoß ist effektiv, aber er hat Nachwirkungen.

Rasch checkt sie die Lage. Sie befindet sich in einem Zimmer über dem Gasthof, die Tür ist nicht abgeschlossen. Über das Treppenhaus würde sie in den Flur und ins Freie gelangen. Sie entdeckt ihre blutbefleckten

Sachen und zieht das Kleidungsstück an, das er ihr angeboten hat, Funktionsunterwäsche, besser als nichts. Sie nimmt ihr Portemonnaie an sich. Ihr Daunenparka hängt über der Stuhllehne. Sie könnte hineinschlüpfen und gehen.

Ich will dir nichts Böses.

Seine Worte.

Der Loisl, so heißt er.

Sie hat sich an seiner Beute vergriffen, an den Innereien. Verständlich, dass er sie niedergeschlagen hat.

Die Jenny fasst sich an die Brust. Sie brachte sich die Wunde einst selbst bei, mit einer Nagelschere, um hässlich zu werden, unansehnlich für ihre Peiniger. Bevor sie ihr die Schere abnahmen.

Niemand durfte ihre Brust berühren, auch nicht die Ärzte der Hilfsorganisation. Der Loisl hat es aber getan, und irgendwie ist so gar nichts Falsches daran gewesen. Wie eine Behandlung hat es sich angefühlt, weder lüstern noch grausam. Er hat es einfach nur gut mit ihr gemeint, der seltsame Kerl. Und der Blick, mit dem er sie angeschaut hat … Dieser Blick ist ihr bekannt vorgekommen.

Die Jenny bringt den Loisl in eine stabile Seitenlage und legt sich zu ihm. Es ist wie mit Joel vor ihrer ersten Blutung unten zwischen ihren Beinen. Da teilten Bruder und Schwester noch ganz selbstverständlich ein Bett in Ermangelung anderer Schlafplätze. Sie redeten, bis ihnen die Augen zufielen. Und zuvor teilten sie die Antilopenleber nach der Jagd.

Sie fragt sich, ob er noch lebt. Hat sie den Loisl umgebracht?

Sie fühlt seinen Puls.

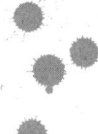

AUFBRUCH VOM REH

ZUTATEN

1 frischer Aufbruch vom Reh: Herz, Leber, Nieren
100 g durchwachsener Bauchspeck
2 Zwiebeln
1 Knoblauchzehe
½ l Rotwein
250 ml Portwein
1 TL süßes (oder auch geräuchertes!) Paprikapulver
6 Wacholderbeeren
2-3 Stängel Majoran
2 Stängel glatte Petersilie
Salz, Pfeffer aus der Mühle
Butterschmalz zum Braten

ZUBEREITUNG

Herz, Nieren und den Bauchspeck in Würfel schneiden. Zwiebeln halbieren und in Scheiben schneiden, Majoran abzupfen. Rotwein auf etwa ein Drittel reduzieren, Portwein zugeben und nochmals um ein Drittel reduzieren. Ofen auf 170 Grad vorheizen. Gewürfelte Innereien salzen und pfeffern. Butterschmalz erhitzen und Zwiebeln sowie Herz und Nieren sanft anbraten. Bauchspeck dazugeben, angedrückte Wacholderbeeren und Majoran dazugeben und die Rotwein-Portwein-Reduktion angießen. Das Ganze in eine feuerfeste Form geben, mit einem Deckel fest verschließen, und im Backofen etwa 90 Minuten schmoren. Aus dem Ofen nehmen, mit Salz und Pfeffer abschmecken. Petersilie abzupfen und fein wiegen. Rehleber nur mit Paprika einreiben und braten, sie sollte innen noch zartrosa sein. Ragout auf vorgewärmten Tellern verteilen und mit der in Scheiben geschnittenen Leber garnieren. Mit der Petersilie bestreuen.

Ein Herz, eine Leber und zwei Nieren vom Reh reichen gerade einmal für zwei Portionen. Dazu passen Semmelknödel.

1 675 Tage und in Ewigkeit
Heidi Rehn

München, 1. Mai 1945

Und dann stand Loni plötzlich vor ihr. Starrte sie an. Und Amrei starrte zurück. Beide wussten sofort Bescheid. Beiden war sofort klar, wen sie vor sich hatten. Auch wenn exakt 1 675 Tage seit ihrer letzten Begegnung vergangen waren. 1 675 Tage, von denen Amrei keinen einzigen vergessen hatte. Und auch nie mehr vergessen würde. Nicht wegen der unzähligen Bomben, Brände und Verwüstungen, die ihre Heimatstadt seither nahezu vollständig zerstört hatten, sondern weil an jenem 29. September 1940 die Welt für sie zusammengebrochen war. Und Loni die Schuld daran trug.

Bei Lonis Anblick wäre Amrei vor Schreck fast die gerade erst mühsam erkämpfte Flasche Arrak entglitten. Beim Versuch, das zu verhindern, hätte sie fast auch den gerade erst ebenso mühsam erkämpften Sack Zucker fallen lassen. Beides aber konnte sie gerade noch rechtzeitig vor dem Zerbersten auffangen.

Dafür war Loni verschwunden.

Aber auch nur fast.

Kaum hatte Amrei die Flasche Arrak und den Sack Zucker irgendwie in den ohnehin schon prall gefüllten Rucksack auf ihrem Rücken gestopft, sah sie auch schon, wie Loni durch die Horde der gierigen Beutejäger im Lager der Riemerschmidschen Spirituosenfabrik nach draußen flüchtete. Und stürzte ihr hinterher.

Nur den Bruchteil einer Sekunde bereute sie, ihren Raubzug auf der Praterinsel schon wieder beenden zu müssen, ehe sie ihn so richtig begonnen hatte. Viel größer aber war ihr Bedauern, Loni nicht schon vorhin im Bürgerbräukeller am nahen Gasteig erspäht zu haben. Im Zuge der gewaltsamen Plünderungen hatte sich dort der Rotwein aus den imposanten Fässern kniehoch in die unübersichtlichen Kellergewölbe der Brauerei ergossen. Niemand kümmerte sich darum, was der andere tat, ob er in dem kostbaren See ersoff oder durstig davon trank. Jeder schaute nur darauf, was er noch für sich zusammenraffen konnte. Ideale Bedingungen, um jemanden unbemerkt zu ertränken. Auch wenn das eigentlich ein viel zu schöner Tod für jemanden wie Loni wäre.

Kaum dachte Amrei das, erschrak sie von Neuem. Dieses Mal allerdings über sich selbst. Wie konnte sie nur so tief sinken, ein Übel mit einem anderen zu vergelten? Das machte es auch nicht ungeschehen. Und brachte ihr vor allem den geliebten Fonsl nicht wieder zurück. Besser, sie konzentrierte sich vorerst darauf, Loni nicht aus den Augen zu verlieren, und beschäftigte sich später erst damit, was sie mit ihrer Entdeckung machen, was sie mit Loni anstellen sollte, um deren Tat einigermaßen angemessen zu rächen.

Leichter gedacht als getan. Seit den frühen Morgenstunden zogen Hunderte, nein Tausende, wenn nicht gar Zehntausende durch die Stadt. Am späten Nachmittag des eiskalten, grauen Vortages hatten amerikanische Truppen Hitlers ehemalige Lieblingsstadt und die einst so stolz als Stadt der Bewegung firmierende Isarmetropole eingenommen. Oder vielmehr das, was nach annähernd sechs Kriegsjahren und über siebzig Luftangriffen noch von ihr übrig war. Viel mehr als ein gigantischer Trümmerhaufen war das eigentlich nicht. Aber wenigstens ein gigantischer Trümmerhaufen mit einigen erstaunlich gigantischen Vorratskellern, in denen es noch Unvorstellbares zu holen gab. Weshalb sich seit dem Morgengrauen die hungrigen und gierigen Massen auf der Suche nach Ess- oder sonst wie Verwert- und Tauschbarem durch die Straßen wälzten.

Eines der Ziele war der Bürgerbräukeller auf dem Gasteig in Haidhausen, ein anderes die Riemerschmidsche Spirituosenfabrik auf der Praterinsel bei der Maximiliansbrücke über die Isar im Lehel. Kein Wunder, dass Amrei Loni dort getroffen hatte, wenn sie, wie so viele andere, bis zum letzten Tag des angeblich Tausendjährigen Reiches in München ausgeharrt hatte. Jeder, der jetzt noch lebendig war, musste essen, um zu überleben, und sich deshalb Essen beschaffen und steuerte dazu die Lager der von den Nazis heimlich beiseitegeschafften Kostbarkeiten an.

Die Ellbogen musste Amrei einsetzen, um aus der Likörfabrik hinaus- und über die schmale Wehrbrücke von der Praterinsel hinunterzugelangen. Zwar hatte sie Loni, die ähnlich zierlich sowie ähnlich unauffällig wie sie in einen fadenscheinigen Wollmantel gehüllt war und ein ähnlich ausgebleichtes Kopftuch ums halblange, dunkelblonde Haar geschlungen hatte, kaum mehr im Blick. Aber allein die Tatsache, dass Loni genau wie sie gegen den Strom der mit Handkarren, Rucksäcken und allerlei Taschen Bewehrten anschwamm, genügte, um ihre Spur zu verfolgen. Wie eine Schneise grub sie sich tief in die wogende Menschenmenge ein.

Am Isarufer angekommen, wandte sich Loni nach rechts, die Widenmayerstraße flussabwärts, vorbei an den halbwegs intakten Gründerzeitbauten nach Norden zu. Amrei lief ihr hinterher. Bald schlug Loni trotz des schweren Rucksacks zwischen den ihr Entgegeneilenden erstaunlich flinke Haken, um zu entrinnen. Amrei blieb ihr jedoch dicht auf den Fersen, obwohl ihr die Riemen des übervollen Rucksacks längst schmerzhaft in die Schultern schnitten.

Kurz vor der Prinzregentenstraße wäre Loni ihr in den Ruinen der ausgebombten Häuser jedoch beinahe entwischt. Derweil sie sich vorsichtig einen wackeligen Weg über grob aufgeschichtetes, unter jedem Tritt gefährlich nachgebendes Geröll suchte, erhaschte sie zum Glück doch wieder einen Blick auf die um die nächste Ecke huschende Gestalt.

Konnte es wahr sein? Rannte Loni da etwa geradewegs in die Oettingenstraße hinein? Amreis Herzschlag beschleunigte. Sie lief weiter.

Sobald ihr klar wurde, wohin Loni letztlich entschwand, begann sie vor Entrüstung nach Luft zu schnappen. In dem wenig beschädigten, mehrstöckigen Haus kurz vor Ende der Himmelreichstraße gleich am Englischen Garten hatte sie vor mehr als 1 675 Tagen schon gewohnt! Amrei wollte es nicht fassen. War Loni etwa wieder dorthin zurückgekehrt? So nah bei ihrer eigenen Wohnung? Und dem Ort des damaligen Geschehens? Als wäre nie etwas passiert? Alles vorbei und vergessen?

Loni musste überzeugt sein, sie endgültig abgehängt zu haben. Die letzten Meter vergaß sie sämtliche Vorsicht und flanierte geradezu hoch erhobenen Hauptes über das Trottoir auf das Haus zu. Während Amrei ihr von einem Toreingang halb versteckt nachsah, biss sie sich auf die Lippen, um einen Aufschrei zu unterdrücken. Diese Dreistigkeit war typisch Loni. Genauso dreist hatte sie sich am frühen Morgen jenes vorletzten Septembertages vor viereinhalb Jahren mitten auf dem Bürgersteig in der Widenmayerstraße postiert, als die bulligen Gestapoleute den völlig verzweifelt um sich tretenden und schlagenden Fonsl zwischen sich abgeführt hatten. Und Amrei hatte ihm nicht helfen können, weil zwei andere Nazischergen sie festhielten und daran hinderten, ihm beizustehen.

Nie mehr würde sie den triumphierenden Blick vergessen, den Loni ihr zugeworfen hatte. »Wenn ich ihn nicht haben kann, wirst du ihn auch niemals haben«, hatte der signalisiert und nicht die geringste Spur von Gewissen durchschimmern lassen, weil das letztlich Fonsls Todesurteil bedeutet hatte. Mit der Liebe für ihn war es bei Loni entgegen all ihrer Behauptungen also gar nicht so weit her gewesen, sonst hätte sie ihn wohl kaum so hinterfotzig verraten. Um Liebe ging es jemandem wie Loni wahrscheinlich ohnehin nie, weil sie gar keine Liebe empfand. Wahrscheinlich gar keine Gefühle empfand. Und plötzlich begriff Amrei, dass sie sich etwas ganz Besonderes einfallen lassen musste, um nun, da Loni wieder zurückgekehrt war an den Ort des Geschehens, den sie am selben Septembertag 1940 für immer zu verlassen vorgegeben hatte, endlich Rache zu nehmen.

Langsam trottete sie, den Rucksack wieder schwerer auf den Schultern spürend, die Himmelreichstraße zurück und weiter in die Paradiesstraße bis fast zur Isar. Zum Glück hatte das Haus, in dem sie schon so lang in einer winzigen Wohnung direkt unterm Dach lebte, den Krieg nahezu unbeschadet überstanden. So blieb ihr wenigstens einer der Orte, an denen sie die Liebe mit Fonsl erlebt hatte.

In der Küche angekommen, packte sie die erbeuteten Lebensmittel aus. Sie hatte ausreichend Zutaten für eine aufgeschmalzene Brotsuppe beisammen, wie Fonsl sie ihr früher gern zubereitet hatte. Ihr geliebter Fonsl, der aufrechte Sozialdemokrat und stolze Arbeiter, Sohn einfacher jüdischer Schusterleute aus der Isarvorstadt. Eine Welt, die ihr als Tochter aus vornehmem Haus, Pharmaziestudentin obendrein, erst durch ihn erschlossen worden war. Worauf sie sich neugierig eingelassen hatte. Und was durch Loni jäh geendet hatte.

Gleich machte sie sich ans Werk, schnitt die Zwiebeln in Ringe und das in der Speis hart gewordene Brot in grobe Würfel, rupfte Schnittlauch und Petersilie aus den Töpfen auf dem Fensterbrett, ließ den im Bürgerbräukeller heiß erkämpften Speck in der Pfanne aus. Ein lang vermisster Duft zog durch die niedrige Küche. Amreis Magen reagierte mit einem vernehmlichen Knurren. Wie hungrig sie doch war! Über der unverhofften Begegnung mit Loni hatte sie das glatt vergessen. Während sie im Topf reichlich vom ebenfalls im Bürgerbräukeller errungenen Schmalz erwärmte und darin die Zwiebelringe glasig andünstete, wanderten ihre Gedanken erneut zu Fonsl.

Sie wusste, dass er tot war. Obwohl es nie eine offizielle Bestätigung gegeben hatte. Einer seiner Mithäftlinge aus Dachau hatte ihr erzählt, dass er schon kaum mehr lebendig gewesen war, als er wenige Tage nach seiner Verhaftung vom Braunen Haus dorthin gekommen war. Wie hätte ein schon vorher mehrere Jahre ins Versteck Gezwungener den braunen Schergen auch lange standhalten sollen? Ein so feinfühliger, empfindsamer Mensch wie ihr Fonsl noch dazu?

Tränen überschwemmten Amreis Augen, ein heftiges Aufschluchzen nahm ihr fast den Atem. Noch 1 675 Tage später konnte sie es kaum ertragen, sich an den letzten Blick aus seinen wundervollen grünen Augen zu erinnern, den er ihr zugeworfen hatte, bevor er für immer und in Ewigkeit aus ihrem Leben, nicht aber aus ihrem Herzen verschwunden war. Was hatten diese Augen danach noch alles sehen und erdulden müssen? Abermals biss sie sich auf die Lippen, dieses Mal jedoch vor Trauer und Schmerz.

Unablässig rührte sie weiter im Topf, goss schließlich Wasser an, ließ die Brühe eine Weile aufkochen, brockte unterdessen die Brotwürfel auf einen tiefen Teller, streute die Kräuter darüber und gab die dampfende Suppe dazu. Ein Festessen zum Gedenken an Fonsl. Und an ihre immerwährende Liebe. Auch 1 675 Tage nach ihrer grausamen Trennung.

Die sie allein Loni und ihrer Missgunst zu verdanken hatte. Weil die es nicht ertragen hatte, dass sich der attraktive Fonsl nicht für sie interessiert hatte, sondern Amrei treu geblieben war. Dafür sollte Loni nun endlich büßen. Auf einmal wusste Amrei auch, wie. Denn natürlich war jetzt, in dem allgemeinen Aufruhr und Chaos nach dem Einmarsch der Amerikaner, die beste Zeit dafür. Gerade scherte sich niemand groß darum, was einer dem anderen antat, um sich Genugtuung für erlittenes Unrecht zu verschaffen.

Genüsslich ob dieser Aussicht verzehrte sie die Suppe, genoss jeden einzelnen Löffel davon, ließ die Brotkrumen in der fettigen, nahrhaften Brühe auf der Zunge zergehen, bevor sie sie andächtig hinunterschluckte. Und Fonsls geliebtes Gesicht wieder vor sich sah. Allerdings nicht so, wie sie es in den glücklichen Zeiten vor seiner Verhaftung immer vor sich gehabt hatte. Mit all der funkelnden Lebens- und Liebeslust in den grünen Augen. Sondern so, wie sie es seit jenem 29. September 1940, seit 1 675 Tagen also, nicht mehr aus dem Kopf bekam. Mit all der Verzweiflung und dem unendlichen Schmerz. Für immer und in Ewigkeit.

Die Vorstellung erschöpfte Amrei. Sie schleppte sich in die angrenzende Kammer, legte sich aufs Bett und schlief ein. Schlief einen erstaunlich tiefen, schweren, traumlosen Schlaf. Und erwachte erst, als es draußen bereits dämmerte, sich der Anbruch der Nacht ankündigte.

Auf einen Schlag war sie hellwach. Wusste sofort wieder, was geschehen war. Dass sie Loni wiedergesehen hatte. Und wusste, wo sie zu finden war. Und sich an ihr rächen musste. Für Fonsl und all das erlittene Leid.

Kurz entschlossen schnappte sie sich ihren Mantel, das Kopftuch sowie einen Schal und eilte die Treppen hinunter, aus dem Haus hinaus zur Himmelreichstraße zu. Der für Mai ungewöhnlichen Kälte, die noch immer über der Stadt hing, keine Beachtung schenkend. Ebenso wenig den Nachbarn und Bekannten, die ihr unterwegs verwundert und kopfschüttelnd begegneten.

»Du?«

Überrascht stand Loni in der geöffneten Tür. Es dauerte einen Moment, bis ihr klar wurde, wen sie vor sich hatte. Und aus welchem Grund. Vermutlich war sie sicher gewesen, Amrei wieder losgeworden zu sein, sonst hätte sie kaum derart unbedarft nach dem ersten Klingeln aufgemacht. Wie naiv, wo sie doch in ihre frühere Wohnung zurückgekehrt war! Sie musste längst ahnen, dass Amrei sich gleich damals bemüht hatte, die Adresse herauszufinden.

Zielstrebig drängte Amrei Loni nach drinnen. Die seit 1 675 Tagen aufgestaute Wut verlieh ihr ungewohnte Kraft. Und Entschlossenheit.

Im nächsten Moment schlang sie Loni den Schal um den Hals, zog zu. Registrierte mit Genugtuung erst den verblüfften Aufschrei und das langsame Ersticken der Stimme, dann die vor Entsetzen weit aufgerissenen Augen.

Und bemerkte in derselben Sekunde ebenfalls entsetzt, dass Lonis Augen grün waren. Wie die von Fonsl.

Sie erstarrte. Und musste auf einmal daran denken, was Fonsls Augen noch alles gesehen und ertragen hatten, bis sie sich endlich für immer hatten schließen dürfen. Für immer und in Ewigkeit. Was das für eine Erlösung gewesen sein musste. Für Fonsl. Und deshalb durfte es für Loni jetzt keine Erlösung sein, sie gleich ebenfalls endlich für immer schließen zu dürfen. Für immer und in Ewigkeit. Besser wäre es, sie zuvor noch Leid und Schlimmes sehen zu lassen. Mindestens 1 675 Tage lang. Und in Ewigkeit. Wie Fonsl.

Laut keuchend ließ sie den Schal aus den Händen gleiten, ließ von Loni ab und lehnte sich mit dem Rücken zur Wand. Atmete heftig. Bis sie sich allmählich beruhigte. Räusperte. Und klar sprechen konnte.

»Glaub nicht, du kommst davon. So schnell nicht. Für mindestens 1 675 Tage, wenn nicht gar in Ewigkeit, sollst du wissen, dass ich nicht vergesse, was du Fonsl angetan hast. Für mindestens 1 675 Tage und in Ewigkeit sollst du jeden einzelnen Tag daran denken, was es heißt, zurückzubleiben und in ständiger Angst davor zu leben, was noch kommen oder geschehen mag, und was nicht. Ob ich dich anzeige oder dich selber richte oder warten lasse oder eines Tages vielleicht doch vergesse und gar nichts tue. Für 1 675 Tage und in Ewigkeit sollst du dich nicht mehr sicher fühlen, was geschieht. Ich werde dich finden, egal, wo du steckst. Wir werden uns wiedersehen, egal wo. Immer wieder. Und wir werden fortan beide nie vergessen, was du Fonsl angetan hast. Vor 1 675 Tagen und in Ewigkeit.«

Damit schlang sie sich den Schal um den Hals und verschwand aus Lonis Wohnung. Vorerst. Bis zum nächsten Mal. In 1 675 Tagen. Oder früher. Oder nie mehr. Und in Ewigkeit.

AUFGESCHMALZENE BROTSUPPE

ZUTATEN
Altbackenes Brot
Zwiebeln (am besten milde Gemüsezwiebeln)
Schmalz
ca. 1 l Gemüse- oder Fleischbrühe zum Aufgießen (in der »schlechten Zeit« wurde mit Wasser aufgegossen)
wahlweise Speckwürfel zum Verfeinern
zum Würzen Muskat, Pfeffer, Salz (je nach Geschmack)
Schnittlauch oder Petersilie zum Garnieren

ZUBEREITUNG
Die Zwiebeln in Ringe schneiden und in einem Topf mit Schmalz braun anbraten, evtl. Speckwürfel mit dazugeben. Mit der Gemüse-/Fleischbrühe oder nur dem Wasser aufgießen, köcheln lassen. Derweil das altbackene Brot würfeln und in die Teller geben. Die Zwiebelbrühe je nach Geschmack mit Pfeffer, Salz, Muskat abschmecken und über das Brot in den Tellern geben. Mit kleingehackten Kräutern wie Schnittlauch oder Petersilie verzieren.

Bullet Man
Ingrid Werner

An 'nem gekippten Fenster kann ich nicht vorbei, ich schwör, ist ja die reinste Einladung. Als ob die dahinter sagen würd, komm nur, komm, ich wart auf dich.

Meistens komm ich dann auch. In der Nacht. Um halb vier. Um die Zeit derbröselts sogar die, die nicht schlafen können und liegen dann wie abgefüllt im Bett. Davor schaun sie Netflix oder malen sich die Fußnägel an oder was weiß ich, hab schon die abgefahrensten Sachen gesehen. Aber um halb vier schlafen alle. Viel später als vier darfs nicht sein, ich brauch ja auch meine Zeit. Um halb fünf wirds hell im Sommer, und die Ersten stehen schon wieder auf, und das wär ja blöd, wenn ich dann bei denen in der Ecke hock und sie sehen, wie ich sie anschau.

Ich steig grundsätzlich nur in die Ein-Zimmer-Apartments, bei Frauen, die allein leben, alles andere ist mir zu vertrackt. Nachher erwischt mich noch ihr Typ, weil der grad auf dem Klo war oder von der Schicht heimkommt, merci vielmals, auf so was hab ich keinen Bock. Aber so eine Single-Tussi, das ist eine klare Sache, da weiß ich, woran ich bin, gibts ja genug in der Stadt, und eine gute Vorbereitung ist alles.

Bei ersten Mal hab ich Pech gehabt, da war ich bei einer, die hat ausgeschaut, als wär sie hundert. Ganz dünn war die und nur noch weiße Fusseln auf dem Kopf. Mit offenem Mund ist sie im Bett gelegen und hat laut geschnauft, nicht wirklich geschnarcht, eher so, als ob sie keine rechte Luft mehr bekommen würd. Vielleicht war daran auch die Kerze schuld, die auf ihrem Nachtkastel gebrannt hat. Es war schon ein bisserl stickig im Zimmer, und es hat nach Kraut gestunken, ich mag das ja,

Hunger hab ich gleich davon gekriegt und in dem Topf aufm Ofen nachgeschaut, da war noch der Rest vom Abendessen drin. Ripperl mit Kraut, ich steh auf Ripperl mit Kraut. Also hab ich was gegessen, direkt aus dem Topf, ich bin da nicht hoaglig und geschmeckt hats auch. Kochen hat sie schon noch können, die Alte. Als Dank hab ich dann die Kerze ausgemacht. Manche sind wirklich leichtsinnig, was da alles passieren könnt, zum Schluss hätt sie das ganze Haus abgefackelt.

Ich find es interessant, wie die so leben. Andere schaun sich irgendwelche Reality Shows an oder Perfektes Dinner oder so einen Schmarrn, nur damit sie mal in fremde Wohnungen gucken können. Ich mach das halt live, ist auch spannender, das Risiko, ob sie aufwachen oder nicht. Aber aufgewacht ist noch keine bei mir.

Einsteigen kann ich überall, das ist keine Challenge. Selbst so ein WK1-Fenster hält mich nicht auf, oder auch WK2, völlig wurscht, was nützt auch so ein Einbruchschutz, wenn die Leut ihr Fenster kippen? Das müsste ihnen mal einer erklären. Nur bei der 3er tu ich mir schwer. Aber dann geh ich halt wieder und such mir ein anderes Fenster. Oft stehen die sogar sperrangelweit auf. Wie die letzten Wochen, wo die frühe Hitzen im Juni alle erschlagen hat und es auch in der Nacht nicht kühler war. Da hab ich freie Auswahl gehabt. Aber das bringt mir keinen Spaß, wenn sies mir zu einfach machen. Ich zeig schon gern, was ich kann. Also mir, weil die anderen merken ja nichts davon. Erst mal.

Es muss auch nicht unbedingt Erdgeschoss sein, wobei denen gehört es eigentlich nicht anders, als dass jemand vorbeikommt. Im Parterre wohnen und das Fenster auflassen – so relaxt wär ich auch gern. Aber ich komm auch problemlos in die oberen Stockwerke. Schau zwar aus wie ein Lauch, aber meine Muckis sind der reinste Stahl. Ich hangle mich von einem Balkon zum anderen, Kleinkram.

Warum ich das mache? Mei, jeder braucht halt ein Hobby, und meins kostet auch nichts, hab eh kein Geld. Am liebsten schau ich mich in Schwabing um. Wies in einer Wohnung am Innsbrucker Ring ausschaut, weiß ich selber, und die Schickimickidinger in Solln oder Harlaching sind zu stark bewacht. Außerdem fährt die U-Bahn von uns direkt zum Hohenzollernplatz und dort gibts jede Menge Prachtweiber, die allein wohnen, und im Sommer nichts anhaben beim Schlafen oder fast nichts, und ich kann sie nicht nur anschauen, sondern sogar riechen, besser als jeder Porno, echt krass.

Aber ich tu denen nichts, ich schwör, so einer bin ich nicht. Ich hab noch nie eine angelangt, auch wenn ich nur die Hand ausstrecken müsst, und sie mich echt anmachen, wie sie sich so rumwälzen, als ob sie extra für mich 'ne Show abziehen.

Ich lass nicht mal meine Tempos in der Ecke liegen, wo ich gesessen bin, ich bin ja nicht blöd. Mit CSI und so weiß jeder Loser, dass die mit ihrem DNA-Scheiß die Leute kriegen, und ich hab keine Lust, dass die mich schnappen, in den Knast geh ich nicht.

Ich klau auch nichts. Außer wenn mal Geld rumliegt, das steck ich ein, kein Ding. Auch mal einen Ring oder ein Notizbuch. Und dann stell ich mir ihr Gesicht vor, wie sie suchen und suchen und es nicht finden und schon ganz ausflippen, weil da ihre Secrets drinstehen und die jetzt verschwunden sind. Wenn ich nur daran denk, muss ich schon grinsen. Außerdem schau ich mir die bunten Bücher gern an. Manche malen jede Seite anders aus und schreiben sich so Listen, was sie alles nicht mehr machen wollen oder in Zukunft erst recht machen wollen. Ich versteh zwar nicht, was das soll, aber denen ist das mordswichtig. To-do-Liste und Morgenroutine. What the fuck ist eine Morgenroutine? Und vorn steht immer Bullet Journal drauf. Bullet ist für mich was anders. Peng, peng und so. Aber mit Schießen hat das alles nichts zu tun. Versteh einer die Weiber.

Am Tag les ich dann ein bisserl in den Büchern rum, nicht alles, steht ja ein Haufen Schwachsinn drin, aber manchmal auch so Geschichten, was sie erlebt haben oder wen sie hassen oder so. Wie in einem Tagebuch. Das hat meine Schwester früher auch geschrieben. Aber nur bis ich es unter ihrem Bett gefunden und dann ihre Infos verwertet hab, sozusagen. Bis sie ausgezogen ist, hat sie gut was abgelöhnt dafür, dass ich ihr Geheimnis für mich behalten hab. Mein Vater hätt sie sonst totgeschlagen.

Wie ich mich an die Sache mit meiner Schwester erinnert hab, hab ich mir überlegt, ob ich mein Hobby nicht ausweiten soll, die Frauen zahlen bestimmt einen Haufen Kohle, um das Ding wiederzukriegen. Im Moment hab ich keine Lust auf den Stress, aber ich behalt es mal im Hinterkopf. Seitdem sammle ich die Dinger systematisch und schreib mit Marker die Adresse und den Namen von dem Mädel obendrauf. Hab schon ein ganzes Regal damit voll, für schlechte Zeiten, wie ein Eichkatzerl. Früher bin ich einmal mit meiner Mutter im Luitpoldpark Eichkatzerl füttern gewesen. Bevor sie verschwunden ist. Keine Ahnung, warum wir ausgerechnet in den Park gegangen sind. Vielleicht bin ich deshalb jetzt auch immer in Schwabing unterwegs. Eh wurscht.

Gestern Abend bin ich mal wieder los. Ich bin gern zeitig dran, spazier durch die Straßen, schau mir die Leute an, guck schon mal, ob Fenster gekippt sind. Könnt ja sein, dass da eins einfach offen bleibt. Kauf mir ein Bier am Kiosk und setz mich am Kurfürstenplatz auf die Bank. Ich mag die Straßenbahnen.

Ich steh also in der U2, Feierabend, alles fährt heim, eng wie noch was. Neben mir so eine junge Frau. Guter Busen, toller Arsch, hellbraune glatte Haare. Schaut in ihr Handy. Instagram. Lauter Bilder von diesen Dingern, den Bullet Journals, wie malt man den Juni und son Zeug. Ich denk mir, noch so eine. Da hebt sie den Kopf, schaut mich an und lächelt. Keine Ahnung wieso, bin nämlich kein Pietro Lombardi, normal lächelt mich keine an. Meine Nase ist, seitdem mich mein Alter rausgeschmissen hat, schief. Aber vielleicht gefällt ihr meine Kette, schweres Silber, mit 'nem Anhänger, ein Riesenkreuz, das hab ich noch von meiner Mutter. Egal. Auf alle Fälle lächelt sie, ich schwör. Nur kurz, aber immerhin. Und mich hat sie dabei angeschaut, mit ihren grünen Augen, ja grün, das kann ich gerade noch erkennen, dann schaut sie wieder ihr Handy an.

Mir ist warm. Mir war vorher schon warm, bei der Hitzen und den vielen Leuten, aber jetzt ist mir so innerlich warm, und ich schau sie mir genauer an. Beuge mich näher zu ihr rüber. Was ich rieche, kommt mir bekannt vor. Wahrscheinlich war ich schon mal bei ihr, in ihrer Wohnung, hab mich an der Wand runtergelassen bis in die Hocke und hab ihr zugeschaut, beim Schlafen. Sofort bin ich scharf und dreh mich ein bisserl weg, damit sie es nicht mitbekommt. Schau aus dem Fenster. Tu so, als würd sie mich nicht interessieren. Aber ich weiß genau, ich muss wissen, wo sie wohnt.

Wir halten am Hohenzollernplatz, ein paar steigen aus, sie auch. Mit Abstand ich hinterher. Sie geht die Treppe rauf, wackelt mit dem Hintern, wie wenn der ein riesiges Schild wär, auf dem Follow me steht, wie bei den amerikanischen Bullenautos in den Filmen.

Klar, mach ich doch, Süße.

Erich-Kästner-Straße. Die Linden duften, es dämmert bald, rechts der Discounter hat noch auf. Kurz vor der Herzog biegt sie in einen Durchgang zum Hinterhof ab. Und jetzt weiß ich, ja, da war ich schon. Ich höre, wie sie durch den Hof geht, ein paar Stufen hoch, dann fällt eine Haustür ins Schloss. Ich trau mich näher ran. Das Hinterhaus ist kleiner als die Häuser drumherum, nur zwei Stockwerke und mit Oberlichtern, die wie Beulen aus dem Flachdach ploppen. Ich scanne die Fenster, in den meisten keine Vorhänge, gute Sicht, so mag ich das. Dann wird eins hell, nur ganz schwach, wahrscheinlich ihres, und sie hat erst das Licht im Gang angemacht. Ich warte.

Sie öffnet das Fenster, und ich mach schnell einen Schritt zurück in den Durchgang. Sie lässt es offen, dreht sich um, verschwindet in die Wohnung. Ich starre weiter hinauf. Durchforste mein Hirn. Ich weiß, dass ich schon mal hier war. Genau in dieser Wohnung. Letztes Jahr.

Ich gehe über den Hof und versuche, ganz normal auszuschauen. Dabei schlägt mein Herz schnell und ich meine, dass jeder spannen muss, was ich bald vorhabe. Aber das ist natürlich Schmarrn.

Auf dem Klingelschild sind nur sechzehn Namen. Der rechts oben heißt Mayer G, sofort weiß ich, dass G die Abkürzung von Gina ist. Stimmt, Gina Mayer, ich kenn dich.

»Guten Abend«, dröhnt es hinter mir. Schnell richte ich mich auf, nicke dem Typen zu, ohne ihm ins Gesicht zu sehen, damit auch er mein Gesicht nicht gut erkennen kann, und hoffe, dass er mich gleich wieder vergisst. Er geht ins Haus, ich auf die Straße.

Für heute breche ich die Tour ab. Ich hab was Besseres zu tun, fahr jetzt wieder nach Hause und suche. Ich hab so ein Gefühl, dass ich ein Bullet Journal von dieser Gina in meinem Regal hab. Warum sollte ich sonst wissen, dass G Gina heißt?

Ordnung ist alles, hätte mein Alter gesagt, und ich gebe ihm jetzt ausnahmsweise sogar mal recht. Mit meinem System hab ich schnell das Buch von ihr gefunden. Ich schmeiß mich aufs Bett und fang zum Lesen an.

Zuerst der übliche Quatsch mit To do und Habit Tracks und Listen von Lieblingsfilmen – Nummer eins Fifty Shades of Grey, dieser romantische Scheißdreck – und Zielen für das Jahr, den Monat, den Tag. Ich blättere weiter, gähne und kratze mich am Sack, da find ich was, und meine Hand fährt in die Hose. Ein paar Kleenex später weiß ich die geheimen Wünsche von Gina M. Meine Fresse! Wer hätt gedacht, dass ich mal so ein Massel hab? Die will tatsächlich von einem Einbrecher genommen werden. Wie geil ist das denn?

Das kann sie haben.

Am nächsten Tag schlaf ich lang. Ich hab ja schließlich was vor in der Nacht. Die ganze Zeit geh ich immer wieder meinen Plan durch, so schwer ist der nicht. Ich steig bei ihr ein und dann los. Zweimal mach ichs mir unter der Dusche, damit ich vor lauter Druck noch denken kann, und überleg, ob ich mich rasieren soll, lass es aber, ein Einbrecher stinkt ja nicht meilenweit gegen den Wind nach Rasierwasser. Da wär er schön blöd.

Um drei nachts fahr ich los, steh pünktlich um halb vier vor ihrem Haus. Alles dunkel, nichts rührt sich, ihr Fenster steht offen. Kein Wunder bei den Fantasien. Ich also rauf, die drei Blumenstöcke auf dem niedrigen Fensterbrett schieb ich zur Seite, dann spring ich wie ein Panther durchs Fenster rein und lass mich auf dem Teppichboden abrollen. Ein schneller Blick durch den Raum. Nur ein Zimmer, so wie ich es mag. Links ein Tisch mit zwei Stühlen, daneben ein Fernseher, hinten an der Wand ein großer Schrank, rechts das Bett mit der Blümchenbettwäsche. Ich erinnere mich.

Gina schläft. Die Haare sind verwuschelt, sie hat sich die Decke zwischen die Beine gestopft und umarmt den obersten Zipfel, ihren geilen Hintern streckt sie mir entgegen. Na, wenn das keine Aufforderung ist.

Meine Hände sind ganz schwitzig, und ich putze sie mir an der Hose ab. Ich mach einen Schritt auf das Bett zu und kann sie riechen. Das genügt, um steif zu werden. Soll ich mir die Hose ausziehen oder nur aufknöpfen? Aufknöpfen natürlich. Bettdecke wegziehen, auf sie drauf, eine Hand auf ihren Mund, damit sie vor Schreck nicht schreit, gehe ich im Geist durch. Noch ein Schritt und meine Unterschenkel berühren das Bettgestell. Ich schlucke. Mann, bin ich aufgeregt.

Los jetzt, sag ich zu mir. Aber ich bleibe stehen. Wie festgewachsen. Am liebsten würde ich mir selber eine scheuern, damit ich endlich in die Gänge komm. Aber es geht nicht. Ich atme tief durch. Mensch!

Da schmatzt sie im Schlaf und bewegt sich. Lässt die Bettdecke los, dreht sich auf den Rücken und liegt mit ausgebreiteten Armen vor mir. Das Nachthemd ist ihr bis über die Hüfte nach oben gerutscht. Ein Blick und ich stöhne. Sie wartet darauf, das weiß ich. Los, du Loser, mach!

Ich schmeiß mich auf sie, fühle ihren weichen Körper unter mir, drücke eine Hand auf ihren Mund. Schon hat sie die Augen aufgerissen und schreit in meine Handfläche. Nur ein erstickter Laut, nichts, was die Nachbarn hören könnten. Ich stütze mich mit dem Ellbogen ab und will nach meinem Hosenschlitz tasten, da schlägt sie mir mit beiden Händen karachomäßig auf die Ohren und ich hör nur noch ein lautes Pfeifen, gleichzeitig jagt ein grässlicher Schmerz durch meinen Unterleib und katapultiert mich vom Bett. Ich krümme mich und japse nach Luft. Im gleichen Moment ist sie über mir und sticht mit den Zeigefingern nach meinen Augen, ich kann gerade noch den Kopf abwenden, will mich umdrehen und aufstehen, da springt sie auf meinen Rücken, greift sich meinen rechten Arm und drückt ihn auf meiner Rückseite nach oben, dass ich mit der Hand gleich die Schulterblätter berühr. Ich brülle.

Frauen laufen ins Zimmer, zerren an mir, stopfen mir ein Tuch in den Mund, kleben was drüber, ein Scheißpanzertape, fesseln mich. Bis ich kapiert hab, was die machen, sind sie schon fertig. Der Fernseher plärrt los, an der Wohnungstür klingelt es. Gina geht raus. Die anderen sind still. Ich versuche, in meinen Kopf zu kriegen, was hier los ist, und ruhig durch die Nase zu atmen, hab das Gefühl, ich krieg keine Luft. Mein Bauch tut höllisch weh, auch meine Schulter, die mir die Bitch ausgekugelt hat, einfach alles. Ich beiße auf das Tuch. Zähle, um mich abzulenken, die Tussen, es sind fünf. Was wollen die von mir?

Gina kommt zurück. »Nur der Nachbar«, sagt sie zu den anderen und dreht den Fernseher leiser. »Hab ihm gesagt, es wäre nur eine Krimisendung, und hab mich für den Krach entschuldigt.« Sie grinst. Dann kniet sie sich vor mich hin. Die anderen sitzen um mich herum.

»Na, Bullet Man«, sagt sie und verzieht ihr Gesicht. »Weißt du, dass du bei der Polizei schon den Namen hast? Bist stolz drauf, hä?« Sie haut mir auf die kaputte Schulter, ich schreie, aber das hört sich wie ein Rohrkrepierer an, meine Augen brennen, mein Gesicht wird nass, die scheißschiefe Nase schwillt an. Ich möchte nach Luft schnappen, brauche dringend Sauerstoff, aber das geht nicht. Nur ganz wenig kommt am Rotz vorbei.

»Und? Erkennst du uns?« Sie deutet mit dem Zeigefinger im Kreis herum. »Du hast uns alle mal besucht. Bist an unserem Bett gesessen, hast uns beim Schlafen zugeschaut und an dir rumgemacht. Na, was meinst du? Hat uns das gefallen?« Sie wartet.

Als ob ich was sagen könnt. Ich schüttle den Kopf.

»Richtig!« Gina hört sich an wie meine verdammte Lehrerin früher. »Und warum machst dus dann?« Sie stößt mir die Faust gegen die Stirn, dass ich zurückschwanke, die anderen Weiber boxen mich wieder nach vorn.

Sie hat kapiert, dass ich nichts sagen kann, und redet gleich selber weiter. »Und du Arschloch hast gemeint, wir finden dich nicht, hä? Aber deine Angeberkette hier hat dich verraten.« Sie hebt das silberne Kreuz von meiner Mama an und spielt damit herum. »Das hab ich im Dunkeln immer aufblinken sehen, als du das erste Mal bei mir warst und gemeint hast, ich schlafe. Nee, du. Geschlafen hab ich nicht, nur so getan, bis du endlich fertig warst und wieder abgehauen bist. Seitdem such ich dich, beziehungsweise wir.« Sie nickt den anderen zu. »Heut endlich baumelt das Ding vor meiner Nase rum und ich denke, tschakka! Und die Statur von dem Typen könnt auch hinkommen. Klarheit hatte ich, als du mir hinterher bist. Da wusste ich, du würdest wiederkommen. Danke, dass du es heute schon getan hast.« Ihre Stimme hört sich komisch an. »Sonst hätten wir jede Nacht hier warten müssen.« Sie lässt das Kreuz fallen. »Kannst du dir überhaupt vorstellen, was du uns damit angetan hast? Wir sind alle in Therapie, weil wir in der Nacht ...«

Sie labert weiter, aber ich hör nicht mehr zu. Konzentrier mich nur noch darauf, Luft zu kriegen. Mir ist schwammig im Hirn.

Ein Blitz durchzuckt meine Schulter und fährt in meinen ganzen Körper. Das sollte die wirklich lassen, denke ich. Da wird mir schlecht. Ich höre sie weiterquaken, aber wie unter Wasser, sehen tu ich auch nicht mehr richtig, irre weiße Punkte zappeln vor meinen Augen. Mein Kopf fällt nach vor, aus meinem Bauch kommt irgendwas hoch, ich würge, aber da geht nichts raus …

»Hey, der stirbt uns!«, schreit eine.

Ich atme ein …

RIPPERL MIT KRAUT

ZUTATEN
4 Scheiben Kassler (Pökelrippen)
1 kg Sauerkraut
80 g Schweineschmalz
2 Zwiebeln
6 Wacholderbeeren, 2 Lorbeerblätter, Pfeffer, Salz

ZUBEREITUNG
Gewürfelte Zwiebeln im Schweineschmalz goldbraun andünsten. Das Sauerkraut unterrühren, nur wenig salzen. Wacholderbeeren, Lorbeerblätter und Pfeffer hinzugeben, mit etwas Wasser auffüllen. Das Fleisch auf das Kraut legen und ungefähr eine Stunde köcheln lassen, bis es weich ist. Dazu passen Semmelknödel oder Fingernudeln.

Einmal Bruni, immer Bruni
Manuela Obermeier

Was machte sie hier eigentlich? Wie lange wollte sie noch hier herumsitzen und dem Nieselregen zuschauen, wie er auf die Scheiben fiel? Bei diesem Wetter wäre sie zu Hause auf dem Sofa definitiv besser aufgehoben als auf diesem gottverlassenen Parkplatz.

Sie rieb sich fröstelnd über die Arme und ließ sich noch ein wenig tiefer in den Sitz rutschen. Das alles war von Anfang an eine Schnapsidee gewesen. Weder sie noch Evi wussten mit Sicherheit, ob Gerhard heute kommen würde, auch wenn ihre Schwester es steif und fest behauptete. Donnerstags ging er angeblich immer in die Aubinger Lohe zum Laufen. Vor allem jetzt, kurz vor dem Teufelsberglauf. Dieses Jahr wollte er in seiner Altersklasse nämlich nicht im hinteren Drittel landen. Das hatte ihn wohl ziemlich gewurmt. Dass er seit vergangenem Jahr zu den Ü50 gehörte, hatte ihm schon genug zu schaffen gemacht, und dann noch ein Platz unter ferner liefen. Das durfte sich keinesfalls wiederholen, weshalb er schon vor fast zwei Monaten angefangen hatte, auf der Wettkampfstrecke zu trainieren.

Sie folgte mit dem Finger einem Wassertropfen, der außen an der Scheibe hinunterrann. Wieder sah sie Evi vor sich, als ihre Schwester sie in ihren Plan eingeweiht hatte. Eifrig und aufgedreht wie ein Kind war sie gewesen, doch gleichzeitig hatte ihr Blick geflackert. Und ihre Hände hatten sich selbstständig gemacht, hatten sich zu Fäusten geballt, die aussahen, als würden sie sich nie mehr öffnen wollen.

Sie schaute wieder auf die Uhr. Vor fünfundzwanzig Minuten hätte er hier sein müssen. Wenn er nicht bald kam, machte ihnen die Dämmerung einen Strich durch die Rechnung, und sie konnten die Sache abblasen. Kein Mensch, der halbwegs bei Sinnen war, ging bei Dunkelheit im Wald zum Laufen.

Sie zupfte an einem losen Faden ihres Shirts. Vielleicht hatte er noch zu tun. Oder war krank. Oder hatte sich den Hals gebrochen. Variante drei wäre ihr persönlich am liebsten, dann hätte sich ihr Plan erledigt. Der Plan würde ohnehin nicht funktionieren, weil er total verrückt war. So verrückt, dass sie nicht fassen konnte, dass sie tatsächlich mitmachte. Verdammt, sie wollte mit all dem nichts mehr zu tun haben. Sie gehörte nicht mehr hierher. Wollte nicht mehr hierher gehören. Sie hatte dem Viertel vor langer Zeit den Rücken gekehrt und hatte sich geschworen, nie mehr zurückzukommen. Müsste sie nicht das Haus ihrer Eltern verscherbeln, wäre sie immer noch Hunderte Kilometer entfernt und die Vergangenheit sicher verwahrt hinter einem Bollwerk aus Gedankenbarrieren.

Aber je weiter die A8 sie in Richtung München gespült hatte, desto brüchiger waren die Barrikaden geworden. An der Ausfahrt Langwied hatte sie sich zusammenreißen müssen, um nicht abzufahren und umzukehren, und als an der Ecke Bergson- und Altostraße die Ampel wieder auf Grün gesprungen war, hatte sie beim Anfahren ihr Auto zweimal abgewürgt und prompt ein Hupkonzert dafür kassiert. Manche Dinge änderten sich in München eben nie.

So wie das Haus ihrer Eltern. Es sah noch genauso aus wie damals, als sie den Seesack mit ihren Habseligkeiten auf die Rückbank ihres kackbraunen Polo geworfen hatte und gefahren war, ohne sich noch einmal umzudrehen. Nur einen hastigen, hoffnungsvollen Blick in den Rückspiegel hatte sie geworfen, doch weder ihr Vater noch ihre Mutter waren hinter dem schwarzgrünen Ligusterwall hervorgekommen, um sich zu verabschieden. Wer innerlich schon längst gestorben war, musste sich nicht mehr von den Lebenden verabschieden.

An diesem Tag errichtete sie eine imaginäre Bannmeile um das Haus ihrer Eltern, die sie all die Jahre nicht überschritten hatte. Bis gestern.

Sie wusste selbst nicht, was sie erwartet hatte, als sie auf das Gartentor zugegangen war. Dass der Liguster vor ihren Augen zusammenwuchs und ihr den Zutritt verwehrte? Dass die Geister ihrer Eltern heulend und zähneknirschend über sie herfielen, sobald sie die Haustür öffnete? Dass das Dach über ihr einstürzte und sie unter sich begrub?

Natürlich war nichts von alldem geschehen, und sie hatte es unbehelligt bis in das Wohnzimmer geschafft, wo es immer noch genauso aussah, wie sie es in Erinnerung hatte. Lediglich das dunkelgrüne Brokatsofa und die beiden Sessel hatten weichen müssen. Die Nachfolger unterschieden sich jedoch kaum von ihren Vorgängern, hockten stumm auf ihren Plätzen und glotzten sie abweisend an. Mit hochgezogenen Schultern und verschränkten Armen stand sie da und starrte zurück.

»Gruselig, nicht wahr?«, flüsterte eine Stimme neben ihrem Ohr. Sie stieß einen Schrei aus und machte einen stolpernden Satz nach vorne, doch sie kam nicht weit, weil der glotzende Sessel ihr den Weg versperrte. Um ihr Gleichgewicht ringend, blieb sie stehen, die Knie gegen das Polster gepresst. Leises Lachen erklang, legte sich wie eine eiskalte Hand auf ihren Nacken.

»Willkommen im Mausoleum.« Lautlos war die Stimme wieder herangerückt, war jetzt noch näher als zuvor. »Soll ich nachschauen, ob Lenin nebenan im Ehebett liegt?«

Ihr Herz schlug wie verrückt, hämmerte direkt unter ihrer Zunge. Es war genau wie damals, als die Stimme sie mitten in der Nacht im Schlaf überrascht hatte. Drei Jahrzehnte waren vergangen, doch es fühlte sich an, als wäre es gerade eben erst passiert. Als hätte die Zeit dazwischen nie existiert. Langsam drehte sie sich um. Der Sessel drückte jetzt gegen ihre Waden, als wollte er sie von sich schieben, doch sie blieb, wo sie war und schaute ihrem Gegenüber direkt in die Augen.

»Du kannst es einfach nicht lassen«, sagte sie und bemühte sich, genervt statt aufgewühlt zu klingen.

»Was kann ich nicht lassen? Meiner großen Schwester einen Schrecken einzujagen?« Evis Augenaufschlag war an Unschuld wie immer nicht zu überbieten. Neben ihr sah jeder Hundewelpe aus wie ein Schwerverbrecher.

»Genau das«, antwortete sie. »Das hast du damals auch gemacht, und ich kann heute genauso wenig darüber lachen wie vor dreißig Jahren.«

»Ach Bruni. Nun hab dich doch nicht so.«

Bruni. Sie biss die Zähne aufeinander. So hatte sie niemand mehr genannt, seit der Ligusterwall im Rückspiegel verschwunden war. Bruni.

Brunhilde. Sie hatte den Namen gehasst, solange sie denken konnte. Ihre Schwester hatte es mit Isolde allerdings kaum besser getroffen. Ihre Eltern hatten bei einer Vorstellung der Meistersinger zufällig beide an der Garderobe der Staatsoper gejobbt und sich auf den ersten Blick unsterblich ineinander verliebt. Deshalb hatten sie es für eine großartige Idee gehalten, ihre Zwillingstöchter nach Figuren aus Wagner-Opern zu benennen. In der Verwandtschaft hatte diese Entscheidung ziemliches Kopfschütteln ausgelöst, weshalb sie die Mädchen um des lieben Friedens willen auch auf die Namen der beiden Großmütter hatten taufen lassen. Evi war der Name Genoveva zugeteilt worden, und sie hatte es mit einer großen Portion Hartnäckigkeit geschafft, dass sie jeder erst Eva und dann Evi nannte und der Name Isolde schließlich in Vergessenheit geriet.

Bruni hingegen war nur die Wahl zwischen Pest und Cholera geblieben, denn Apollonia war aus ihrer Sicht keinen Deut besser als Brunhilde. Sie hatte verzweifelt versucht, ihre Freunde und Familie dazu zu bringen, sie Sandra zu nennen, doch sie war auf ganzer Linie gescheitert.

Erst nachdem sie in ihrem Polo das Ortsschild hinter sich gelassen hatte, konnte sie mit dem Mief der Brokatbezüge auch den verhassten Namen abstreifen und wurde endlich zu der Person, die sie immer hatte sein wollen.

Hier aber, im Haus ihrer Eltern, existierten weder ihr neuer Name noch die neue Person. Hier war sie Bruni. Einmal Bruni, immer Bruni.

Die Vergangenheit legte sich wie eine nasse Wolldecke auf ihre Schultern, und sie ließ sich auf den Sessel sinken. Sie spürte einen kühlen Hauch, als Evi an ihr vorbeihuschte und es sich mit unterschlagenen Beinen auf dem anderen Sessel gemütlich machte.

»Willst du das Haus behalten?«, fragte sie. Bruni zuckte mit den Schultern und wackelte unbestimmt mit dem Kopf. Tief in ihrem Innersten hätte sie es am liebsten angezündet oder in die Luft gejagt.

»Wohnst du noch hier?«, fragte Bruni ihrerseits.

»Ja und nein«, antwortete Evi und wackelte ebenfalls mit dem Kopf. Eine der wenigen identischen Gesten der beiden. Beim Rest waren sie so unterschiedlich wie es zweieiige Zwilling nur sein konnten.

»Wenn du den Kasten loswerden willst, dann tu dir keinen Zwang an. Ich hänge nicht daran. Ich hänge eher an Bäumen, wie du weißt.« Sie lachte, und Bruni stimmte halbherzig mit ein. Es war ein alter Insider-Witz zwischen ihnen, bei dem sich ihre Brust aber jedes Mal so sehr zusammenzog, dass es wehtat.

»Jetzt mach doch nicht so ein Gesicht. Ich finde schon was Neues. Ist ja nicht so, dass ich hier festgekettet bin.« Sie verstummte und kniff die Augen zusammen. Sie sah jetzt aus wie eine Katze, die überlegte, wie sie an die fette Maus in der Speisekammer herankam. »Aber ich habe eine Bedingung.« Sie senkte ihre Stimme und beugte sich vor. »Du musst noch etwas für mich tun. Ich habe einen Plan und möchte, dass du mir dabei hilfst.«

Plötzlich ging ein Kribbeln von Evi aus. Ein Kribbeln, das Bruni wie ein Parasit unter die Haut kroch und dem sie sich nicht hatte widersetzen können – und deshalb saß sie nun hier in ihrem ausgekühlten Auto und wartete auf Gerhard.

Eine Bewegung im Rückspiegel zog ihre Aufmerksamkeit auf sich, doch es waren nur zwei Männer, die mit ihren Tennistaschen über den Schultern vom Vereinsheim des SV Lochhausen zu ihren Autos gingen.

Das wars dann, dachte Bruni. Es hatte keinen Sinn, er kam heute nicht mehr. Nicht ohne ein gewisses Gefühl der Erleichterung streckte sie ihre Hand nach dem Startknopf aus. Wirklich wohl war ihr bei dem Plan ohnehin nicht gewesen. Wenn sie wieder im Haus ihrer Eltern war, würde sie Evi die ganze Sache ausreden.

Sie legte den Rückwärtsgang ein und wollte gerade den Fuß von der Bremse nehmen, als ein Wagen neben ihr einparkte. Automatisch drehte Bruni den Kopf. Es war ein schwarzer Porsche. Ein Panamera. Der Mann hinter dem Steuer hatte ein leichtes Doppelkinn und kurze blonde Haare. Er war älter geworden, so wie sie auch, aber sein Profil war nach wie vor unverkennbar: Es war Gerhard.

Ihr Puls stieg schlagartig in den roten Bereich. Einen Moment lang war sie versucht, trotzdem zu fahren und zu behaupten, sie hätte ihn verpasst, aber diese Lüge würde ihre Schwester ihr niemals abkaufen. Stattdessen würde sie damit einen von Evis gefürchteten Wutanfällen heraufbeschwören. Ihre Ausbrüche konnten schon bei nichtigen Anlässen üble Ausmaße annehmen; in diesem Fall, bei einer Sache, die Evi so viel bedeutete, würden die Folgen garantiert verheerend sein.

Gerhard drehte sich zur Tür, wollte offenbar aussteigen. Hastig wandte Bruni sich ab, umklammerte mit den Fingern den Türöffner. Ihr Atem überzog die Scheibe mit einem milchigen Schleier. Es gab kein Zurück. Sie musste es tun. Das war sie Evi schuldig. Für einen Moment schloss sie die Augen und sammelte sich, dann stieß sie die Tür auf.

Ihre Blicke trafen sich über das Wagendach hinweg. Gerhard runzelte die Stirn, und sie konnte sehen, wie es in seinem Kopf arbeitete. Sie ermahnte sich, dass sie ebenfalls so tun musste, als würde sie überlegen. Sollte er sie nicht wiedererkennen, musste sie die Initiative ergreifen, doch das war nicht notwendig.

»Entschuldigung, aber ...«, setzte er an und warf die Wagentür hinter sich zu. »Wenn Sie nicht die sind, für die ich Sie halte, dann vergessen Sie einfach, dass ich Sie angesprochen habe, aber sind Sie ... bist du die Bruni? Bruni Loibl?«

Sie antwortete nicht gleich, sah ihn verdutzt an, dann riss sie in gespieltem Erstaunen die Augen auf.

»Gerhard? Das kann doch nicht wahr sein! Was machst du denn hier?«

Er grinste und deutete auf sie.

»Vermutlich dasselbe wie du, wenn ich deine Klamotten so anschaue.«

Sie musterte ihn, als wäre ihr seine knallrote Laufjacke noch gar nicht aufgefallen.

»Ja, sieht ganz so aus. Läufst du hier öfter?«

Er nickte, und nach einem Moment des Zögerns fragte er, ob sie gemeinsam eine Runde drehen wollten. Bruni stimmte sofort zu. Das ging ja einfacher, als sie zu träumen gewagt hatte. Sie hatte damit gerechnet, ihn beknien zu müssen, mit ihr zu laufen, schließlich waren sie nicht unbedingt als Freunde auseinandergegangen. Aber allem Anschein nach hatte die Zeit in seinem Gedächtnis weichgezeichnet, was in ihrer Erinnerung immer noch in schneidender Klarheit gespeichert war.

Die ersten hundert Meter waren etwas holprig, sowohl was den Laufrhythmus als auch die Unterhaltung anging, doch dann trabten sie einträchtig nebeneinander her und warfen sich die üblichen Fragen zu, die man sich nach so langer Zeit stellte: wo der andere jetzt wohnte; was er beruflich machte; ob man verheiratet war und Kinder hatte. Gerhard konnte es nicht fassen, dass sie all die Jahre einen Bogen um Aubing gemacht und den Kontakt zu allen vollkommen abgebrochen hatte. Er würde sich immer noch mit Richie treffen, seinem Busenfreund von damals. Nur ruhiger seien sie inzwischen geworden, sagte er lachend. Und sittlich gefestigt. Zumindest meistens.

Bruni sah ihn verstohlen von der Seite an. Sie konnte immer noch den Gerhard von früher in ihm entdecken. Den Draufgänger mit dem Nietenarmband und dem Totenkopf auf dem Motorradhelm, der die Mädchenherzen reihenweise gebrochen hatte. Ihres auch, aber das hatte sie damals für sich behalten. Nicht einmal Evi hatte sie es anvertraut, schließlich war Evi mit ihm zusammen gewesen. Und nachdem es aus war zwischen ihnen, hatte sie es ihr auch nicht mehr sagen können.

»Kennst du eigentlich die Sage um den Teufelsberg?«, fragte sie, während sie eine leichte Steigung emporjoggten.

»Über den gibts eine Sage?« Er warf ihr einen kurzen Blick zu. »Das wusste ich nicht. Bestimmt irgendwas mit dem Teufel, oder? Liegt ja nahe, bei dem Namen.«

Ein schmaler Weg zweigte nach links ab. Bruni machte Anstalten, in ihn einzubiegen. Gerhard zögerte, da der Weg nicht zur Wettkampfstrecke gehörte, folgte ihr dann aber doch. Die Bäume standen hier dichter am Wegrand, schluckten mehr von dem wenigen Tageslicht, das noch übrig war, und auch ihre Schritte klangen plötzlich gedämpfter.

»Der Teufel spielt in einer Sage tatsächlich eine Rolle, aber die meine ich nicht, sondern die über die schwarze Frau.« Sie sah Gerhard an, doch der zuckte nur mit den Schultern.

»Hier in der Aubinger Lohe stand einmal ein Schloss«, begann sie zu erzählen. »In dem wohnte ein Graf mit seiner Gemahlin. Eines Tages ging er wie so oft zur Jagd, kehrte aber nicht wie sonst vor Einbruch der Dunkelheit zurück. Die Gräfin war krank vor Sorge, lief rastlos im Gebäude umher und befürchtete das Schlimmste. Und tatsächlich: Mitten in der Nacht kam der Jagdhund des Grafen in den Schlosshof gerannt, im Maul einen abgetrennten Arm. Als die Gräfin den Ring sah, der an einem der Finger steckte, wusste sie, dass es der Arm ihres Gemahls war und er nie mehr zu ihr zurückkehren würde. Da verfluchte sie den Wald und das Schloss, das augenblicklich im Erdboden versank, und es heißt, dass die Gräfin seither als ruheloser, rachsüchtiger Geist durch den Wald streift.« Bruni wurde langsamer und blieb schließlich stehen. »Unter anderem soll sie hier auftauchen.« Sie schaute Gerhard an, der ebenfalls stehen geblieben war.

»Hier?«, fragte er und blickte sich um. »Stand hier das Schloss?«

»Das weiß ich nicht«, antwortete Bruni. »Ganz sicher stand hier aber eine Eiche. Zumindest vor dreißig Jahren.«

»Aha.«

»Du erinnerst dich nicht?«

»An einen Baum? Nein, tut mir leid, ich habe mir nicht jeden Baum gemerkt, der jemals hier in der Aubinger Lohe gewachsen ist. Können wir weiterlaufen?«

Bruni rührte sich nicht von der Stelle.

»Diese eine Eiche solltest du aber kennen«, sagte sie. »Sie stand genau hier.« Sie deutete auf einen moosüberwachsenen, halb verrotteten Baumstumpf. »An dieser Eiche hat Evi sich damals erhängt, nachdem du sie mitsamt ihrem ungeborenen Kind abserviert hattest.«

Zwei, drei Sekunden lang stand Gerhard nur da und starrte sie an. Dann öffnete sich sein Mund, schloss sich und öffnete sich erneut, ohne dass ein einziger Laut über seine Lippen drang. Bruni blickte über seine Schulter. Ein großer, schlanker Schatten löste sich zwischen den Baumstämmen und glitt lautlos auf sie zu.

»Hinter dir«, sagte Bruni nur, drehte sich um und ließ ihn stehen. Sie wollte ihre Schwester nicht so sehen, wie sie Gerhard gleich gegenübertreten würde. Gestern hatte Evi es ihr gezeigt, nur einen kurzen Moment lang, doch schon dieser eine Augenblick war fast zu viel für sie gewesen. Sie biss die Zähne aufeinander, als Gerhard zu schreien begann. Sie zwang sich, an Evis Adidas-Turnschuhe zu denken, die einen halben Meter über dem Boden gehangen hatten, als würden sie einfach in der Luft schweben. Den Körper darüber hatte sie damals wie heute einfach ausgeblendet. Der Schrei wurde zu einem Gurgeln, einem Wimmern, dann war es still, und Bruni ging einfach weiter.

»So, bitte schön. Einmal Rahmschwammerl mit Semmelknödeln.« Die Bedienung stellte den Teller auf den Tisch und wünschte einen guten Appetit. Bruni griff nach Gabel und Löffel und fing an, den Knödel zu zerteilen.

»Immer noch dein Lieblingsgericht?« Evi zog belustigt die Augenbrauen hoch. Bruni nickte nur, matschte das Knödelstück in die Soße und versuchte Gerhards Schrei zu verdrängen, der ihr noch immer in den Ohren gellte.

»Das hast du hier früher schon immer gegessen, weißt du noch? Alle anderen haben das Riesenschnitzel gegessen, nur du nicht.«

Natürlich wusste sie das noch. Das Riesenschnitzel vom Burenwirt hatte damals einen legendären Ruf gehabt. Es war so groß, dass die Pommes unter dem Fleisch liegen mussten, weil sie daneben keinen Platz mehr gehabt hatten. Frittierte Fußmatte hatte Gerhard immer dazu gesagt.

»Und du bist sicher, dass er …«, Bruni sah sich um, senkte ihre Stimme, »… dass er tot ist?«

»Bin ich«, flüsterte Evi zurück.

»Wie kannst du das? Vielleicht ist er ja nur in Ohnmacht …«

Evi schnitt ihr mit einer knappen Geste das Wort ab.

»Glaub mir, wenn sich einer mit dem Totsein auskennt, dann bin ich das.« Sie grinste und zappelte aufgedreht auf ihrem Stuhl herum. »Du hättest sein Gesicht sehen müssen. Das war unbezahlbar, sag ich dir.«

Bruni schob sich das letzte Stückchen Knödel in den Mund und legte das Besteck zur Seite. Die Bedienung blieb hinter Evis Stuhl stehen und fragte, ob sie noch etwas bringen dürfe. Bruni verneinte, und die Kellnerin streckte die Hand nach dem Teller aus. Evi schaute an sich hinunter. Der Arm der Bedienung schien direkt aus ihrem Brustbein zu wachsen. Der Anblick war mehr als merkwürdig, und das schien sich auch auf Brunis Gesicht zu spiegeln.

»Passt alles?« Die Kellnerin zog fragend die Augenbrauen in die Höhe. Der Teller in ihrer Hand schwebte genau unter Evis Kinn. Es sah aus, als würde die Bedienung ihren Kopf servieren wollen.

Nein, dachte Bruni, nichts passte. Sie hatte gerade ihrer toten Schwester dabei geholfen, deren Exfreund umzubringen, und wenn sie noch eine Sekunde länger über das alles nachdachte, würde sie anfangen zu schreien.

»Passt alles, danke«, presste sie hervor und zwang ein Lächeln auf ihr Gesicht. Evi schaute der Bedienung hinterher, bis sie in der Küche verschwunden war, dann lehnte sie sich nach vorn. In ihren Augen flackerte es.

»Und jetzt kaufen wir uns Richie«, flüsterte sie, und da war es wieder, das Kribbeln, das Bruni unter die Haut kroch und dem sie nichts entgegenzusetzen hatte. Einmal Bruni, immer Bruni. Langsam nickte sie.
»Wann und wie?«

RAHMSCHWAMMERL MIT SEMMELKNÖDELN

FÜR DIE KNÖDEL:
3 Semmeln vom Vortag
125 ml lauwarme Milch
½ TL Salz
2 Eier (Größe M)
etwas frische Petersilie
einen Hauch frisch geriebene Muskatnuss (wers mag)
bei Bedarf Semmelbrösel

FÜR DIE RAHMSCHWAMMERL:
700 g frische Schwammerl, z. B. (braune) Champignons, Steinpilze, Pfifferlinge, Kräuterseitlinge ...
1 Zwiebel
125 ml Gemüsebrühe
150 g Sahne
½ Bund Petersilie
30 g Butter
Salz und Pfeffer

ZUBEREITUNG

Für die Semmelknödel die Semmeln in feine Scheiben schneiden, salzen und mit der lauwarmen Milch übergießen. Zugedeckt kurz weichen lassen.

Die Eier und die fein gehackte Petersilie sowie – wenn mans mag – die frisch geriebene Muskatnuss zugeben und verkneten. Wenn der Teig zu weich ist, nach und nach Semmelbrösel unterkneten, bis der Teig gut formbar ist. Zudecken und ca. 15 Minuten ruhen lassen.

Wasser in einem großen Topf zum Kochen bringen, salzen und die in der Zwischenzeit gedrehten Knödel in das Wasser geben. Temperatur zurückdrehen und die Knödel 15 bis 20 Minuten ziehen lassen. Das Wasser darf nicht mehr kochen! Wenn die Knödel an die Oberfläche steigen, sind sie gar.

Für die Rahmschwammerl die Pilze putzen und in Scheiben schneiden. Die Zwiebel fein würfeln und in der Butter glasig anschwitzen. Die Schwammerl zugeben und ebenfalls andünsten.

Die Gemüsebrühe angießen, dann die Sahne zugeben und etwa 5 Minuten köcheln und bis zur gewünschten Sämigkeit einreduzieren lassen.

Mit Salz und Pfeffer abschmecken.

Die Rahmschwammerl in einen tiefen Teller geben, den Semmelknödel darauf betten, ggf. einen Klecks geschlagene Sahne (ungezuckert) daraufgeben und mit ein wenig fein gehackter Petersilie bestreuen.

Mutterliebe geht durch den Magen
Sabine Trinkaus

Es riecht fantastisch. Schwer und würzig zieht der Duft des Pichelsteiners durch die Küche, wabert weiter durch den Flur bis rüber zum Esszimmer, wo die Jungs sitzen und warten.

Sie sind ganz wild auf meinen Pichelsteiner, der Anderl, der Ferdl und der Grisch. Das sind so Typen, so Eintopfbuben, alle drei. Groß und breit und kräftig, richtige Prachtkerle halt. Denen sieht man an, dass sie es deftig mögen. Meinen Pichelsteiner hätten die am liebsten jeden Tag. Aber so gern ich sie verwöhne, das kommt natürlich nicht infrage. Mir ist es schon wichtig, dass sie sich ausgewogen ernähren.

Aber heute hat der Anderl es sich halt so gewünscht. Darum habe ich Kartoffeln, Möhren und Sellerie geschält und gewürfelt, habe den Wirsing geputzt und den Lauch in feine Streifen geschnitten. Ich habe feines Fleisch besorgt, schön fett, und habe es ordentlich scharf angebraten, und dann habe ich alles in den Topf geschichtet und angegossen.

Zur Feier des Tages, habe ich gedacht, denn sie sollen feiern, so oft sie können, die Jungs. Die sollen ihr Leben genießen. Sie sind ja noch jung, halten sich für unsterblich, aber es kann trotzdem jeden Tag vorbei sein.

So wie beim Frank.

An den Frank hätte ich jetzt besser nicht denken sollen. Mein Blick verschwimmt. Ich wische mir schnell die Augen, es ist kein guter Moment zum Heulen. Aber das muss ich halt immer, wenn ich an den Frank denke, ganz automatisch. Er fehlt mir schrecklich. Und heute ist es auf den Tag drei Jahre her. In den letzten Monaten habe ich mir oft gewünscht, dass der Frank ein bisserl mehr gewesen wäre wie die Jungs. Dann würde er vielleicht noch leben. Würde da drüben im Esszimmer sitzen mit denen. Sprüche klopfen, sich stark fühlen, ein bisserl angeben – das tun sie gern. Aber das dürfen sie ja auch, es läuft wirklich gut beim Anderl, beim Ferdl und beim Grisch. Sie verdienen jede Menge Geld, da darf man auch mal stolz sein auf sich. Auch wenn Geld natürlich nicht alles ist. Auch wenn man im Endeffekt für alles einen Preis zahlt, weil Dinge eben auch Konsequenzen haben. Aber wenn man jung ist, dann tut man sich halt schwer mit diesem Gedanken. Das muss man lernen, die Erfahrung muss jeder selber machen. Das habe ich ja beim Frank gemerkt. Den Mund habe ich mir fransert geredet. Aber er wollte partout nicht auf seine Mutter hören. Buben können ja sehr bockig sein. Das ist beim Anderl, beim Ferdl und beim Grisch nicht anders. Denen sage ich natürlich auch nicht solche Sachen. Denn ich bin ja nicht ihre Mutter.

Auch wenn es sich manchmal fast so anfühlt. Jetzt gerade zum Beispiel, als ich nach den Topflappen greife. Ofenhandschuhe eigentlich, lang und fest und groß. Sie sind rosa, mit Herzchen drauf. Die haben sie mir geschenkt. Ganz schlimm kitschige Dinger, aber sie waren so stolz. Das war schon rührend, das war wirklich sehr, sehr süß von den Jungs. Ich stelle den Topf auf den Herd und streue die Petersilie, die bereitsteht, darüber.

Der Frank hat meinen Pichelsteiner ja auch gern gemocht. Obwohl der gar kein Eintopftyp war, überhaupt nicht wie die Jungs. Er war eher schmächtig, ist nie ein guter Esser gewesen. Oder ein guter Denker. Aber dafür konnte er nichts, das war halt angeboren, das hatte er vielleicht von seinem Vater, dem damischen Haderlumpn, der sich vom Acker gemacht hat, kaum dass ich schwanger war. Das war natürlich nicht so leicht für mich, allein mit einem Buben. Ich habe getan, was ich konnte. Aber den Vater konnte ich ihm nie ersetzen. Und man hat gemerkt, wie sehr ihm der fehlt. Der Frank hat sich immer an die großen Jungs gehängt. Denen wollte er nacheifern, die hat er bewundert. So wie die wollte er sein. Mich hat er schon auch lieb gehabt, das weiß ich, aber spätestens als er in die Pubertät gekommen ist, hat er sich von mir nichts mehr sagen lassen. Da hätte er wirklich eine starke Hand gebraucht, ein Vorbild halt, einen, der es gut mit ihm meint. Eben weil er nicht der Hellste war, überhaupt nicht clever, und darum ist es dann ja auch schiefgegangen, darum ist er nicht mehr da, sitzt nicht drüben beim Anderl, beim Ferdl und beim

Grisch, um die ich mich jetzt aber trotzdem kümmern muss. Sie haben bestimmt Hunger. Die haben ja immer Kohldampf, die Jungs.

Ich greife wieder nach den Herzchen-Handschuhen und packe den schweren, heißen Topf. Das Haus ist groß, es ist ein gutes Stück von der Küche zum Esszimmer. Ein schönes Haus, auch darauf ist der Anderl mächtig stolz. Zu Recht, denn nicht jeder kann sich in seinem Alter so ein Haus leisten, hier in der Mustersiedlung Ramersdorf. Die war schon immer für bessere Leute. Schon damals, als die Nazis sie gebaut haben. Große Gärten, viel Grün, schmucke Häuser und stille Straßen. Alles sehr gepflegt, gediegen halt, damals wie heute, und das mit den Nazis ist ja lange her. Da kann die Siedlung nichts dafür, man kann ja Häusern nicht vorwerfen, wer sie gebaut hat.

Wenn man aus Neuperlach kommt, ist so ein Haus in der Mustersiedlung natürlich ein Aufstieg. Wenn man aus Neuperlach kommt, hängt man aber auch an seinen Leuten, darum lässt der Anderl den Ferdl und den Grisch hier wohnen, denn das sind seine besten Spezln, schon seit dem Kindergarten sind die ein eingeschworenes Team. Ein wenig wie Brüder, und ich übernehme halt ein wenig die Mutterrolle, auch wenn ich nicht ihre Mutter bin und immer noch drüben am Theodor-Heuss-Platz wohne. Es ist ja auch nicht weit, ich komme früh, bevor die Jungs aufstehen, mache ihnen Frühstück, kümmere mich um alles, und wenn abends alles erledigt ist, gehe ich wieder heim. Es sind schon lange Tage, aber ich mache das gern. Außerdem ist der Anderl kein Geizer, der zahlt gut. Ich bin wirklich froh, dass ich die Stelle bekommen habe. Das war gar nicht so einfach, aber glücklicherweise funktioniert die Spezlwirtschaft ja nicht nur bei den Großkopferten, sondern überall, auch in Neuperlach. Man kennt halt immer jemanden, der wen kennt, der ihm noch einen Gefallen schuldet. Mit mir hatten viele auch Mitleid, wegen der Sache mit dem Frank, obwohl ich darauf geachtet habe, dass das kein Thema ist. Das ist privat, das müssen wirklich nicht alle wissen, ganz sicher nicht der Anderl, der Ferdl und der Grisch. Mir war wichtig, dass die mich ganz unbefangen sehen. Dass ich sie halt ein bisserl bemuttern kann, und sie mich dafür ein bisserl gernhaben und mir vertrauen. Ich kümmere mich wirklich gern um sie, so wie früher um Frank. Auch wenn ich manchmal traurig bin, denn natürlich muss ich oft an den Frank denken, wenn ich hier bin. Aber das ist ja auch in Ordnung, es ist ja nicht so, dass ich den Frank vergessen will. Und irgendwie sind mir der Anderl, der Ferdl und der Grisch ja auch ans Herz gewachsen. Spätestens seit der Sache mit den Topflappen, das war schon wirklich sehr süß. Überhaupt sind sie manchmal süß, auch unfreiwillig. Sie bilden sich zum Beispiel ein, dass sie wunders was für Geheimnisse vor mir haben. Genau wie der Frank damals. Bei dem musste ich schon manchmal schlucken, wenn ich sein Zimmer geputzt habe, als er dann in der Pubertät war. Was ich da alles so gefunden habe, unter der Matratze, hinter dem Schrank, unter dem losen Dielenbrett. Pornoheftchen, Zigaretten, Kondome, Wodka. Jungs haben ja keine Vorstellung davon, wo eine ordentliche Mutter überall putzt. Aber ich habe Franks Privatsphäre immer respektiert. Wäre mir nicht eingefallen, irgendwas anklagend auf den Schreibtisch zu legen. Das wäre ja nur peinlich für alle gewesen. Und beim Anderl, beim Ferdl und beim Grisch außerdem ein Schmarrn, denn ich bin ja nicht ihre Mutter. Den Wodka und die Zigaretten verstecken die natürlich nicht mehr. Aber immer noch die Heftl. Und den anderen Kram, von dem sie sich einbilden, dass ich davon nichts weiß. Den Stoff zum Beispiel, wenn sie mal viel im Haus haben, vor einem größeren Geschäft. Oft Geld, dicke Bündel mit Scheinen, und natürlich die leidigen Knarren, die mir überhaupt nicht gefallen, ich kann Waffen nicht ausstehen. Aber das geht mich nichts an, die Jungs sind ja alt genug. Und ich bin nicht ihre Mutter, ich sage also nichts, sondern lasse sie in dem Glauben, dass ihre Geheimnisse vor mir sicher sind. Es ist mir wichtig, dass wir gut miteinander auskommen. Und sie mögen mich, die Jungs, die wissen auch zu schätzen, was ich für sie tue. Das merke ich jetzt wieder, als ich im Esszimmer ankomme. Sie strahlen mich begeistert an, so lieb und dankbar, dass mir ein bisserl flau ums Herz wird.

Ich stelle den Pichelsteiner auf den Tisch.

»Lasst es euch schmecken«, sage ich. »Haut rein, Jungs!«

Das lassen sie sich nicht zweimal sagen.

Ich gehe zurück in die Küche. Ich bin müde, heute war wirklich ein langer Tag. Aber jetzt ist es ja geschafft, jetzt ist alles erledigt, mein Job ist getan, jetzt muss ich nur noch warten.

Ich schenke mir eine Tasse Tee ein, will mich gerade an den Tisch setzen und einen Moment verschnaufen, als es klingelt.

Ich erschrecke mich so, dass mir ein Schluck Tee aus der Tasse schwappt. Wer kann denn das sein? Es ist fast neun. Und die Jungs essen jetzt. Die sollen nicht gestört werden beim Essen, das ist mir sehr wichtig.

Vor der Tür steht einer, der mir vage bekannt vorkommt. Keinerlei Manieren, denn er hält sich nicht mit einem Gruß auf. »Ich muss sie sprechen«, sagt er. »Sofort!« Er klingt gereizt.

Ich stemme die Arme in die Hüften. »Das geht jetzt nicht«, sage ich. »Die Jungs essen gerade.«

Ich kenne den, ja, der war neulich mal hier. Und es gab Streit. Schlimmen Streit, ein Riesengebrüll. Es ging um irgendeine Lieferung, um Reviere, um Geld, am Ende geht es ja meistens um Geld bei den Jungs. Der Typ war stinksauer. Und das ist er offenbar immer noch, denn er sagt: »Lass mich sofort rein!« und hat auf einmal eine Knarre in der Hand.

Ich schaffe es eben so, die Fassung zu wahren. Denn das geht jetzt wirklich zu weit. Ich greife unauffällig in die Tasche meiner Strickjacke. Da steckt noch die Waffe, die ich vorhin beim Grisch unterm Schrank gefunden habe. Ich habe feucht durchgewischt, sie darum eingesteckt, ich wollte sie zurücklegen, wenn der Boden wieder trocken ist. Habe ich wohl vergessen, vielleicht war es aber auch so eine Ahnung, dass ich die heute noch brauche, Mütter haben ja manchmal diesen siebten Sinn.

Weil ein Schalldämpfer aufgeschraubt ist, macht es nur leise Plopp.

Der Fuchsteufelswilde sieht überrascht aus und sinkt dann einfach in sich zusammen.

»Wer ist denn da?«, ruft der Anderl aus dem Wohnzimmer.

Ich schiebe schnell die Haustür zu.

»Niemand«, rufe ich zurück. »Falsch verbunden, ich meine … hat sich vertan …«

Ich versuchte, mich zusammenzunehmen. Aber ich bin ein bisserl durch den Wind. So was mache ich ja normalerweise nicht, jemanden erschießen, meine ich, das ist überhaupt nicht meine Art. Und ganz sicher war das nicht der Plan. Aber er hat sich das selbst zuzuschreiben, der Fuchsteufelswilde, er hat mir ja keine Wahl gelassen. Hat er erwartet, dass ich ihn einfach reinlasse? Mit der Knarre? Hat er geglaubt, dass ich einfach zuschaue, wie er die Jungs erschießt? Wo ich mir so viel Mühe gegeben habe mit dem Pichelsteiner? Das war halt irgendwie instinktiv,

Mutterinstinkt im weitesten Sinne. Es fühlt sich trotzdem nicht gut an. Aber darüber kann ich jetzt nicht nachdenken, jetzt habe ich wirklich andere Sorgen.

Ich gehe schnell rüber zum Esszimmer, stecke den Kopf durch die Tür. Bin erleichtert, denn die Jungs haben meine kleine Lüge offenbar hingenommen und schaufeln glücklich Pichelsteiner. Der Topf ist fast leer, sie haben also alle noch mal nachgenommen. »Schmeckts?«, frage ich trotzdem. Sie nicken, strahlen, murmeln begeistert mit vollen Mündern. Ich nicke zufrieden und mache die Tür wieder zu.

Ich kann den Fuchsteufelswilden nicht einfach da liegen lassen. Wenn den jemand sieht, dann ruft er die Bullen, und die Bullen haben die Jungs gar nicht gern im Haus. Und ich will die auch nicht hierhaben, nicht heute, nicht ausgerechnet jetzt.

Ich gehe zurück zur Tür. Hoffe heimlich, dass das vielleicht alles ein Irrtum war, vielleicht war der gar nicht tot, sondern ist vor Schreck umgefallen und hat sich mittlerweile davongemacht.

Hat er nicht. Er liegt noch da.

Ich schlucke, schaue nach links und rechts. Keine Menschenseele zu sehen. Es nieselt, ein kalter, ungemütlicher Herbstabend, da ist hier in der Mustersiedlung keiner unterwegs.

Ich packe den Fuchsteufelswilden an den Armen, zerre ihn hinter mir her ums Haus. Versuche, dabei so wenig wie möglich zu denken, aber das ist schwer, denn natürlich ist jetzt der Frank wieder in meinem Kopf und auch der Bulle, der bei mir war. Nachdem es passiert war. Privat war der da, nicht dienstlich. Der hätte gar nicht kommen müssen. Ist er trotzdem, weil er mir erklären wollte, was passiert ist. Weil er fix und fertig war.

So wie ich jetzt, als ich mit dem Fuchsteufelswilden am Kompost ankomme. Ich schlucke die Tränen weg. Mir tut das ganz ehrlich leid, aber es geht halt um die Jungs, es sind doch meine Jungs, ich muss mich um die kümmern, ich ganz allein, das ist alles, was mir noch wichtig war, mir Halt gegeben hat seit der Sache mit dem Frank.

Ich bin außer Atem, die Arme tun mir weh. Ich verschnaufe kurz, nehme dann die Mistgabel, die zum Kompostwenden bereitsteht. Ich werfe Rasenschnitt auf den Fuchsteufelswilden. Merke, wie meine Verzweiflung in Wut umschlägt. Auf den Dodl, den damischen, genauso deppert wie der Frank! Er hat mir ja keine Wahl gelassen. Man zieht nicht einfach eine Waffe und fuchtelt damit rum. So was geht halt ins Auge. Beim Frank jetzt nicht ins Auge, sondern zweimal in die Lunge und einmal in den linken Herzbeutel.

Jetzt muss ich doch wieder heulen.

Genau wie der Bulle. Der hat geweint wie ein kleines Kind, als er bei mir war. Der ist überhaupt nicht damit klargekommen. Ich wollte den hassen, aber das ging eben nicht, weil ich kapiert habe, dass ihn eigentlich keine Schuld trifft. Außerdem hatte er da schon den Dienst quittiert. Weil er es halt gelernt hat, auf die harte Tour, das mit den Konsequenzen.

Der Gedanke beruhigt mich ein bisserl. Ich stelle die Mistgabel beiseite. Der Fuchsteufelswilde ist leidlich bedeckt. Nicht wirklich gut versteckt, eher wie die Heftl von den Jungs. Ich könnte natürlich eine Grube graben für ihn, aber das würde viel zu lange dauern und mir tut ja sowieso der Rücken schon weh. Und es würde letztlich auch nichts ändern. Natürlich werden sie ihn finden. Und das wird Konsequenzen haben. Ich gehe in den Knast. Aber mir war schon klar, dass ich da vermutlich irgendwann lande. Und es ist eigentlich auch okay. Es gibt Schlimmeres.

Wenn der Frank das nur begriffen hätte! Ein paar Monate, mehr hätte der nicht gekriegt. Es war das erste Mal, er war ein bisserl entwicklungsverzögert, Jugendstrafe, vielleicht sogar Bewährung, das wäre glimpflich ausgegangen für ihn. Womöglich hätte er sogar was gelernt. Über Konsequenzen. Über echte Freunde und falsche, solche, die doch geahnt haben, dass das eine Falle ist. Die ihn eben deshalb hinschicken, den armen, depperten Frank, weil der ja alles getan hätte, um sie zu beeindrucken. Natürlich ist der durchgedreht, als die Bullen auf einmal aufgetaucht sind. Natürlich hat er den starken Mann gespielt, hat die Waffe gezogen, diese damische Knarre, die er nie hätte haben dürfen. Was hätte der Bulle denn machen sollen?

Der hatte doch keine Wahl. Genauso wenig wie ich. Ich kann mir doch diesen Abend jetzt nicht kaputt machen lassen. Ich habe so lange darauf hingearbeitet. Seit der Bulle mir damals alles erklärt hat. Ich habe darüber nachgedacht, was meine Aufgabe ist, als Mutter. Und darum konnte ich nicht zulassen, dass ein hergelaufener Fuchsteufelswilder die Jungs einfach abknallt. Ich kümmere mich um die. Das bin ich dem Frank doch schuldig.

Der Gedanke erinnert mich daran, dass ich jetzt keine Zeit zum Grübeln habe. Ich atme tief durch, werfe einen letzten Blick auf den Fuchsteufelswilden. Dann laufe ich zurück ins Haus. Ich gehe zur Esszimmertür, lege ein Ohr daran. Gerade rechtzeitig, denn ich höre Röcheln, Krächzen, ein Würgen.

Ich mache die Tür auf.

Ferdl hängt vorgebeugt auf dem Stuhl, die Hand am Hals. Er hat sich offenbar gerade übergeben, starrt auf die Lache. Das macht nichts, er hat noch genug im Magen, ich weiß, was für Portionen der isst. Grisch liegt schon ganz am Boden, atmet hektisch und flach, der hat es fast hinter sich. Ich nicke zufrieden. Ich war mit der Dosis nicht ganz sicher, aber offenbar war sie perfekt, wie mein Pichelsteiner.

Anderl steht noch, klammert sich mit beiden Händen an der Stuhllehne fest. Der Schweiß perlt ihm von der Stirn, weißlicher Schaum hängt in seinem Mundwinkel, und er schwankt gefährlich. »Krankenwagen«, krächzt er. »Notarzt …«

»Ach Anderl«, sage ich.

Er starrt mich verständnislos an.

Was habt ihr denn erwartet, könnte ich ihn fragen. Habt ihr geglaubt, dass ich euch einfach davonkommen lasse? Er hat euch so bewundert, mein Frank. Er wollte doch einfach sein wie ihr. Dass ihr ihn ausnutzt, dass ihr ihn hinhängt, das hätte ich ja noch hingenommen. Aber ihr hättet ihm nie eine Knarre geben dürfen. Ihr wusstet doch, wie er war. Es war doch klar, dass der durchdreht, wenn er Angst kriegt.

Ihr hättet ihn gleich selbst erschießen können, könnte ich sagen und: Dinge haben Konsequenzen. Aber das sage ich nicht. Wenn man jung ist, tut man sich halt schwer mit diesem Gedanken. Das muss man lernen, es ist die Erfahrung, die der Anderl, der Ferdl und der Grisch jetzt ja endlich machen. Ich muss dazu nichts mehr sagen. Und das will ich auch nicht. Denn ich bin ja nicht ihre Mutter.

PICHELSTEINER EINTOPF

Rezepte gibt es in mehreren Variationen. Das Ergebnis ist immer gleich: Ein einfaches, schnelles, kräftiges Gericht aus verschiedenen Fleisch- und Gemüsesorten. Man verarbeitet, was man mag und was man hat, weswegen hier auf genaue Mengenangaben verzichtet werden kann.

ZUBEREITUNG

Rinder-, Kalbs- und/oder Schweinefleischwürfel mit Zwiebeln und Knoblauch in heißem Öl scharf anbraten. Gemüse – Kartoffeln, gelbe Rüben, Petersilienwurzeln, Kraut, Lauch, Wirsing – waschen, in Würfel oder Scheiben schneiden, je nach Garzeit hinzugeben, für die Bekömmlichkeit Kümmel, mit Fleischbrühe aufgießen und ohne viel Umrühren garen. Die Konsistenz sollte am Ende ziemlich dick sein. Abgeschmeckt wird mit Pfeffer, Salz, Paprika und Petersilie.

Elfi schöpft Hoffnung
Peter Goldner

Das hätt ich nicht tun sollen, gelt Valentin? Ich weiß ja, dass du mir nicht bös sein kannst. Aber da liegt er, und es ist geschehen heut Nacht. So viel ist geschehen, gestern und heut. Erst du, dann er ... Er tät mir ja nie so gut gefallen, wie du mir immer gefallen hast, gelt Valentin? Aber die Wärme und das bisserl Gefühl, das hat mir schon noch einmal gut getan. Dazu noch das Hotel. Den Fernseher könnten sie sich zwar sparen, wenns nach mir ginge. Aber die Vorhäng und die Möbel, schon richtig ... stilvoll, so sagt man wohl. Ja genau, stilvoll, bevor es einsam sein wird, ohne dich, Valentin. Und das viele Geld, das werd ich ja sowieso gar nicht mehr alles ausgeben können. Jetzt, wo es mir gehört, und wo es doch keine Bedeutung mehr hat.

Gott sei Dank liegt das Hotel nicht mehr im Viertel, auch wenn der Harras fast ums Eck ist. Da treff ich so früh wohl eh keinen von den Nachbarn, wenn ich aus der Tür komm. Und er da, der hat mir versprochen, dass er keiner Seel etwas verraten wird, von ihm und mir und dieser Nacht. Der heißt ja nie und nimmer Richard, oder Rick, wie er sich vorgestellt hat. Das ist bestimmt bloß sein Inkognito. Ganz jung ist er auch nimmer, so zehn Jahr jünger als ich, vielleicht auch fünfzehn. Was wir halt auch auseinander sind, Valentin, nur in die andere Richtung, so wird es wohl hinkommen. Er hat sich jedenfalls nichts anmerken lassen, dass er was Besseres gewöhnt wär, der Herr Inkognito. Egal, ich heiß ja auch nicht Amanda. Amanda ... wie die Seethaler. Dass mir das nicht früher aufgefallen ist? Na, die würden sich schön das Maul zerreißen! Die Gschwandtner und die Seethaler, die haben mich schon immer so komisch gegrüßt, wenn ich vorbeigegangen bin. Ich bin ja nicht blöd, jedenfalls nicht so blöd, wie die glauben. Und hübscher und jünger bin ich außerdem. Der Rick hätt mich nie und nimmer auf achtundfünfzig geschätzt, hat er gesagt. Komisch, dass ich ihn beim Alter nicht angelogen hab.

Ob die Trutschen was gemerkt haben? Ich kann sie richtig hören: Er noch nicht unter der Erden, schon hat sie drauflosschnackseln müssen, die Elfi vom Eder Valentin. Nur gut, dass er diese ... diese Infamie – so würden die das sagen – nicht mehr hat mit ansehen müssen, der arme Mann! So einen Mann wie den Eder hat dieses ausgeschamte Luder sich nie und nimmer nicht verdient. So würdens reden, wenn sie es wüssten. Aber du hast mir ja das Versprechen abgenommen, dass ich nicht allein bleib, wenn du einmal nimmer bist, gelt Valentin? Wie ich das haben will, da hast du mir nicht dreingeredet, so warst du nicht. Ich weiß schon, was ich an dir gehabt hab. Wir habens ja beide gewusst, was wir aneinander haben und auch, dass es einmal so enden wird, dass du vor mir gehst. Bei dem Altersunterschied und deinem hoffnungslosen Gesundheitszustand. Aber ich schwör dir, das war das erste Mal, dass ich nebenaus bin mit dem Rick, und auch nur, damit ich nicht wahnsinnig werd, jetzt wo du nimmer bist und ich mich bald so allein fühlen werd.

Wirds gar schon hell da zwischen den Vorhängen? Ich wollt doch weg sein, bevor er aufwacht. So war es auch ausgemacht. Wie er da liegt, mit seine weichen Haar auf der Brust und atmet, so tief und ruhig. Und die Haut so dunkel in den hellen Laken, dabei ist er sicher ein Hiesiger, so wie er geredet hat. Ja, aus dem hätt vielleicht sogar einmal was Rechtes werden können, wenn er sich ein bisserl mehr angestrengt hätt. Das ist ja kein Leben, das der führt. Aber bemuttern würd ich ihn auch nicht wolln, den Rick, dafür fehlt mir sowieso die Erfahrung, gelt Valentin. Das mit den Kindern wollten wir beide nicht. Und dich wollt ich auch nicht bemuttern – fast wärs ja so weit gewesen – weil du hättest das unter gar keinen Umständ haben wollen, du Lieber du, auch wenn es nicht ausgesprochen war zwischen uns. Wo hab ich denn meine Strümpf? Heiliger Antonius, ich will doch hier nichts liegen lassen! Das Geld aufs Nachtkastl und sonst brauch ich ja nichts mehr, was nicht in meiner Handtaschen einen Platz hätt. Duschen wär halt noch fein, aber dann wacht er mir auf und zuletzt denkt er dann, ich wollt noch einmal! Besser ich geh gleich. Das Zimmer übernimmt er, so ist es ausgemacht. Behüt dich Gott, Rick, oder wie du auch immer heißen magst.

So viel Zeit hab ich jetzt, Valentin, und auf der Straßen noch kaum Leut. Jetzt wird dich bald die Lisa finden, die gute Haut. Na, ob die sich wundern wird, dass ich so früh schon nicht mehr daheim bin? Wahrscheinlich. Und mein Zetterl wird sie auch gleich sehen: Liebe Frau Lisa, mir war heute so sehr nach einem Morgenspaziergang, und ich wollte meinen Mann nicht aufwecken. Er ist mir so besonders ruhig vorgekommen. Sie wissen ja, wo die Medikamente sind und was er zum Frühstück bekommt. Bitte bleiben Sie nicht länger, wenn er es nicht möchte und Sie für die Toilette nicht mehr braucht, auch wenn ich noch nicht zurück sein sollte, Ihre Elfriede Eder. PS: Achten Sie bitte darauf, dass er die Fernbedienung in Reichweite hat. Vielen Dank!

Mir tut es ja leid, dass ich ihr den Schrecken antue. Aber in ihrem Beruf muss sie doch eh mit solchen Sachen rechnen, gelt Valentin? Und wie du dann so keinen Muckser mehr machst, dann wird sie mich anrufen, und gleich darauf hört sie mein Telefon aus der Küche läuten. Wird ihr vielleicht schon komisch vorkommen, vielleicht aber auch nicht. Kann schon passieren, dass man das Telefon vergisst mitzunehmen. Noch dazu, wenn so ein spontaner Morgenspaziergang einem in den Sinn kommt, runter zum Wackerpark oder gar bis zum Flaucher, wie ich das sonst mache, wenn ich grad einmal ein, zwei Stunden hinauskann. Und die Lisa wird sich denken, mit der Spontanität hat sie es doch sonst gar nicht so, die Frau Eder. Aber recht hat sie, wenn ihr danach ist, sie ist wohl eh genug gefordert mit ihrem Mann. Das denkt aber bloß sie, Valentin. Du warst mir keine Last, nie, du hast darauf geschaut, dass ich es gut hab, du Lieber, du.

Ich würd schon auch gern haben, dass ich nicht ins Gefängnis muss. Leider geht ja irgendwas immer schief, ohne dass mans merkt, damit ist halt zu rechnen. Aber eine kaltblütige Mörderin, das bin ich nicht, Gott ist mein Zeuge! Die Hoffnung stirbt ja bekanntlich zuletzt … Verzeih mir, Valentin, das war jetzt nicht nett. Stellen werd ich mich jedenfalls nicht gleich, das hab ich zwar vorgehabt, bitte glaub mir, Valentin. Nach der letzten Nacht mit dem Rick sind mir nun doch ein paar Zweifel gekommen. Es fühlt sich grad alles so richtig an. Ich glaub, das braucht jetzt noch ein bisserl, ach Valentin.

Ein Kerzerl! Ja, ein Andachtslicht für meinen Valentin, das mir das nicht früher eingefallen ist! Da gleich in der Margaretenkirch werd ich eins für dich anzünden. Sakrament, ist die Tür wieder schwer. Ich werd doch jetzt nicht zum Schwächeln anfangen? So oft sind wir beide hierhergekommen, die Konzerte waren ja so schön. Wie du selber noch im Chor gesungen hast, so fesch warst du da. Bruckner hast du gerngehabt, gelt Valentin? Bach war ja weniger deins, weil er so eckig ist, hast immer gesagt. Der ist überall angeeckt, der Bach, bei seinen Arbeitgebern und den Musikern. Er hat es halt auch nicht leicht gehabt, so jung aus dem Elternhaus zu einem eifersüchtigen Bruder ziehen müssen. Ja, da schaust, was ich mir alles dank dir gemerkt hab, gelt Valentin? Ich mochte den Bach schon immer. Auch wenn du ihn nicht mögen hast, bist mit mir hingegangen, in die Orgelmatineen, wenn Markt war, und zu den Passionen in die Himmelfahrtskirche bei den Evangelischen.

So, da brennt es, das Kerzerl, für deine Seel, Gott wird sich ihrer wohl erbarmen. Mir ist schon so viel leichter jetzt. Ave Maria, gratia plena. Ich bleib noch ein wenig hier sitzen und bet für dich, und auch für mich, vielleicht brauch ich das noch dringender. Wenigstens läuft mir ja grad nichts davon. Geh ich doch nachher besser gleich Mittagessen. So wie wir das an deinem Geburtstag immer gemacht haben, Valentin, ins Augustiner bei uns. Ich war ja eher für den Italiener an meinem Geburtstag. So fein haben wir es dann gehabt, immer einen anderen haben wir ausprobiert. Muss jetzt wohl schon über zehn Jahre her sein, das letzte Mal, oder Valentin?

Schauschau! Habens doch immer noch den gebackenen Waller auf der Karte. Ach, der Waller, so ein imposanter Fisch, ein bisserl wie du, Valentin. Ein Gründler. Du bist den Dingen ja auch immer auf den Grund gegangen. Also, wie du mich manchmal ausfragen hast können, das war mir dann schon nimmer recht. Und den Waller hab ich dir ja auch nie recht machen können. Die Panier war dir entweder zu weich oder zu dünn. Der Fisch ist dir auf der Gabel zerfallen, wenn er dir nicht noch halb roh war. Ja, es war nicht immer leicht mit deinen Ansprüchen. Aber jetzt haben wir es doch beide besser, gelt Valentin? Du wolltest eh nimmer, und wie sie dann im Fernsehen die Dokumentation über die Sterbehilfe gezeigt haben, da hab ich gewusst, du denkst darüber nach. Wolltest halt nichts sagen, gelt Valentin? Wie wenn der Kartoffelsalat zu sauer war, dann hast auch gar nichts mehr sagen müssen. So wie du dann gschaut hast, war alles klar. Und nach der Dokumentation hast auch so gschaut, so speziell wie nur du mich hast was wissen lassen. Der Waller wirds, dir zur letzten Ehr, und weil die hier sicher richtig kochen können. Das dauert dann halt ein bisserl. Für mich war das Warten sowieso nie eine Last, jaja Valentin, nur du warst schon manchmal recht ungeduldig, wenn du nicht gleich bekommen hast, was du wolltest.

Ob sie mir schon auf den Fersen sind? Ob die auch so ungeduldig sind, wenn sie dich finden? Hier wird mich hoffentlich keiner so schnell vermuten. Und kennen wird man mich auch kaum. Das Personal wechselt doch eh alle paar Jahr. Wir haben ja nur noch zu Hause gegessen, wie du nimmer hinauskonntest. Aber suchen werden sie mich jetzt bestimmt schon. Vielleicht eh nicht gleich die Polizei, so ein alter, hoffnungslos kranker Mann wie du, Valentin, muss halt auch einmal gehen. Die merken das nicht gleich.

Ich hab mir ja lang überlegt, wie ich es machen soll, ohne dass du arg leiden musst, Valentin. Es war klar, dass es am besten im Schlaf geschehen sollt. Aber ich konnt mich nicht einfach an deinen Arzneien vergreifen. Dafür kenn ich mich viel zu wenig aus, gelt Valentin? Ich hätt mich damit bestimmt vertan, dann wär es dir vielleicht noch mieser gegangen. Und ich hätt nicht so einfach davonspazieren können, wie ich das gestern gemacht hab. Einfach? Das stimmt jetzt nicht, aber mir fällt kein besseres Wort ein.

Vor einer Woche hab ich mir den Rick organisiert, weil ich mir gesagt hab, wenn ich das durchzieh, dann kann mich nichts mehr erschüttern. Das hat mir auch die Kraft gegeben, Valentin, zu tun, was ich tun hab müssen. Es war gar nicht leicht, dir das Plastiksackerl überzustülpen. Bitte glaub mir, Valentin, ich hatte großes Weh ums Herz. Aber es ging schneller als ich gedacht hab, und dass du nicht einfach weiterschlafen würdest, ohne zu rucken oder zu zucken, war mir ja auch klar. Das Sackerl hab ich dann mitgenommen und auf dem Weg zum Hotel weggeschmissen, genauso wie das Tücherl, mit dem ich dir hernach den Schweiß von der Stirn und aus dem Gesicht getupft hab, damit du schön ausschaust, wenn dich die Lisa findet. Den Kamm hab ich dortlassen, ein bisserl deine Haar richten, war schon auch noch nötig. Zuletzt ahnt die Lisa noch, was los war. Ich sollt mich vielleicht eh gleich nach dem Essen stellen. Dann hätt ichs hinter mir. Wann kommt es denn bloß, das Essen? Ich hätt wirklich erst frühstücken sollen. Valentin, du bringst mich wieder einmal ganz durcheinander!

Wie das sein wird, bei den anderen Frauen im Gefängnis? Jedenfalls werd ich mich nicht über Mangel an Gesellschaft beklagen können. Freundinnen hab ich ja nie welche gehabt, wir waren ja so eng miteinander, Valentin. Bis auf die Irene vielleicht, in der kurzen Zeit wie ihr Mann gestorben ist. Aber wie sie versucht hat, sich zwischen uns zu stellen, weil wir ihrer Meinung nach zu wenig Anschluss an die Welt da draußen hätten, da war es aus mit der Freundschaft, meiner Seel.

Ah, der Waller! Den lass ich mir jetzt schmecken, und das gute Weißbier – alkoholfrei, damit ich nicht noch ungut auffallen tät. Auf uns, Valentin, wo immer du jetzt auch bist, ein Teil von dir ist immer bei mir. Ja, die Irene, sie hätt halt nicht mit der Gschwandtner und der Seehofer reden sollen. Das war eine Stimmung dann, wenn wir uns begegnet sind, richtig mitleidig haben die geschaut. Arrogante Schnepfen, als ob man Mitleid mit uns beiden hätt haben müssen! Wir haben doch auch unseren Stolz, du und ich, gelt Valentin? Die Irene, ganz narrisch hat sie dich gemacht. Ihr hast zeitweis mehr zugehört als mir. Na, da hab ich mir schon überlegt, was da im Busch ist, mein lieber Valentin. Auf dich hat man schon ein bisserl aufpassen müssen. Wie lang ist das wohl her? An die zwanzig Jahr werden es schon bald sein.

Ich wollt es der Irene ja nicht gönnen, dass sie den Krebs bekommen hat, ehrlich, Valentin. Aber tief in mir hab ich gewusst, dass es ihre gerechte Strafe ist. Nur, dass du dann fast zur selben Zeit die ersten Schübe gehabt hast, das war schon ein harter Schlag. Na, da kommt ja schon der Ober, da werd ich am besten gleich zahlen. Der bekommt heut auch ein fettes Trinkgeld, mir ist einfach danach.

Soll ich noch einmal zu dir hinaufschauen, Valentin? Ich steh in der Valleystraße vor unserem Haus und schaff es nicht. Man sieht ja nicht, was da oben los ist im dritten Stock. Ob ich schon erwartet werd? Ein Gefährt mit Blaulicht steht jedenfalls keines da, kein Krankenwagen, kein Polizeiauto, und jetzt fängt es auch noch an zu regnen. Ich müsst ja nur kurz den Schirm holen. Reiß dich zamm, Elfriede Eder. Was würde dein Richard von dir denken, Valentin mein ich. Na sauber. Der Rick macht sich wohl grad einen schönen Tag im Casino. So wie ich den einschätz, sucht er dort die nächste Gönnerin. Warum denk ich überhaupt noch an den? Also, mir scheint, ich kenn mich bei mir selbst bald nicht mehr aus. Warum geh ich nicht gleich aufs Revier, und sag, was ich getan hab? Das wird das Beste sein … Wo denk ich hin? Derart schnell geb ich noch nicht alles auf. Wenn ich wenigstens das Telefon bei mir hätt! Erst wenn man darauf verzichten muss, fällt einem auf, dass man die Dinger ständig braucht.

Ist das nicht die Lisa, die dort von der Impler herkommt? Was macht denn die um diese Zeit da? Jessas Maria, jetzt winkt sie auch noch und kommt auf mich zu. Was sagt sie, es wär alles in Ordnung? Der Valentin hätt wollen, dass sie am Nachmittag noch einmal vorbeischaut? Wie kann er das wollen haben? Er ist ja tot! Er hätt in der Früh so ein Ziehen in der Brust verspürt. Aha. Wie bitte? Wie tu ich denn jetzt nur, das kann alles nicht wahr sein! Dann hat sie den Doktor verständigt, mich hat sie ja nicht erreichen können. Der Doktor hätt gemeint, das wär vielleicht eine beginnende Lungenentzündung. Ach so? Herr im Himmel, Valentin, ich glaub, die Lisa stellt mich auf eine grausame Probe! Das Medikament war nicht vorrätig, deshalb ist sie erst noch nach Hause kochen gegangen, damit die Kinder was zu essen haben, wenn sie aus der Schule kommen.

Jaja Lisa, schon gut, wir können eh gemeinsam hinaufgehen. Mir zittern die Knie. Ja, den Lift, ja bitte, mein Kreislauf hat wohl den Wetterumschwung nicht ganz verkraftet – oder den Rick, was weiß ich. Ach, Sie spüren das Wetter auch, liebe Frau Lisa? Na fein, jetzt hat sie es also gekriegt, das Medikament. Ich mein, mir wird schwindlig. Soll sie nur vorgehen, hat ja eh einen Schlüssel.

Du lieber Valentin, da bin ich wieder, grüß dich Gott, mein Mann, und hör nicht auf meine zitternde Stimme! Gleich tret ich zu dir ans Bett, wenn ich vorher nicht zusammenklapp. Hast du denn gar nichts mitbekommen heute Nacht? Wohl nicht, sonst hättest mich doch nicht so einfach zurückerwartet, oder? Ich muss mich setzen. Himmelherrgottsakrament, er lebt wieder! Wunder dich nicht, Valentin, mir gehts grad nicht so gut. Ich hab schon den ganzen Tag nur an dich gedacht, jetzt weiß ich nicht mehr, was ich wollen hab. Es war alles ein bisserl viel in letzter Zeit. Und jetzt kommst du mir auch noch mit einer Lungenentzündung!

Hat es also nicht gelangt, was ich mir unter Schmerzen gestern abgerungen hab. Dann wird es wohl Schicksal sein, dass ich auf dein natürliches Ende warte. Meinen innigsten Dank, Maria, Mutter Gottes, dass mir die Gewissensbisse erspart bleiben. Ach, und Dank Ihnen, Lisa, dass Sie so gütig sind und Ihre Zeit geopfert haben. Dass das Kerzerl so eine gewaltige Wucht hat, das ist ein Wunder, und niemandem kann ich es sagen. Himmel, daran werde ich noch ersticken!

WALLER, GEBACKEN

ZUTATEN
1 kg Waller
Salz
Mehl
Fett zum Ausbacken

ZUBEREITUNG
Den Waller sauber waschen, schuppen, abtupfen und in dicke Scheiben schneiden, salzen und eine Stunde ziehen lassen. Die Filets im Mehl wenden und im heißen Fett auf beiden Seiten goldbraun ausbacken.

Serviervorschlag: Eine aufgeschnittene Zitrone zum Beträufeln der Panade und nach Wunsch ein kleines Schälchen Preiselbeermarmelade beilegen.
Dazu schmecken Petersilkartoffeln oder Kartoffelsalat und verschiedene Blattsalate.

Die Sache mit dem Franzl und dem Pepe

Martin Arz

Glockenbachviertel, im Sommer 1957

Die Rosi

Dass der Franzl ihr nicht guttun würde, das wusste die Rosi sofort. Schon in dem Moment, als sie sich unrettbar in ihn verknallte. Damals, kaum dass er aus dem Knast draußen war und ihr das erste Mal begegnet war. Ein Hallodri war er, ein Tunichtgut, ein Herumtreiber. Ein verurteilter Schwarzmarkthändler, Hehler und Gewalttäter … aber so unglaublich schön. Und dann hatte er diesen unbändigen Trieb. Genau wie die Rosi. Die hatte auch diesen Trieb. Für Frauen galt das als höchst unschicklich. Aber was sollte sie denn machen? Er war nun mal da, der Trieb. Und mit dem Franzl traf sie das erste Mal in ihrem Leben auf einen Mann, der es wirklich mit ihrem Trieb aufnehmen konnte. Wie sie das genoss.

»Pass bloß auf«, hatte sie damals die Traudl gewarnt. »Der ist nicht gut. Der will doch nur dein Peitscherlbua werden.«

Die Rosi wusste nicht, was das bedeutete. Sie war aus Schlesien geflohen. Alleine. Und dann in München gestrandet. Ihr Trieb, dass sie das genoss, was Frauen angeblich nicht genießen sollten oder durften, hatte ihr das Überleben bisher gut gesichert. Mit der Traudl teilte sie sich einen Standplatz an der Müllerstraße. In der Müllerstraße standen die jungen, reschen Frauen. In der Sendlinger Straße dann die, die nicht mehr so ganz frisch und daher billiger waren. Noch konnte Rosi gutes Geld für ihre Dienste verlangen. Nur beim Franzl nicht, der durfte sofort kostenlos.

Peitscherlbua. Es hätte nichts geändert, wenn sie sofort verstanden hätte, was die Traudl gemeint hatte. Der Franzl wurde ziemlich schnell Rosis Peitscherlbua. Ihr Zuhälter. Manchmal schlug er sie. Doch da war sie selbst schuld, das sah sie ein, und es tat ihm immer hinterher total leid, und sie konnte ihm einfach nicht böse sein, weil er sich so gut um ihren Trieb kümmerte wie kein anderer.

Heiraten wollte sie ihn gerne. Aber er lachte immer nur, wenn sie das Thema anschnitt. »Ich soll eine Hure heiraten?«, sagte er mehr als einmal mit dieser amüsiert hochgezogenen rechten Augenbraue. Beim ersten Mal hatte sie das noch sehr getroffen. Da hatte sie ihm sofort eine reinhauen wollen. Sie hatte ausgeholt, er hatte ihre Hand aufgefangen, dreckig gelacht und sie im Stehen genommen. Das mit der Hure sagte er später oft.

»Du hast mich dazu gemacht«, schrie sie ihm einmal entgegen.

»Das wüsste ich aber«, antwortete er ruhig. »Haben wir uns nicht auf der Müllerstraße bei deiner Arbeit kennengelernt?« Da fiel ihr nichts mehr ein. Da hatte er recht.

Zweimal hatte sie wegen ihm abtreiben müssen. Sie hatte es ja behalten wollen, aber er hatte sie zur Engelmacherin geschleppt. Nach dem zweiten Mal war sicher, dass sie nie wieder Kinder bekommen können würde. Sie hatte nächtelang geheult, und er war genervt saufen gegangen oder rumhuren. Das wusste die Rosi nie so genau.

Weil er so schön war, der Franzl, war sich die Rosi ziemlich schnell sicher, dass sie nicht die Einzige für ihn war. Sie hatte gute Freier, verdiente wirklich nicht schlecht und gab ihm, was er brauchte. Doch der Franzl hatte immer noch mehr Geld. Konnte sich schicke Anzüge und Uhren leisten. Jetzt sogar einen gebrauchten Mercedes. Einen Mercedes! Dinge, die mehr kosteten, als sie je verdiente. Zweimal noch war er wegen Schwarzmarkterei und Hehlerei in St. Adelheim, wie man das Gefängnis Stadelheim in Giesing nannte, eingesessen. Doch seit die Zeiten ruhiger geworden waren, seit es das Wirtschaftswunder gegeben hatte, war der Schwarzmarkt weggebrochen. Was machte der Franzl?

Die Rosi hörte sich um. Den Franzl kannte jeder, die Huren und die Luden. Aber alle versicherten der Rosi, dass der Franzl außer ihr keine andere laufen hatte. Dass er überall Gspusis hatte, das schon. Das war

Rosi eh klar. Einen schönen Mann hat man nicht für sich alleine. Immerhin, nur sie alleine durfte für ihn arbeiten.

Dann, Jahre später, fand sie doch zufällig heraus, woher der Franzl sein Geld hatte. Die Traudl hatte es ihr gesteckt: »Schau mal am Holzplatz vorbei, so gegen Mitternacht. Beim Pissoir. Verstehst? Aber von mir hast du des fei ned!« Da hatte die Rosi den Franzl dann gesehen, wie er sein Zusatzgeld verdiente. Sie war sprachlos. Genügte sie ihm denn so gar nicht und die ganzen anderen Flitscherl, die er beglückte? Auch das noch?

Bei einem der üblichen Streite um ihren Hochzeitswunsch schleuderte sie ihm dann auch wütend entgegen, dass er keinen Deut besser sei als sie.

»Ich weiß doch, was du am Holzplatz machst, wenns dich packt!«

Er sah sie kurz überrascht an. Dann lachte er gefährlich auf. »Halts Maul.«

»Ich kann dich anzeigen, wenn ich will!«, rief sie. »Du bist ein Hundertfünfundsiebziger! Du Sau!«

»Dann verlierst du auch das hier.« Er öffnete seine Hose. »Dann zeig mal, dass du das besser kannst!«

Sie hielt also ihr Maul. So lange, bis es einfach nicht mehr ging. Bis die Demütigungen zu viel wurden und es immer öfter handfesten Streit gab. Bis sie zweimal im Krankenhaus erst wieder aufwachte, weil sie ja die Treppen hinuntergefallen war! »Mei, Eana Mo hod Sie herdrogn, so a fesches Mannsbuild!«, sagte die Krankenschwester einmal. Die Treppe hinuntergefallen. Freilich. Die Traudl hatte nur ein mitleidiges Lächeln und ein »Hab ichs dir nicht gesagt« übrig. Da waren die Rosi und die Traudl schon längst nicht mehr in der Müllerstraße gestanden, sondern in der Sendlinger Straße, weil sie nicht mehr resch genug für die Freier an der Müller waren.

Als die Rosi dann dem Franzl offenbarte, dass sie genug vom Straßestehen hatte, und eine Stelle als Bardame im Lucian in der Müllerstraße gefunden hatte, und sie danach dann das dritte Mal die Treppe hinunterfiel, war für die Rosi Schluss. Es gab nur noch Hass für den Franzl. Der Trieb? Dem war der Franzl inzwischen auch völlig egal. Die Rosi beschloss, dass der Franzl wegmüsste.

Gut, dass sie als Bardame dann den Richter und den Geiger kennenlernte.

Der Richter

Dass der Franzl ihm gefährlich werden könnte, das wusste der Hubert sofort. Dr. jur. Hubert Gmeinwieser. Schon bei jenem Morgenappell, als der gut aussehende Franzl das erste Mal seinen Dienst antrat und Hubert vor ihm strammstehen musste. In Uniform sah der Franzl wie ein Filmstar aus.

Der Hubert war eigentlich immer ein Prackl gewesen. Ein großes Mannsbild. Stattlich, breite Schultern, nicht dick. Die Frauen standen auf ihn. Und manche Mannsbilder auch. Die Mannsbilder interessierten Hubert mehr. Leider. Er hatte ihn seinen Richterposten gekostet, dieser vermaledeite Trieb, den er nun mal hatte und gegen den kein Kraut gewachsen war. Er konnte doch nichts dafür, er hatte es sich nicht ausgesucht. Im Dezember 1942, kurz vor Weihnachten, hatten sie ihn abgeholt. Seine Mutter, die ihn an diesem Tag zufälligerweise zum Adventstee besucht hatte, hatte ihn wie eine Furie gegen die Uniformierten verteidigen wollen. Sie hatte mit ihren zierlichen Fäusten auf die Brust des Kommandanten der mobilen Sondereinheit von der Gestapo getrommelt. Aber der hatte sie einfach rüde zur Seite geschubst, sodass sie mit dem Kopf gegen die Tür geknallt und bewusstlos liegen geblieben war. Die Beamten der Geheimen Staatspolizei brachten ihn direkt nach Stadelheim.

Zweiundzwanzig Monate! Dazu noch der Verlust seines Postens als Richter beim Landgericht Augsburg, denn als solcher war er nun unhaltbar. Fast zwei Jahre hatte Hubert also dafür büßen sollen, dass er so war, wie er war. Verurteilt nach Paragraf 175. Dabei hatte er seit einigen Jahren keinerlei Kontakt mehr zu seinesgleichen gesucht. Eben aus Angst vor gesellschaftlicher Ächtung – und natürlich einer Verhaftung. Sie hatten aber alte Akten ausgegraben und verhafteten nun einfach der Liste nach. Hubert war 1918 als Bursche mal bei einer Razzia in der öffentlichen Bedürfnisanstalt am Odeonsplatz in München verhaftet worden. Das reichte. Es ging überhaupt nicht darum, ob jemand sich aktuell etwas zuschulden hatte kommen lassen. Es sollte der Volkskörper gereinigt werden. Und sein Richter hatte keinen Hehl daraus gemacht, wie sehr er sich freute, einen ehemaligen Kollegen zu verurteilen. »Sie wissen doch zu gut, Herr Exkollege«, hatte sein Richter feist grinsend bei der Urteilsverkündung gesagt, »dass der deutschen Auffassung die geschlechtliche Beziehung von Mann zu Mann als eine Verirrung erscheint, die geeignet ist, den Charakter zu zerrütten und das sittliche Gefühl zu zerstören. Greift diese Verirrung weiter um sich, so führt sie zur Entartung des Volkes und zum Verfall seiner Kraft.«

Zweiundzwanzig Monate Hölle auf Erden im KZ Dachau. Die zweiundzwanzig Monate waren inzwischen rum. Man hatte ihn vergessen. Wo hätte er sich auch beschweren können? Wollte er auch gar nicht, denn bei einer Entlassung, da war er sich sicher, hätte man ihn sofort an die Front geschickt. Aus dem Prackl Hubert war ein dürres Gespenst geworden, als er den Franzl das erste Mal beim Morgenappell sah. Neben dem Hubert war damals der Gernot gestanden. Schief und zitternd, aber immerhin noch gestanden. Der Gernot Schäfer, einst talentierter Violinist, war schon so schwach, dass sich niemand gewundert hätte, wenn der einfach tot umgefallen wäre. Der Hubert kümmerte sich ein bisschen um den Gernot. Schicksalsgemeinschaft.

Der 29. April 1945 war ein schöner lauer Frühlingstag. Daran erinnerte sich der Hubert sein Leben lang ganz genau. Die Sonne war warm, was den erbärmlichen Verwesungsgestank drastisch verstärkte. Dennoch war es ein wunderschöner Tag, der schönste im Leben von Hubert und vieler anderer. Es war der Tag, als die Amerikaner kamen. Die GIs waren so geschockt über die Zustände im Lager, vor allem über die Leichenberge, dass sie die deutschen Wachen zusammentrieben und in einem wütenden Massaker niedermetzelten. Wenige überlebten, darunter – natürlich – der Franzl. Der überlebte alles, schien es.

Für Hubert war es wirklich der Tag der Befreiung. Er hatte seine Haftstrafe längst abgesessen und konnte »nach Hause«. Nach Hause. Als ob es das noch gegeben hätte. Die Mutter war im letzten Winter gestorben. Nicht an den Kriegsfolgen. Schlaganfall. Der Hubert erbte nun. Nicht wenig, denn seine Familie gehörte in Augsburg zum gehobenen Bürgertum. Das Geld half ihm, sich ein neues Leben aufzubauen. Nie wieder Opfer werden, schwor er sich. Er zog von Augsburg nach München. Er wurde langsam wieder stattlicher.

In München war es für ihn auch einfacher, dem verbotenen Trieb nachzugeben. Es sollte für ihn sogar eine glückliche Wendung nehmen. Er streunte gelegentlich bei den öffentlichen Toiletten am Odeonsplatz herum. Dem beliebtesten Treffpunkt für Männer wie ihn. Dort konnte man sogar mit etwas Glück einen GI kennenlernen. Das bedeutete Schokolade und Zigaretten und Dosensuppen und andere Luxusgüter. Und Hubert hatte Glück. Er traf Jeff. Jeff nannte Hubert immer »Daddy«, weil zwischen ihnen dreiundzwanzig Jahre Altersunterschied lagen. Die Schokolade, die Zigaretten, der Sex – alles schön und gut. Was jedoch wirklich Huberts großes Glück war: Jeff arbeitete für das OMGUS, das Office of Military Government for Germany, jene Behörde, die auch für die Entnazifizierung zuständig war. Und jeder volljährige Mensch in Bayern musste einen Persilschein beantragen. Hubert konnte seine weiße Weste schnell nachweisen. Doch das Urteil nach Paragraf 175 und die Jahre im KZ würden mit dem Persilschein publik werden und damit seine Versuche, wieder als Richter in den Staatsdienst zu kommen, vernichten. Der Jeff jedoch hatte Zugriff auf die Akten, darum waren die Unterlagen zum Prozess gegen den ehemaligen Richter Doktor Hubert Gmeinwieser irgendwie verschwunden – hat es denn da je einen Prozess gegeben? – und tauchten nie wieder auf. Hubert konnte neu anfangen. Er heiratete noch im Herbst 45 die Erika, eine gepflegte Dame, Buchhändlerin, die ihm von einem Bekannten empfohlen worden war. Erika las gerne und kochte ebenso gerne. Sie interessierte sich so für Damen wie Hubert sich für Herren. Es wurde eine ruhige, durchaus glückliche Ehe, wenn auch kinderlos. Hubert wurde schließlich wieder Richter und verbeamtet, man nahm ihn wegen seiner unbelasteten Vita mit Kusshand und stellte keine weiteren Fragen.

Wenn da nur nicht der elendige Trieb gewesen wäre … Und der elendige Franzl!

Der Franzl erinnerte sich nicht mehr an die ausgemergelten Gestalten, die vor ihm in den letzten Wochen in Dachau strammstehen mussten. Er erinnerte sich aber genau an die Physiognomie des Richters, der ihn zweimal verurteilte und wegsperren ließ. Einmal wegen Hehlerei, einmal wegen schwerer Körperverletzung und Diebstahl. Der Franzl prägte sich genau das Gesicht von Hubert Gmeinwieser ein und schwor Rache. Man sieht sich im Leben immer zweimal.

Der Trieb brachte den Hubert dann schließlich auch an den Holzplatz zum Pissoir. Das achteckige Klohäusl war 1956 vom Stachus hierher verlegt worden. Hier gab es immer viele Männer, die noch schnell vor dem Nachhausegehen biesln mussten. Wegen der vielen Kneipen, dem Nachtleben und auch wegen der vielen Fabrikarbeiter, die in den nahen Werken Früh- oder Spätschicht hatten. Und es gab immer Männer, die einen ihresgleichen suchten. Der Hubert war vorsichtig, nie mehr Opfer sein. Die jungen Stricher mied er. Die erpressten gerne. Den Franzl erkannte der Hubert gleich, er hatte ihn bei jedem Prozess wiedererkannt von damals. Und er hatte den Franzl extra ohne Milde jeweils zur Höchststrafe verurteilt. Ein bisschen Rache und Wiedergutmachung.

Der Franzl erkannte auch den Hubert gleich. Seine Stunde der Rache schien gekommen.

»Da schau her, der Herr Amtsrichter«, sagte der Franzl zynisch. »Können wir uns das denn leisten? Was wäre, wenn es einen Skandal gäbe, weil publik wird, dass der Herr Richter insgeheim ein Hundertfünfundsiebziger ist, ein perverser Sodomit.«

»Wie viel?«, zischte der Hubert wütend.

Der Geiger
Als Gernot Schäfer den Franzl das erste Mal wiedersah, dachte er nur: »Schöner Todesengel, du kriegst mich auch diesmal nicht.« Das dachte er wirklich. Der Gernot konnte beim Morgenappell kaum noch die Augen offen halten. Aber er war zäh. Er wollte ihnen nicht den Gefallen tun, einfach vor Schwäche zu sterben. Er würde diesen Tag überstehen und den nächsten und so weiter. Weil er zäh war. Man hatte ihm die Hände gebrochen. Einfach so, aus Lust und Laune. Der Vorgänger vom Franzl war das gewesen. Der Draxler, die Sau. Weil der Draxler sich vom Gernot provoziert gefühlt hatte, weil der Gernot ihm einen Sekundenbruchteil zu lange in die Augen geschaut hatte. Da schlug der Draxler dem Gernot in die Magengrube. Der Gernot sackte auf den Boden. Dann trat der Draxler ihm mit seinen schweren Stiefeln so kräftig auf die Hände, dass die knackten. Die Hände wuchsen irgendwie schief zusammen. Gernot konnte, musste sie wieder nutzen für die harte Arbeit im Lager. Leichen karren. Das war seine Aufgabe. Nur seinen Beruf als Stehgeiger würde er definitiv nie wieder ausüben können. Egal, er würde auch als Müllmann arbeiten! Wenn, ja, wenn er jemals aus dieser Hölle rauskommen sollte.

Nun also der Franzl. Ausgerechnet. Der Franzl war nämlich der Grund, warum Gernot Schäfer in die Fänge der Gestapo geraten war. Der Franzl war ein mieser kleiner Stricher, er nutzte seine Schönheit, um Männer für sich einzunehmen und dann gegen einen Judaslohn an die Gestapo zu verraten. Nun musste Franzl also Dienst in Dachau tun. Denn fast alle alten Wachen waren in den letzten Tagen abgezogen worden. Sie mussten an die Front. Man ersetzte sie durch blutjunge, unerfahrene SSler. Wie dem schönen Franzl, dem die Uniform so gut stand.

Für Gernot änderte der Befreiungstag im April nur ein bisschen was. Er hatte seine Strafe wegen Unzucht mit Männern noch nicht abgesessen. Also verfrachteten ihn die Amis direkt von Dachau nach Stadelheim. Und mit ihm noch viele andere, die überlebt hatten. Immerhin waren die Betten etwas komfortabler, das Essen war besser und reichhaltiger und die Behandlung etwas menschenwürdiger. Immerhin brannte hier nicht, wie in Dachau, die ganze Nacht das Licht, denn dort hatte man den Hundertfünfundsiebzigern auch in der Nacht keine Dunkelheit gegönnt, aus der festen Überzeugung heraus, dass diese Perversen sofort übereinander herfallen würden, sobald das Licht ausging.

Als Gernot dann endlich im Juni 1946 entlassen wurde, wartete niemand auf ihn. Er ging zum Onkel, der in der Fraunhoferstraße eine kleine Lohnkutscherei betrieb. Der Onkel soff und rauchte und hustete erbärmlich. Der Onkel ließ den Gernot im Stall beim Pferd schlafen, denn »Einmal pervers, immer pervers, und ich will nicht, dass du eines Nachts über mich herfällst!«. Der Gaul hieß Pepe, war zwar noch jung, aber so klapprig wie der zweirädrige Karren, den Pepe ziehen musste. Pepe war sanft, hatte jedoch panische Angst vor Katzen, den Drecksviechern. Warum auch immer. Ein paarmal war das Drecksvieh von der gwamperten Mayrhoferin aus dem Nachbarhaus im Stall aufgetaucht, und Pepe hatte ausgeschlagen wie wild. Beinahe hätte er einmal den Gernot unter die Hufe bekommen.

Pepe und der Karren standen in einer kleinen Remise im Hinterhof, über der der Onkel wohnte. Gernot zog mit dem hustenden Onkel und Pepe Tag für Tag los, um Aufträge zu erledigen – Müllentsorgung, Umzüge und so weiter. Bis der Onkel eines Morgens aufhörte zu husten, für immer. Der Gernot machte weiter. Geigenspielen konnte er nicht mehr. Er gab ein paar Kindern in der Nachbarschaft Unterricht. Weil er aber die Musik so vermisste, begann er Schlagzeug zu spielen, die Trommelstöcke konnten seine kaputten Hände halten. Er lernte schnell und trommelte bald für eine wilde Jazzkapelle, die recht gut gebucht war. Das brachte dann mehr Geld als die Lohnkutscherei. Die betrieb er immer noch nebenbei. Vor allem nachts. Nach den Auftritten holte er Pepe und den Karren und fuhr für ein paar Gmiastandler vom Viktualienmarkt zum Einkaufen zum Großmarkt. Das machte ihm Spaß. Die Jazzmelodien noch im Kopf – und Pepes Hufe klapperten ihren Rhythmus durch die nächtlichen Straßen.

Mit dem Hubert pflegte er weiterhin Kontakt. Ohne den Hubert hätte er das Grauen nicht überlebt. Dafür würde Gernot ewig dankbar sein. Hubert sah in Gernot seinen einzigen echten Freund und umgekehrt. Sexuell war nie etwas zwischen ihnen gelaufen. Die beiden trafen sich ab und an. Manchmal nahm der Hubert den Gernot sogar mit nach Hause, nämlich wenn seine Frau Kirchweihnudeln gemacht hatte. Das machte sie meist einmal im Monat. Ein Festessen. Meist aber trafen sich die Männer auf ein Bierchen in einer der geheimen Flüsterkneipen für ihresgleichen, die bis zur nächsten Razzia existierten. Bei den Razzien hatten Gernot und Hubert immer Glück, beziehungsweise beugte Hubert immer vor. Als Richter konnte er sich informieren, wann eine Razzia angesetzt war. Und außerdem suchte sich Hubert immer einen Platz nahe zum Hinterausgang.

Danach zogen sie getrennt noch durch die Nacht, wenn es der Trieb forderte. Seit sie am Holzplatz das öffentliche Pissoir aufgestellt hatten, zog es Gernot immer öfter nachts dorthin. Der verdammte Trieb! Und dort sah er den Franzl wieder. Nicht nur einmal. Öfter. Der Franzl interessierte sich nicht für den Gernot mit den krüppeligen Händen. Der suchte sich die Geldigen, die gut zahlen konnten. Der Gernot war Luft für den Franzl und das war gut so. Der Hass brannte in Gernot immer stärker.

Die Rosi, der Richter und der Geiger
Gernots Jazzkapelle wurde gut gebucht. Immer öfter auch im Lucian, eigentlich eine Hurenbar an der Müllerstraße, die sich langsam zum läs-

sigen Nachtclub mauserte. Wenn Gernot dort spielte, trafen Hubert und er sich dort. Mit der netten Barfrau namens Rosi verband sie bald eine Nachtfreundschaft. Mit der war es immer lustig, und sie hatten alle drei, wie sich schließlich herausstellte, einen gemeinsamen Bekannten.

Franzls Forderungen an Hubert waren inzwischen immer dreister geworden. Sein Schweigen ließ er sich immer teurer abkaufen. Dabei wollte der Hubert nie wieder Opfer werden.

Die Rosi wollte einfach nur noch weg vom Franzl, der sie nach Strich und Faden betrog und sich trotzdem nicht von ihr trennen wollte.

Der Gernot glühte schon beim Gedanken an den Franzl vor Hass.

Über die Tatsache, dass der Franzl wegmüsste, darüber waren sich alle schnell klar. Doch wie? Einen Mord ausführen? Das wollte keiner. Und einen Ausführenden kaufen? Das würde mögliche neue Erpressungen nach sich ziehen. Also blieb alles Spekulation und Verbalkriminalität. Bis dann der Richter eine Eingebung hatte. Eine Erleuchtung.

»Hier, das versteckst du im Stall von deinem Gaul. Hinter einem losen Brett oder so.« Der Richter übergab dem Gernot einen kleinen Stoffbeutel. »Das ist ein bisschen Schmuck von meiner Mutter. Das dürfte reichen.«

Der Gernot ging dann in jener Nacht wie verabredet zum Pissoir. Diesmal suchte er die Aufmerksamkeit vom Franzl. Der Franzl stieg darauf ein. Es war wenig los. Der einzige andere Mann in der Nähe wurde von einer Hure umgarnt. Wenn der Franzl genau hingeschaut hätte, hätte er die Rosi mit blonder Perücke erkannt. Aber er schaute nicht genau hin.

»Nicht hier«, sagte der Gernot. »Ich wohn in der Nähe. Kriegst auch mehr Geld.« Das überzeugte. Als der Gernot mit dem Franzl abzog und der Freier den Kopf nach ihnen drehte, küsste ihn die Rosi herzhaft. Keine Zeugen.

Im Dunkel der Einfahrt zu Gernots Remise stand der Richter mit einem Knüppel. Der Franzl sah nur einen Schatten, bevor er zusammensackte. Der Richter und der Geiger, der nun Trommler war, trugen den Franzl in den Stall zu Pepe. Das Pferd war ein bisschen unruhig, doch blieb brav.

»Geh jetzt besser raus«, sagte der Gernot zum Hubert. »Sonst erwischt er dich auch noch.« Dann holte er von oben aus der Wohnung das blöde

Katzenviech der gwamperten Mayrhoferin, das er am Vortag eingefangen hatte.

»Danke dir, Pepe«, sagte Gernot leise, als der die Katze mit Schwung zum Pferd in die Remise warf. Im Haus gingen Lichter an. Eine Nachbarin rief aus dem Fenster, was denn nun schon wieder mit dem Scheißklepper los sei und dass man das unruhige Viech zum Abdecker bringen sollte! Eine Männerstimme pflichtete lautstark bei.

»Ich schau schon nach!«, rief der Gernot in den Hinterhof, damit die um den Schlaf gebrachten Anwohner sich beruhigten. Dann warteten sie eine Viertelstunde ab, bis die Katze geflohen und Pepe sich wieder halbwegs beruhigt hatte. Der Richter ging nach Hause.

»Da, schauen S'! Er hat wohl hier Diebesgut versteckt.« Einer der Polizisten fand am nächsten Tag schnell das Versteck mit dem Schmuck von der Mutter des Richters.

»Der Pepe ist sonst die Sanftmut selbst«, sagte der Gernot. »Der muss ihn getriezt haben. Anders kann ich es mir nicht erklären!«

»Sehr unschön«, konstatierte der leitende Kommissar. »Sehr, sehr unschön. Was solche Hufen anrichten können! Jessas Maria.«

»Bittschön«, flehte dann der Gernot, »nehmen Sie mir nicht den Pepe weg. Der kann doch nichts dafür.«

»Keine Sorge«, gab sich der Kommissar väterlich. »Selbst schuld, der Lackl.«

KIRCHWEIHNUDELN

ZUTATEN

Für den Hefeteig:
500 g Mehl
1-2 Eier
50 g Butter
25 g Hefe
3 EL Zucker
¼ TL Salz
¼ l Milch

80 g Weinbeeren oder Sultaninen
Butterschmalz zum Ausbacken
Puderzucker

ZUBEREITUNG

Den Hefeteig zubereiten. Wenn alle Zutaten dafür vermischt sind, 80 g Weinbeeren dazugeben. Ist er dann gut aufgegangen, sticht man mit einem Esslöffel Nudeln aus und legt sie auf ein mehlbestäubtes Brett. Man bedeckt sie mit einem Tuch und lässt sie noch mal 15 Minuten gehen.
Mit einer Schere, die man ins heiße Butterschmalz taucht, schneidet man die Nudeln kreuzweise in der Mitte ein und bäckt sie auf beiden Seiten im schwimmenden heißen Fett heraus. Zum Schluss werden die Nudeln mit Puderzucker bestäubt.

Pastor alemán

Lisa Graf-Riemann

Sie ließ es klingeln. Erst beim vierten Mal ging er ran.

»Herr Baumer? Ich bins, Tita. Haben Sie schon gegessen?«

»Noch nicht.«

»Ich hätte frische Arepas, hab mal wieder zu viele gemacht. Mit Hackfleischfüllung.«

»Meine Leibspeise.«

»Soll ich Ihnen welche vorbeibringen? Sie sind noch warm.«

»Gut, ich mache uns schon mal ein Bier auf.«

Tita wusste, dass ihr Nachbar dankbar war für das Essen auf Rädern, das ihm die Caritas jeden Tag an die Tür brachte, aber sie wusste ebenso, dass es ihm nicht schmeckte. Er aß zwar auch gern Sauerkraut und Würste, aber wenn sie ein Rezept von daheim, aus Venezuela, nachkochte, schmeckte ihm auch das. Das Geheimnis der Arepas war das richtige Maismehl. Wenn man das hatte, konnte fast nichts mehr schiefgehen. Tita kaufte es in einem Asialaden in Moosach. Außer mit Hackfleisch füllte sie die Teigtaschen manchmal auch mit roten Bohnen oder mit rohem Ei, wie ihre Großmutter es ihr zum Frühstück serviert hatte. Die Arepa im Öl aufgehen lassen, aufschneiden, das Ei hineinschlagen, und dann von beiden Seiten weiter ausbacken, bis das Ei durch war. Herrlich!

Herr Baumer hatte den Tisch gedeckt und eine Flasche Augustiner auf zwei Gläser verteilt. Sie packte die Arepas aus. Er mochte es gern, wenn sie zum Essen kam. Er lebte schon so lange allein, aß allein, machte alles allein. Baumer war fast achtzig, und in der Küche hatte er zwei linke Hände.

»Sind Sie nicht ein bisschen geizig mit ihrer Heizung?«, fragte Tita. »Es ist ja arschkalt bei Ihnen.« Tita hatte die Daunenjacke anbehalten, obwohl das ungemütlich war.

»Solche Wörter lernen Sie in Ihrem Institut? Von Akademikern hätte ich was anderes erwartet«, sagte Baumer. »Köstlich«, nuschelte er, als er den ersten Bissen mit der noch warmen Füllung im Mund hatte.

»Akademiker sind auch nur Menschen. Und was ist mit der Heizung?«

»Kaputt«, sagte Baumer. »Der Heizkessel ist alt. Der machts nicht mehr.«

»Dann brauchen Sie eben einen neuen.«

»Tja, und wovon soll ich den bezahlen?« Baumer nahm einen Schluck Bier, bedächtig, genießerisch. »Dafür reicht die Rente nicht.«

»Gucken Sie mal, da wachsen ja schon Eisblumen am Fenster.« Tita brachte ihm seine Jacke. »Können Sie keinen Zuschuss beantragen?«

»Wo?«

»Beim Sozialbürgerhaus?«

»Nein.«

»Und wieso nicht?«

»Weil die mir sagen, dass ich vorher meine Sammlung verkaufen muss.«

»Und?« Tita kannte Baumers Sammlung. Ein Kuriositätenkabinett. Dieses Wort hatte sie mal gelesen und es hatte ihr gefallen.

»Was und? Die ist nicht zu verkaufen. Den Allachern würde ich sie ja nach meinem Tod vermachen. Aber sie wollen sie nicht einmal geschenkt.«

»Und wer würde sie wollen?« Tita kaute ewig an der einen Arepa, damit für Baumer mehr übrig blieb.

»Meine Erben. Die verscherbeln sie dann einfach. Es gibt genügend Interessenten. Immer wieder fragt einer an, und manche wollen sogar bei mir vorbeikommen. Aber ich lass keinen rein.«

»Und was sind das für Interessenten?«

»Einer von denen ist der Görres. Ein Händler, der viel übers Internet verkauft, eigentlich in die ganze Welt, das meiste nach USA. Er will alles kaufen, aber billig, billig. Noch billiger will es der Herr Wirsching von der Staatlichen Kunstgewerbesammlung. Der hätte sie am liebsten geschenkt. Jammert mir die Ohren voll, dass er kein Budget hat, und wenn ich sie ihm schon nicht schenken will, dann soll ich sie ihm wenigstens vererben. Kommt hier an und will mir meinen Nachlass abluchsen.« Die dritte Arepa. »Sie essen ja gar nichts.«

»Ich habe beim Kochen schon so viel probiert, ich bin satt«, log Tita. »Aber wenn Sie die Sammlung sowieso irgendwann verschenken wollen, warum nicht diesem Wirsing?«

»Wirsching. Weil ich meine Sammlung in einem Museum in Allach haben will, wo ich geboren bin, den Krieg überlebt und vierzig Jahre jeden Tag bei Krauss-Maffei am Werktisch gestanden bin. Deshalb will ich nicht, dass die Sammlung nach München geht.«

»Was ist die denn wert, Ihre Sammlung?«

»Was schätzen Sie?«

»Keine Ahnung. Was kostet denn so eine Figur auf dem Markt?«

»Das ist unterschiedlich. Meine Objekte sind reine Vitrinenstücke, die sind makellos. Der Schäferhund zum Beispiel.« Baumer hatte einen auf der Anrichte hinter Glas stehen. Fünfzehn Zentimeter lang, sitzend, die Ohren aufgestellt, die Schnauze halb geöffnet, aus der eine rotbraune Zunge hing. Tita schüttelte den Kopf. Sie fand ihn scheußlich.

»Ein einmalig schönes Stück«, behauptete Baumer.

»Ich mag keine Hunde, und schon gar keinen pastor alemán. So heißt der deutsche Schäferhund bei uns.«

»Meiner beißt garantiert nicht«, sagte Baumer.

»Sind Sie eigentlich ein Nazi, Herr Baumer? Ich meine, Sie haben mir ja einige Stücke gezeigt, und ich habe dieses Zeichen an der Unterseite des Porzellans gesehen. Wenn ich mich nicht täusche, sind das doch SS-Runen, oder?«

»Wenn ich ein Nazi wäre, würde ich dann Ihr Essen lieben und mich freuen, wenn ich Sie mit Ihrer hübschen Naturkrause unter meinem Fenster vorbeilaufen sehe?«

»Sie mögen meine Arepas und Maiskuchen und meinetwegen meine Haare, aber vielleicht mögen Sie mich nicht, wegen meiner Hautfarbe.«

»So ein Schmarrn. Ich bin doch kein Nazi. Nie gewesen.«

»Und warum sammeln Sie dann solche Nazisachen?«

»Die Allacher Porzellanmanufaktur gab es schon vor den Nazis. Die Künstler sind geblieben, auch als Himmler sich die Produktion unter den Nagel gerissen und in Deutschland und später auf der ganzen Welt bekannt gemacht hat. Der Foxl zum Beispiel, also der Foxterrier, der hat doch überhaupt nichts mit den Nazis zu tun. Das war mein allererstes Stück. Es ist bei der Bombardierung unseres Hauses kaputtgegangen. Meine Oma hatte ihn mir zur Kommunion geschenkt. Und nach dem Krieg, als ich schon Maschinenbauer bei Krauss-Maffei war, habe ich so einen in einer Zeitschrift gesehen, und genau den wollte ich wiederhaben. Dann bin ich auf diese ganze Geschichte der Allacher Manufaktur gestoßen, und über Jahre habe ich meine Sammlung zusammengetragen.«

»Die Heizung muss aber gemacht werden«, sagte Tita. »Sonst erfrieren Sie hier. Sie müssen etwas verkaufen. Soll ich mal vorne beim Antiquitätenhändler in der Eversbuschstraße fragen? Ich komme da oft vorbei.«

»Nein, das geht alles per Internet. Wenn ich dem Görres Bescheid sage, kommt der. Aber ich habe nur noch den Schäferhund doppelt. Alles andere sind Einzelstücke und unersetzlich.«

»Und was kostet jetzt so ein Schäferhund?«

»Wenn der Händler Sie nicht übers Ohr haut, bis zu fünfzehnhundert Euro.«

»Für den einen Hund?« Baumer nickte. »Dann müssten Sie für den neuen Heizkessel ungefähr vier oder fünf Teile aus Ihrer Sammlung verkaufen.«

»Vier oder fünf?«, keuchte Baumer. »Machen Sie Witze?«

»Sonst erfrieren Sie hier.«

»Um mich wärs nicht schad, nur um meine Sammlung.«

»Ich würde verkaufen.«

»Sie sind auch keine Sammlerin, Tita. Aber Ihre, wie heißen die noch mal, Ihre Arepas, die sind richtig gut. Wir haben nach dem Krieg auch viel Mais gegessen. Meine Oma hat Kukuruz dazu gesagt.«

»Kukuruz?«, wiederholte Tita. »Das klingt wie Ku-Klux-Klan.«

Am nächsten Tag musste Tita zu einer Tagung nach Köln. Sie hoffte, es würde vielleicht etwas wärmer werden, aber dieser Oktober war ungewöhnlich kalt, und als sie am Morgen das Haus verließ, waren die Scheiben der Autos am Straßenrand angefroren.

Als sie am Tag darauf wiederkam, blühten Eisblumen an Baumers Fenstern. Tita betrat das Nebenhaus und lief in ihre Wohnung hinauf. Sie rief Baumer an, aber er ging nicht ran. Als sie ihr Fenster öffnete, hörte sie sein Telefon leise klingeln. Es brannte kein Licht im Haus.

Tita ging rüber und klopfte bei Baumer, klingelte. Nichts. Sie drückte die Klinke, die Tür war nicht abgesperrt.

»Herr Baumer, sind Sie da?« Tita machte Licht. Es war noch kälter als arschkalt geworden. »Hallo?«

Baumer hatte sein Schlafzimmer im Erdgeschoss. Das Bett war gemacht. Blieb noch das Obergeschoss, wo er seine Vitrinen stehen hatte. Tita stieg die alte Holztreppe hinauf. Sie knarzte wie im Horrorfilm.

»Hallo? Ich bins, Tita. Sind Sie da?« Wieder keine Antwort. Sie machte auch oben Licht. Die Glasschränke, in denen Baumers Gruselkabinett ausgestellt war, standen offen und die Glasböden waren leer geräumt. An der Wand lagerten Kartons mit den in Zeitungspapier eingeschlagenen Figuren. Tita besah sich die obersten Päckchen: ein Schäferhund, ein weißes Pferd, ein Junge mit einer Trommel und ein Soldat. Alles sorgfältig verpackt und zum Abtransport bereit. Hatte Baumer sich von gestern auf heute doch entschieden, seine Sammlung zu verkaufen? Er war jedenfalls definitiv nicht im Haus, und da die Tür nicht abgesperrt war, fing Tita an, sich Sorgen zu machen. Sie löschte die Lichter, schloss die Tür und ging nach Hause. Dann überlegte sie, wo sie jetzt am besten anrufen konnte. Die Arztpraxen hatten schon zu, ebenso die Caritas, die das Essen auf Rädern brachte. Vielleicht war ihr Nachbar auf der Treppe gestürzt und hatte sich verletzt. Vielleicht hatte ihn jemand völlig unterkühlt in seiner Wohnung aufgefunden. Ihre beste Idee war, beim Roten Kreuz in Allach anzurufen. Dort sagte man Tita, dass Baumer am Nachmittag einen Herzanfall oder etwas Ähnliches gehabt hatte. Sie hatten ihn ins Klinikum Dritter Orden in der Menzinger Straße gebracht.

»Er, ich meine, er ist doch nicht tot?«, fragte Tita.

»Als wir ihn in der Klinik abgeliefert haben, hat er jedenfalls noch gelebt. Der alte Mann hat, als wir ihn aus dem Haus trugen, irgendwas von einem Schäferhund geredet«, erzählte der Sanitäter. »Aber da war kein Hund, auch im Garten nicht. Gehören Sie zur Familie?«

»Ich bin die Nachbarin und besuche ihn gelegentlich.«

»Hat er einen Schäferhund?«

»Ja, einen weißen«, sagte Tita. »Ich kümmere mich um ihn. Hat Herr Baumer selbst bei Ihnen angerufen?«

»Nein«, antwortete der Mann vom Roten Kreuz, »das war irgendein Nachbar. Ein Herr Ulrich Schmidt. Kennen Sie den?«

»Na klar«, log Tita, »der Herr Schmidt. Vielen Dank, dann werde ich Herrn Baumer morgen in der Klinik besuchen.«

»Warten Sie lieber noch ein bisschen. Er liegt auf Intensiv, da dürfen Sie wohl so schnell nicht rein.«

Herr Schmidt. Warum nicht Huber oder Meier mit ei, ai oder ay. Es gab keinen Nachbarn mit dem Namen Schmidt, von dem Tita in den letzten fünf Jahren etwas gehört oder gesehen hätte. Außer ihr selbst kümmerte sich niemand um Herrn Baumer. Schon gar kein Herr Schmidt. Dieser Herr Schmidt war Fake.

Tita kochte sich kolumbianischen Kaffee und trank ihn schwarz und dick wie Pech. Und sie beobachtete die ganze Nacht Baumers Haus. Zwischendrin war sie mit Sicherheit eingeschlafen, aber sie bildete sich ein, sie wäre sofort aufgewacht, wenn sie auch nur das kleinste Rascheln in Baumers Garten gehört hätte. Am nächsten Morgen nahm sie sich Urlaub, einen Tag oder wenn nötig auch zwei. Sie müsse jemanden im Krankenhaus besuchen und sich kümmern, sagte sie. Bei ihrem Überstundenkontingent war das kein Problem.

Sie kochte wieder Kaffee und vertilgte eine Dose Catalina-Kekse, die sie selbst mit Ur-Süße, dem getrockneten Saft des Rohrzuckers, gebacken hatte. Mit einem Präzisionsfernglas, das sie sich zur Vogelbeobachtung im Allacher Forst gekauft hatte, stand Tita am Fenster und spähte zu Baumers Haus hinüber.

Und wenn sie in der Nacht doch zu tief geschlafen hatte und jemand von ihr unbemerkt im Haus gewesen war? Dann könnte sie jetzt tagelang auf der Lauer liegen, und die Beute war vielleicht längst abtransportiert. Tita zog die Daunenjacke an und sah sich in der Küche um, öffnete die Besteckschublade, nahm den Fleischklopfer heraus, den aus Metall, wog ihn in der Hand. Bist du bescheuert, Tita?, redete sie mit sich selbst. Du willst doch auf niemanden mit einem Fleischklopfer losgehen. Stell dir nur mal vor, was dabei alles kaputtgehen kann. Sie steckte ihn ein.

Tita öffnete die Tür zu Baumers Haus, lauschte. Aktivierte im Geist, was sie in ihrem Krav-Maga-Kurs letztes Jahr in Untermenzing gelernt hatte. Es war niemand im Haus. Die Kisten standen noch genauso da wie am Vortag. Da ging die Klingel. Und es klopfte. Dieser Heuchler, dachte Tita. Er wusste doch ganz genau, dass Baumer fort war. Sonst hätte er ja die Sammlung nicht einpacken können.

»Herr Baumer?«

Hinter der Tür zum Schlafzimmer in Deckung hörte Tita, wie der Besucher die Türklinke hinunterdrückte. Sie hielt die Luft an. Schritte. Die Tür fiel ins Schloss.

»Herr Baumer, sind Sie da?«

Die erste Treppenstufe ächzte wie ein zweihundertjähriges Piratenschiff im Sturm. Tita sprang heraus und stürzte sich auf den Mann im braunen Wollmantel. Sie zog ihm von hinten das Bein weg, schneller, als er sich nach ihr umsehen konnte. Er fiel mit dem Gesicht voraus auf die Treppe. Sie war über ihm und drehte ihm den Arm auf den Rücken. Er brüllte. Ihr Trainer wäre stolz auf sie gewesen.

»Wer sind Sie? Sind Sie verrückt geworden?«, rief der Kerl. »Sie wissen wohl nicht, wen Sie vor sich haben? Ich komme von der Staatlichen Kunstgewerbesammlung. Dr. Alfred Wirsching. Herr Baumer hat mich hergebeten. Wer sind Sie überhaupt?«

»Ausweis?«, fragte Tita.

»In meiner Brieftasche.«

Sie gab ihm gerade so viel Bewegungsfreiheit, dass er selbst sich mit der Linken in die Innentasche des Mantels greifen und die Brieftasche herausholen konnte.

Tita prüfte seinen Ausweis. Wirsching, tatsächlich. In der Brieftasche steckte eine Menge Geld. Es waren zwölf lila Euroscheine. Sie griff ihn nach einer Waffe ab.

»Sind Sie Detektivin, oder wo haben Sie das gelernt?«, fragte Wirsching und stand auf.

»Bei meinem Krav-Maga-Kurs in Untermenzing.« Er starrte sie an, als habe sie nicht alle beisammen. »Ach, vergessen Sies. Was tun Sie hier?«

»Herr Baumer hat angekündigt, er würde mir bis zu vier Stücke aus seiner Sammlung verkaufen, die ich zum normalen Marktwert erwerben müsste, damit er sich einen neuen Heizkessel einbauen lassen kann. Dafür würde er mir im Gegenzug seine Sammlung für eine Stiftung PMA vermachen.«

»PMA?«

»Porzellan-Manufaktur Allach. Ich hätte die vier Stücke jetzt aus meiner Privatkasse ausgelegt, bis ich das Budget irgendwo auftreibe. Ich bin sehr interessiert an diesem Nachlass. Sechstausend hatten wir ausgemacht. Aber was ist los? Wieso ist Baumer nicht da?«

Tita erzählte, dass Baumer im Krankenhaus lag, Herzanfall oder etwas Ähnliches.

»Das ist ja ein Ding«, sagte Wirsching. »Darf ich denn seine Sammlung mal sehen, wenn ich schon hier bin? Sie haben sich ja selbst davon überzeugt, dass ich Beamter und unbewaffnet bin.«

Sie gingen nach oben. Wirsching hockte sich vor die erste Kiste, wickelte vorsichtig den Burschen mit der Trommel aus dem Zeitungspapier.

»Ein Hitler-Junge«. Er drehte die Figur um, SS-Rune, Allach. Dasselbe bei einem Mädchen, das er »BDM-Mädel« nannte. »Diese Objekte sollten nicht auf den kommerziellen Markt kommen, wo sich alles mögliche Gesindel herumtreibt«, sagte Wirsching. »Sie sollten in ein staatliches bayerisches Museum, wo man sie im richtigen Zusammenhang präsentiert und über ihre Geschichte informiert.« Sie saßen beide wie die Indianer in der tiefen Hocke über der Kiste. Tita dachte, wer von ihnen es wohl länger in dieser Position aushalten würde.

»Die Geschichte der Manufaktur ist zeitgeschichtlich hochinteressant. Das ist alles noch gar nicht genau erforscht.« Wirsching wickelte jetzt den pastor mit der roten Zunge aus der Süddeutschen.

»Gegründet wurde die kleine Fabrik von einem Ungarn. Ferenc Nagy, später als Franz Nagi eingedeutscht. Er war Porzellanfabrikant aus Pécs, und hatte bei Zsolnay gelernt. Später kam er zur Nymphenburger Manufaktur und nach Selb, zu Rosenthal. 1935 gründete er seine eigene Firma hier in Allach. Er beschäftigte Künstler wie Theo Kärner und Richard Förster. Die Firma wurde 1936 von Himmler in eine GmbH umgewandelt. Die Künstler und Nagy selbst blieben zunächst, wurden aber im Laufe der

Zeit hinausgedrängt. Ohne Entschädigung. Nagy stufte man nach dem Krieg als Mitläufer ein, er war nie Mitglied der Partei oder der SS gewesen. Er gründete noch einmal eine Firma in Allach, die sein Schwiegersohn, der Kachelofenbauer war, weiterführte. Ach, das sind schon schöne Stücke. Man merkt die Kenntnis und Sorgfalt des Sammlers. Er hat hauptsächlich Tiere, aber auch einiges von Himmlers Nazikitsch.« Tita sprang leichtfüßig auf, und Wirsching versuchte es auch, aber bei ihm knackte es erbärmlich. Super, dachte Tita, regelmäßiges Training macht sich eben doch bezahlt.

»Haben Sie die Stücke so schön verpackt?«, fragte der Beamte.

»Nö, ich nicht.«

»Wer war es dann? Hat Baumer die Stücke doch noch jemand anderem angeboten?«

»Sicher nicht. Er wollte ja nicht verkaufen. Auch nicht diesem Kunsthändler, der ihn öfter mal angerufen hat.«

Wirsching packte sie plötzlich an der Hand, was Tita ziemlich übergriffig fand.

»Wohnen Sie hier in der Nähe?«

»Nebenan, wieso?« Was war denn jetzt los?

»Kommen Sie, kommen Sie. Wir gehen. Hier ist doch was faul. Ich habe zwar Vertrauen in Ihre Selbstverteidigungskünste, aber ich rufe jetzt doch lieber die Polizei. Kommen Sie.«

Sie liefen die Knarztreppe hinunter und verließen das Haus. Sobald sie in Titas Wohnung waren, rief Wirsching die Polizei. Er wurde an das Einbruchsdezernat weiterverbunden und stellte das Gespräch laut.

»Die kommen bestimmt wieder«, prophezeite ihnen der Kriminaler. »Die Ware ist gepackt, und am Abend kommen sie zurück, um sie abzuholen. Garantiert.«

»Ja und dann?«, fragte Tita.

»Dann schnappen wir sie. Bleiben Sie auf dem Posten, wenn Sie können, wir kommen gleich zu Ihnen.«

Wirsching tat es sehr leid, der Verbrecherjagd nicht weiter beiwohnen zu können, aber er musste zurück an die Arbeit und verabschiedete sich. Tita machte sich schon mal an den Teig für eine gute Portion Arepas, falls mehrere Polizisten hier auftauchten. Es konnte ja noch dauern, bis die Diebe zurückkamen. Falls sie zurückkamen.

Sie waren zu dritt. Ein Chef in Zivil und ein Mann und eine Frau in Uniform. Der neutrale BMW parkte draußen am Straßenrand. Der Duft der frisch gebackenen Arepas war so unwiderstehlich, dass sie weggingen wie warme Semmeln. Einer der beiden Polizisten hatte immer den Eingang zum Haus unter Beobachtung, während der andere telefonierte oder am Handy daddelte. Der Chef war nach einigen Instruktionen wieder abgefahren.

Es dämmerte, die Straßenbeleuchtung schaltete sich an, rundherum kamen die Leute von der Arbeit nach Hause, und in den Küchen wurde Licht angemacht, dann in den Wohnzimmern und irgendwann in den Schlafzimmern. Nichts passierte. Vielleicht haben die Jungs doch kalte Füße bekommen, dachte Tita und brachte den Müll raus.

Im Hof fiel ihr Blick auf Baumers Garten. Der Kegel einer Taschenlampe huschte über das zertrampelte Gestrüpp, ging ungebrochen durch bis zur Straße auf der Rückseite des Grundstücks. Die Diebe waren von hinten gekommen, durch ein Fenster eingestiegen, und niemand hatte es bemerkt. Mierda! Vielleicht brachten sie gerade die letzte Kiste heraus!

Bis du die Bullen alarmierst, sind die Räuber über alle Berge. Also los, Mädchen, jetzt Sprint, nicht Ausdauer!

Wie ein Wiesel rannte Tita los, vorne bei Baumer rein, damit die mit Arepas abgefüllten Beamten sie hoffentlich auch bemerkten, um das Haus herum und auf den Lichtkegel zu. Die Chromleisten eines alten Mercedes C-Klasse schimmerten im Licht der spärlichen Straßenbeleuchtung. Die Kofferraumklappe stand offen.

»Runter mit der Kiste«, schrie sie. Der Kerl würde seine wertvolle Fracht schon nicht auf den Boden fallen lassen.

Der Mann drehte sich um. Schnauzbart und Alter passten exakt zu seinem Auto. »Freddie, verschwinde!«, schrie er und stellte die Kiste in den Kofferraum. Sofort packte Tita seine Hand, riss ihn zu sich her und warf ihn unsanft zu Boden. So schnell konnte er gar nicht schauen.

Sie kniete auf dem Rücken des Mannes und sah sich nach diesem Freddie um. Wo war der? Zwischen den Bäumen bewegte sich ein Schatten. Freddie mit der nächsten Kiste! Und nun? Tita wollte gerade einen Schrei loslassen, da kam noch jemand um die Hausecke gerannt und schnappte sich Freddie.

Militaria-Händler Görres und sein Ziehsohn Freddie wurden aufs Präsidium gebracht. Tita trug die Kisten wieder in Baumers Haus, nagelte eine Plastikplane in sein kaputtes Schlafzimmerfenster und ging schlafen.

Der alte Herr Baumer erholte sich langsam von der Herzattacke. Görres hatte ihn bei seinem ebenso unangemeldeten wie unerwünschten Besuch bedrängt, ihm seine Sammlung zu verkaufen. Das Ganze war in einen Streit ausgeartet, bei dem Baumer sich furchtbar aufgeregt hatte.

Während er sich noch das Essen im Dritten Orden schmecken ließ, das ihm auch besser schmeckte als das von der Caritas, organisierte Tita den Austausch des Heizkessels unter Einsatz eines Teils von Dr. Wirschings Privatvermögen. Baumer kam nach einer Woche Krankenhaus und drei Wochen Reha in ein mollig warmes Häuschen zurück.

»Mein Foxl ist aber schon noch da?«, war das Erste, was er wissen wollte.

»Bis auf die vier Stücke für Wirsching ist alles da, keine Sorge«, beruhigte Tita ihn.

Nach einem Einstand mit Kaffee und einem Stück Maiskuchen machte sich Baumer auf den beschwerlichen Weg hinauf zu seiner Sammlung. Auf jeder Treppenstufe musste er stehen bleiben und sich ausruhen. Aber er wollte unbedingt hinauf.

»Das sieht ja aus, als wäre ich schon tot«, sagte er, als er schließlich vor den Kisten stand.

»Ich habe mich nicht getraut, sie wieder auszupacken und aufzustellen, denn Sie haben bestimmt Ihre feste Ordnung und hätten sich nur geärgert, wenn ein Greenhorn wie ich alles durcheinanderbringt. Aber ich kann Ihnen beim Aufstellen helfen.«

»Wirsching hat mir einen eigenen Raum versprochen«, erzählte Baumer mit glänzenden Augen. »Mit einer Dokumentation zur Manufaktur und ihrem Gründer, diesem Nagi Franz oder Ferenc. Und dazu noch eine eigene Tafel für den Stifter und Sammler Ludwig Willibald Baumer.«

»Das sind Sie?«, fragte Tita und grinste.

»Das bin ich«, sagte Baumer. »Sie dürfen mich Ludwig nennen, Frau Gómez.

»Tita«, sagte Tita.

»Und wie kann ich Ihnen jetzt für alles danken, was Sie für mich getan haben, Tita?«

»Sie meinen den neuen Heizkessel?«

»Sie haben Ihr Leben riskiert für meine Sammlung.«

»Nein, das stimmt nicht«, widersprach Tita. »Wenn, dann für Sie. Sie wissen ja, ich bin keine Hundefreundin, und Schäferhunde kann ich gar nicht ausstehen.«

»Pastor alemán«, erinnerte Baumer sich. »Und was heißt Foxl auf Spanisch?«

»Keine Ahnung«, gab Tita zu.

»Dann kann ich Sie mit keiner Figur aus meiner Sammlung glücklich machen, zum Dank?«

»Ich sammle eher alte Zeiss-Mikroskope oder Kowa-Spektive zur Vogelbeobachtung«, sagte Tita. »Ansonsten bin ich total anspruchslos.«

AREPAS

Arepas (Maisfladen) sind ein Nationalgericht in Venezuela und Kolumbien. Sie werden nicht mit Maismehl und nicht mit Polenta gemacht, sondern mit »Harina PAN«, einem Mehl aus vorgekochtem weißem Mais. Man bekommt es in Latino- oder Asia-Läden.

ZUTATEN (pro Person, ca. 3 Stück)
70 g Maismehl PAN
1/2 Teelöffel Salz
140 ml Wasser

ZUBEREITUNG

Das Maismehl mit Salz und Wasser vermischen, am besten mit den Fingern, ohne Mixer oder Handrührer. Dann circa 15 Minuten aufquellen lassen und den Teig wieder mit den Fingern kneten, bis er schön glatt ist. Jeweils einen mittelgroßen Knödel formen und ihn zwischen den Handflächen etwa fingerdick platt drücken, rund formen.

Eine Pfanne mit Öl ausstreichen und die Arepas bei mittlerer Hitze ausbacken. Umdrehen, wenn sie sich leicht in der Pfanne bewegen lassen. Dann von der anderen Seite backen, bis sie leicht gebräunt sind.

Zum Füllen die Arepas seitlich halb aufschneiden und die Fülle aus Hackfleisch mit Zwiebeln, Hühnchen oder – vegetarisch – Käse, roten Bohnen oder Avocados einfüllen. Man kann die Arepas auch einfach wie kleine Fladenbrote belegen und dekorieren. Achtung: sehr sättigend.

¡Buen provecho! Guten Appetit!

Aus der neuen Welt
Iris Leister

Der Bär haut in die Tasten: *Oh Susanna!* und der halbe Saloon singt mit, dass die Wände wackeln. Füße stampfen, Stetsons werden hochgeworfen, Humpen angestoßen, ein Cowboy schnappt sich eine verschreckte Siedlerin und wirbelt sie mit klingelnden Sporen herum. Sogar der alte Indianer, mit dem der Bär vor dem Auftritt noch ein Pfeifchen geschmaucht hat und der bisher immer eher säulenartig dastand, wippt inzwischen mit dem Fuß.

Es ist Markttag bei den Siedlern, alle sind happy, und der Bär kommt so langsam auf Betriebstemperatur. Seine Pranken fliegen über das Elfenbein, das Klavier bebt, der Saloon vibriert. Der Bär schaut mal eben hoch. Findet sich Aug' in Aug' mit dem ausgestopften Büffelkopf gegenüber an der Wand. Hat der Büffel ihm tatsächlich eben zugezwinkert? War da was drin in dem Indianer-Pfeifchen? Der Bär guckt noch mal. Kein Zwinkern, alles klar. Weiter gehts.

Während der Fettsack am Piano die letzten Takte von *Oh Susanna!* in einen Ragtime biegt und munter drauflos improvisiert, lehnt Koska lässig am Tresen, ein halbes Ohr auf die wogende Musik, anderthalb Ohren auf den kleinen, grauhaarigen Trapper mit der Biberfellmütze und dem zerschlissenen, grünen Kittel gerichtet, dem er inzwischen Whiskey Nummer vier ausgibt. Aber Koska ist nicht nur Ohr, sondern auch Mund. Die Argumente sprudeln wie Quecksilber.

Immerhin sind Märkte sein Revier. Diesmal hat er an den Ständen nichts gefunden, obwohl die Händler von überall hergekommen sind, um Büffelsehnen, gegerbte Tierhäute, Vorratsdosen, Hüte, Hemden, Kugeln, Büchsen, Äxte und alles, was man sonst so brauchen kann im Westen und was der Green River Trading Post nicht hat, feilzubieten.

Dafür war der Zufallsblick in die Bretterhütte eines Trappers ein Volltreffer. Und schon leert ebenjener Trapper Whiskey Nummer vier. Koska bestellt den fünften, in der Hoffnung, dass er dann den heiß ersehnten Satz hören wird. Der Kerl ist hart wie Hickory Holz. Langsam wirds teuer und nervig.

»Doodah, doodah«, der Fettsack hämmert Campdown Races in die Tasten. »Schorry, awerdösismeiSong«, nuschelt der Trapper, stürzt sein Glas in einem Zug herunter und schlingert Richtung Klavier. Koska verdreht die Augen und begegnet dem unverwandten Blick eines alten Indianers.

Der Bär sieht eine grüne Bewegung im Augenwinkel: ein Trapper, die Biberfellmütze schräg über den Augen, baut sich schwankend vor ihm auf. »Doodah, doodah, deh«, singt der Mann zwei Mal inbrünstig, dann salutiert er und erbricht sich ins Klavier. Jetzt müssen die Jungs mit dem Banjo ran.

»Doodah, doodah, ganz genau«, denkt Koska. Während der Trapper unter Gejohle herausgetragen wird, kommt er auf Ideen.

Der Bär auf dem Klo, funzliges Licht, im Hintergrund scheppern die Banjos. Irgendwie ist ihm merkwürdig. Er schaut in den Spiegel und findet, dass er komisch aussieht. Ist seine Nase größer? Die Augen ein bisschen zur Seite gerutscht?

Erst Büffelzwinkern und dann das! Ach, vielleicht hat er einfach zu wenig gegessen. Der Bär hat einen Bärenhunger. Er verlässt das Klo, geht am Pferdestall vorbei zum Chuckwagon, der von anderen Hungrigen umlagert wird. Es wird gelacht und getratscht, zwei Cowboys schlagen ihm anerkennend auf die Schulter. Ein Mann mit gestreifter Weste, Halstuch und Zigarre gibt ihm ein Essen aus.

Es wird langsam Abend. Lagerfeuer beginnen zu leuchten. Der Bär schaut sich um. Fremd ist es, friedlich und schön. So ganz anders als die Welt da draußen. Drei Yankees in blauer Uniform fachsimpeln über ihre hochglanzpolierten Büchsen, Frauen in langen Röcken mit Schürzen ziehen vorbei, prall gefüllte Körbe über dem Arm. Kinder spielen. Aus den geöffneten Luken des Trading Posts zieht der überwältigende Geruch von Sweetgrass herüber. Der Bär atmet tief ein. Er schnuppert. Riecht noch etwas anderes darunter. Flusswasser. Klar. Die Siedlung liegt auf einer Insel. Obwohl er gerade gegessen hat, packt ihn eine überwältigende Lust auf Lachs. Seltsam.

Koska schaut den Fluss abwärts und beobachtet eine Gestalt am Wasser. Täuscht er sich, oder ist das der Fettsack vom Klavier? Wer immer es ist, er ist zu weit entfernt. Und es ist auch egal, denn er hat noch etwas vor. Spätestens, wenn es so richtig dunkel ist. Koska schnipst seine Kippe in die Strömung. Ein kleines Leuchten, das mit einem Zischen erlischt. Dann dreht er sich um und geht. Der Uferkies knirscht unter seinen Stiefeln.

Am Fluss fällt der Bär auf alle viere und schaufelt mit den Pfoten Wasser. Was ist bloß los mit ihm? Was macht er hier? Zumindest den Durst, der ihn erwischt hat wie ein Fallensteller, kann er löschen. Der Bär trinkt in großen Schlucken. Dann setzt er sich auf seine Hinterläufe und rülpst, dass sich die ufernahen Büsche biegen. Da war was in dem Kraut von dem Indianer! Na, warte. Aber erst mal muss das nasse Zeug weg, das da an ihm klebt. Er schaut auf seine Arme, auf seinen Körper. Was sind das für kalte, glitschige Lappen? Der Bär reißt sich Hemd und Jeans und Boxershorts vom mächtigen Leib und stromert majestätisch durch den Uferwald. Vergessen ist alles Menschenwerk.

Koska schleicht durch die Büsche. Der Markt, die Musik, der Trubel im Saloon, die Dunkelheit – alles spielt ihm in die Karten. Und die Investition in Whiskey hat sich auch gelohnt: Die Mütze über das Gesicht gezogen schnarcht der Trottel von Trapper selig in seiner kleinen Hütte.
    Wie ein Schatten gleitet Koska hinein und pflückt das Objekt seiner Begierde einfach von der Wand. Alles viel einfacher als gedacht. Und wenn seine Vermutung stimmt, ist das gute Stück hier mehrere Tausend wert.
    Seine Beute im Rucksack, verlässt er die kleine Siedlung diebisch erfreut Richtung Fluss. Doch dann macht es PFRRRT. Ein Pfeil schlägt direkt neben Koska in einer Weide ein, bohrt sich bis zum Schaft in das Holz. Er

kann den Luftzug noch immer an seiner Wange spüren. Koska rennt. Weg vom Ufer, in den Wald, aber so viel er auch rennt, so gut er sich versteckt, jemand verfolgt ihn. Stöbert ihn auf, spielt mit ihm, wie eine Katze mit der Maus, bleibt ihm unerbittlich auf den Fersen.

Der Bär beschnuppert einen Ameisenhaufen. Er ist auf der Suche nach Kontakt. Mit irgendjemandem muss er die seltsame Lage besprechen, in der er sich befindet. Und Fuchs und Reh sind unverständlicherweise geflohen, als er ihnen begegnet ist.
 Die Ameisen schlafen schon. Der Bär ärgert sich. »Mit euch ist auch nix los, ihr blöden Viecher«, flüstert er und stupst mit der Nase an den Haufen. Natürlich nur ganz vorsichtig. Allerdings reicht das schon aus, dass ihm eine Horde verschlafener, sechsbeiniger, wütender Wächter so richtig in den Pelz kriecht und nach Kräften beißt. Er trabt davon zu einem vielverzweigten Ahorn in der Nähe, schubbert sich an dessen rauer Rinde, dass die Krone nur so wackelt. Endlich ist er die Quälgeister los. Täuscht er sich, oder riecht es da oben nach Honig? Ein kleines Dessert wäre nicht schlecht auf den Schreck. Tatze um Tatze wuchtet er sich den Stamm hinauf. Schafft es bis zur ersten Astgabel und schläft erschöpft ein.

Der Fluss, Wurzeln, Bäume, Gräben, immer tiefer treibt ihn der Verfolger ins Unterholz. Koska rennt. Die Angst peitscht das Adrenalin durch seine Adern, seine Lunge brennt, Dornen und Äste ritzen seine Haut.
 Auf einer Lichtung hat er ihn kurz gesehen. Ein Schatten, groß und gehörnt, ein jagender Indianergott. Der nächste Pfeil schlägt knapp neben ihm ein. Aber da vorne ist Licht, das muss die Stadt sein, ein letzter Spurt, und er hat es geschafft! Koskas Körper aktiviert die letzten Reserven. Eine Kuhle, ein Sprung, und dann rauscht der Schmerz. Koska ist beim Landen auf einer Wurzel umgeknickt.
 Er kauert am Boden. Keucht. Traut sich vor lauter Angst nicht in die Richtung zu schauen, aus der sich jeden Augenblick der Indianergott in der Morgendämmerung materialisieren muss.
 Laub raschelt, Schritte nähern sich. Einer, zwei, drei, vier, direkt auf ihn zu, dann bleiben sie stehen. Koska sieht hoch. Der alte Indianer aus dem Saloon steht vor ihm. Kein gehörnter Indianergott. Jemand zum Verhan-

deln, blitzt es in Koskas Gehirn auf. Er hebt die Hände und beginnt zu reden wie ein Wasserfall.

Der Indianer nimmt stumm den letzten Pfeil aus dem Köcher und spannt den Bogen. Mit der Bogensehne dehnt sich die Zeit. Koska erstarrt. Sieht die Silberringe an der Indianerhand, die Muskeln und Sehnen von Unterarm zu Oberarm hervortreten, Schweißperlen auf der unrasierten Oberlippe. Ein konzentriertes Lächeln.

Der Pfeil verlässt den Bogen, rauscht auf Koska zu, die Metallspitze glitzert im ersten Morgenlicht, ein tödliches Zwinkern, größer und größer, und dann zischt der Pfeil um Haaresbreite an Koska vorbei und schlägt in den Baum ein. Koska ist verdutzt. Dann lacht er laut meckernd los.

Ein keckerndes Geräusch dringt in den Schlaf des Bären. Und hat da eben nicht sein Bett gewackelt? Sind da Leute in seinem Schlafzimmer? Unverschämtheit. Der Bär setzt sich verärgert auf. Um ihn herum ist alles grün. Was, wieso und wo ist er hier überhaupt?

»Das war wohl nichts, mein Alter. Beim Schuh des Manitou, kannst froh sein, wenn ich dich nicht verklag, du Depp!« Koska rappelt sich hoch.

Der Indianer beachtet ihn gar nicht. Beobachtet stattdessen irgendetwas schräg über ihm. Alter Trick, denkt Koska. Aber weil der Indianer nicht nur guckt, sondern auch ziemlich breit grinst, schaut er trotzdem hoch. Und traut seinen Augen kaum: Von dem Ast über ihm wölben sich ihm zwei riesige, weiße Halbmonde entgegen. Fast glaubt er, den Mond zu sehen, doch, ganz ehrlich, das ist kein Mond, das ist … »Der Pianistenhintern«, flüstert er.

Es raschelt, es wackelt, dann klatschen hundertfünfzig Kilo verkatertes Bären-Lebendgewicht garniert mit Ästen und Blättern auf Koska. Alles wird schwarz.

»Was für eine Nacht. Ich hatte den unglaublichsten Traum«, sagt der Bär zum Indianer und reibt sich die Augen. »Aber was machst du in meinem Schlafzimmer? Und warum hast du meine Sachen in der Hand?

Er schaut an sich runter, stellt fest, dass er splitterfasernackt ist! Und dass er mitnichten in seinem Schlafzimmer aufgewacht ist! Und dass das, was er für seine Matratze gehalten hat, Koska ist, den er zwar nicht kennt, aber den er trotzdem nicht plattsitzen will. Wie peinlich! Und überhaupt: Warum hat er in einem Baum übernachtet? Er schämt sich so.

Angezogen und hochrot hilft er dem Indianer, Koska an den Baum zu lehnen. Der lebt und faselt wirres Zeug.

»Jetzt schaun wir mal, was du dem Franzl geklaut hast«, sagt der Indianer, fasst in Koskas Rucksack, und zieht vorsichtig zwei vergilbte Blatt Papier hervor. Punkte und Striche aus Tinte tanzen darüber. »Was will er denn damit?«

»Zeig her«, sagt der Bär. Beide starren auf Koskas Beute. Es sind Noten.

Der Bär beginnt zu summen. »Das sind Originalnoten.« Vorsichtig dreht und wendet er die Blätter. »Hier, siehst du das? Das ist die Unterschrift von Stephen Foster, der hat die ganzen alten Westernlieder geschrieben. *Oh Susanna!* und so? Was ich gestern gespielt hab?«

»Foster, eh klar.«, nickt der Indianer.

»Das ist total wertvoll!« Der Bär ist völlig aus dem Häuschen. »Das sind Lieder, die kennt noch keiner.« Ehrfürchtig fotografiert er die Blätter ab.

»Und der Depp hat sie in seiner Hütte«, lamentiert Koska weinerlich im Hintergrund. »Als Dämmung gegen die Kälte.«

Der Bär und der Indianer lassen Koska links liegen. »Eine Schande, eine kulturelle Schande ist das!«, brüllt der ihnen hinterher.

Der Indianer bringt ihn zu seinem Fahrrad. »Sag mal, du hast mir doch da irgendwas in das Pfeifchen gemischt?« fragt der Bär.

»Wie käm ich denn dazu«, sagt der Indianer. »Ich vergifte doch keine Pianisten. Schon gar nicht so gute. Kommst mal wieder?«

Der Bär macht ein Pokerface und schwingt sich auf seinen Sattel. Klar wird er wiederkommen. Den ganzen Weg nach Hause singt er das neue Lied. Und der Wald und der Fluss und die Stadt singen mit.

Vögel zwitschern. Jemand schürt ein Feuer, ein anderer kocht Kaffee.

Der Trapper dreht sich noch einmal wohlig unter seiner Decke. Über ihm zwei Notenblätter. Als wäre nichts gewesen.

CHUCK CHICKEN HÄHNCHEN IM DUTCH OVEN

ZUTATEN

1 ganzes Grillhähnchen oder Poularde

500 g Kartoffeln (festkochend)

250 g Sellerie

250 g Karotten oder Süßkartoffeln

250 g Zwiebeln (rote oder weiße)

4-6 Knoblauchzehen (nach Geschmack)

Kräuter nach Wunsch, z. B. Thymian, Rosmarin, wilder Salbei

grobes Meersalz, Pfeffer geschrotet, Paprika edelsüß oder Chilis geschrotet

Schweineschmalz oder Speiseöl

Holz- oder Grillkohle, Glut von Hartholz geht auch

Das Gericht gelingt auch im Elektroherd/Ofen, allerdings fehlt das rauchige Aroma.

ZUBEREITUNG

Das Gemüse schälen und in walnussgroße Stücke schneiden. Das Hähnchen waschen, halbieren oder vierteln. Den Dutch Oven mit dem Schmalz oder Öl gut ausfetten. Das Gemüse würzen und damit anschließend gleichmäßig im Dutch Oven den Boden bedecken. Die Hähnchenteile rundherum würzen und mit der Hautseite nach unten auf das Gemüse legen. Deckel auf den Dutch Oven geben, nun die Glut in der Feuerstätte zur Seite räumen und den Dutch Oven hineinstellen – Vorsicht, es darf nicht zu viel Unterhitze entstehen! Nun den Deckel mit etwas glühender Kohle bedecken. Nach ca. 30 Minuten den Deckel abheben und die Hähnchenteile wenden und den Deckel wieder daraufgeben, bei Bedarf etwas Kohle bzw. Glut dazugeben. Nun das Hähnchen weitere 30'– 45 Minuten garen, bis die Haut eine schöne Farbe angenommen hat und das Fleisch durch ist.

Herzlichen Dank an Robert Zeithamer von Chuck Wagon Cooking im Cowboy Club München 1913 e. V. für sein Originalrezept (cateringservice@gmx.de).

Toter Winkel
Joachim Biedermann

Dr. Noll achtete stets darauf, dass Vanillesoße und Dampfnudel bis zum Moment des Verzehrs strikt voneinander getrennt blieben. Er mochte keinen von Soße durchweichten Hefeteig, und er schätzte es auch nicht, wenn sie mit Mohnkörnern bestreut wurden, die er hinterher wieder mühsam aus seinen Zahnzwischenräumen würde entfernen müssen. Deshalb zuckte seine Oberlippe fast unmerklich, und er mischte dem Blick, den er seiner Frau über den Esstisch hinweg zuwarf, eine Spur Missbilligung bei. Ihre Hand zitterte, als sie den silbernen Löffel über den dampfenden Hefekloß auf ihrem Teller führte, weshalb sich der Mohn nicht ganz so gleichmäßig verteilte, wie sie es gewünscht hätte. Ein paar Körner rieselten sogar auf die schneeweiße Tischdecke. Sie rang um Fassung und suchte krampfhaft nach der passenden Erwiderung auf die Ungeheuerlichkeit, die sie soeben gehört hatte.

»Gerd! Um Himmels willen! Du hast einen Menschen umgebracht!« Die Seelenruhe, mit der ihr Mann seine Dampfnudel sezierte, trieb sie beinahe in den Wahnsinn. »Das ist nicht wahr, oder? Nun rede doch!«

»Ich sagte lediglich, ich hätte einen Mord in Auftrag gegeben.«

»Ist das nicht dasselbe?«

»Nein, ist es nicht. Die Dampfnudeln sind wieder einmal köstlich.« Mit der Gabel trennte er ein weiteres Stück ab, behutsam wie immer, um die lockere Struktur des Teiges nicht zu zerstören.

»Gerd, wie kannst du nur …« Sie schob ihren eigenen Teller beiseite. »Mir ist der Appetit vergangen.«

Dr. Noll lächelte. Auch nach mehr als zwanzig Jahren als Therapeut zählte es immer noch zu seinen bevorzugten Freuden, mit der Psyche seiner Frau zu spielen.

»Es ist ganz anders als du denkst. Es geht um Griesinger.« Natürlich ging es um Schuber, aber er versuchte, seiner Frau gegenüber wenigstens einen kleinen Rest ärztlicher Schweigepflicht zu bewahren.

Ihre Hände lösten sich von der Tischdecke, an der sie zuvor hektisch gezupft hatten, und kamen langsam zur Ruhe.

»Griesinger? Bei dem hast du doch heute einen Termin.«

Dr. Noll schaute zur Uhr. Im Grunde genommen hasste er Hausbesuche, aber bei Schuber ging es eben nicht anders. Ob er es inzwischen getan hatte?

Wie ein Bildhauer bei der Arbeit nahm er Schicht um Schicht von seiner Dampfnudel, tunkte die einzelnen Stücke in das mit Vanillesoße gefüllte Schälchen und verzehrte jeden Bissen mit unübersehbarem Genuss, während er seiner Frau von Schuber erzählte. Von dessen Schicksalsschlag vor mehr als einem Jahr, als er mit seinem Fahrrad in den toten Winkel eines Lieferwagens geraten war und beide Beine sowie einen Teil seines Verstandes verloren hatte. Wie Schuber mit eisernem Willen um seine Existenz gekämpft hatte, zurück in ein neues Leben, im Rollstuhl zwar, aber immerhin ein Leben.

Was folgte, war die Erkenntnis, dass Schubers Geist stärker verletzt war als sein Körper. An dieser Stelle war er selbst ins Spiel gekommen und auf einen zutiefst verzweifelten, von Schuldgefühlen gequälten Menschen getroffen. Er hatte analysiert, argumentiert und appelliert, kurzum das komplette Register seines therapeutischen Könnens gezogen. Hatte versucht, Optimismus zu verbreiten und Blockaden zu lösen – vergebens. Jeder neue Versuch und jede noch so hoffnungsvoll begonnene Sitzung endete mit neuen Selbstvorwürfen seines Patienten.

Bis ihm eines Tages die Idee kam, sein Patient solle all die Schuldgefühle auf einen unbeteiligten Dritten projizieren und diesen töten – natürlich nur in Gedanken und in der Hoffnung, damit die Schuldgefühle zu beseitigen. Noch war der Ausgang des Experiments ungewiss, doch vielleicht würde die heutige Sitzung die Neuigkeiten bringen, die er sich für seinen Patienten erhoffte. Er beugte sich über den Tisch und holte den letzten Hefekloß aus dem Topf. Was schmeckte besser: die Dampfnudeln oder das Wissen um einen erfolgreich angewandten psychologischen Kunstgriff? Für Dr. Noll war der Fall klar. Und trotzdem war diese aus den einfachsten Zutaten gezauberte Süßspeise jedes Mal aufs Neue ein Genuss.

Die Dunkelheit spuckt mich aus. Ich finde mich in einem Korbstuhl wieder, der auf einer weitläufigen Terrasse im Schatten steht. Eine Bougainvillea fließt über die weiß getünchte Steinmauer herab wie ein pinkfarbener Wasserfall. Der Geruch des Meeres mischt sich in den Duft nach Blüten und Kräutern. Ein Hauch von Zeitlosigkeit liegt über der Bucht von Santorin.

Entfernte Polizeisirenen bereiten meiner Fantasie ein unsanftes Ende, und sogleich meldet sich Dr. Nolls mahnende Stimme in meinem Kopf: Nicht träumen! Konzentrieren Sie sich auf Ihre Aufgabe, träumen bringt Sie nicht weiter.

Ja, ich hätte niemals träumen dürfen!

Mein Kopf sackt nach hinten, und ich erwache mitten in München, vor einer kahlen Steinmauer sitzend. Vergeblich suche ich nach leuchtendem Weiß, doch Berg am Laim ist nicht Santorin, mag sich der Oleander in den Blumenkübeln noch so sehr bemühen, mediterranes Flair zu verbreiten.

Langsam schält sich das Bewusstsein aus dem Nebel, ich warte. Mich überrascht die Gelassenheit, mit der ich die Ankunft meines Opfers erwarte, denn ich hatte mit schweißnassen Händen gerechnet und einem Herzschlag, dessen krankhafte Wucht ich bis in meine Ohren fühlen würde. Stattdessen gleicht mein Warten eher einer Meditation als einer Lauer. Das Eisenrohr liegt auf der Mauer neben dem großen Terrakottatrog versteckt, die Angelrute ruht in meinen Händen, mehr Werkzeug brauche ich nicht. Ich lächle angesichts meiner brillanten Idee: die Angel war das fehlende Puzzleteil des Plans, der in den letzten Wochen in mir gereift ist.

Genau genommen ist heute wie jeder andere Tag an meinem Lieblingsplatz im Innenhof unserer Wohnanlage. Den Kopf leicht nach hinten gelehnt, spüre ich das vom Laub der Blätter zu Grün gefilterte Licht gegen meine geschlossenen Augenlider branden. Weiter oben, jenseits von Bäumen und Balkonen, wölbt sich der Augusthimmel in unwirklich gleißendem Blau.

Auch der Raum, in dem ich Monate zuvor erwachte, war blau. Oder täuscht mich meine Erinnerung? Eine Pflegerin hielt meine Hand und kämpfte mit Tränen, die meine eigenen sein sollten, während einer der Chirurgen mit ernster Miene auf Röntgenbilder deutete. Die Erinnerung flackert wie ein defekter Monitor.

Gesichter verschwammen oder wechselten von einer Person zur nächsten. Anfangs trug auch Dr. Noll ein anderes Gesicht, das meines verstorbenen Vaters. Er kümmerte sich um mich und bekam schließlich sein eigenes Gesicht zurück. Wir redeten viel, und ich begann, ihm zu vertrauen. Habe ich ihm nicht lange genug widersprochen, als er damit anfing, den Gedanken an Mord in mir zu säen? Erst jetzt weiß ich, wie recht er hatte: der wahre Schuldige MUSS gefunden und bestraft werden!

Lange, viel zu lange suchte ich am falschen Ort. Ich blickte in jedes Gesicht, das mir begegnete, doch die Stadt ist groß, und seit dem Unfall waren Gesichter meine Schwachstelle. Sein Helm hat ihn schließlich verraten, denn mit Helmen kenne ich mich aus, und ein Thousand EGO Silber wäre mir überall aufgefallen. Umso größer meine Überraschung, als er direkt vor meinen Augen erschien. Auf dem Kopf eines jungen Nachbarn, den ich tagtäglich durch den Innenhof radeln sah.

Er lebt tatsächlich im selben Block, nur einen Hauseingang und zwei läppische Stockwerke von mir entfernt. Ich fing an, seine Gewohnheiten zu untersuchen, studierte seine Bewegungen, sammelte scheinbar unbedeutende Besonderheiten und sezierte jede einzelne Sekunde unserer flüchtigen Begegnungen. Ich beobachtete und schlussfolgerte und wurde mir von Tag zu Tag sicherer, dass er der Richtige war. Der Schuldige. Der Täter.

Der Schuldige folgt seinen Gewohnheiten mit einer Zuverlässigkeit, die meine Planung wesentlich vereinfachte: ich kenne seinen Tagesablauf und weiß, wann er von der Arbeit kommt. Eine Nachbarin hat mir erzählt, er sei Softwareentwickler bei einer Firma in der Nähe des Ostbahnhofs. Sein Heimweg führt ihn durch die Riedgaustraße bis zu der Einfahrt, die wie ein kleiner Tunnel Straße und Innenhof verbindet. Ich kenne die Stelle, an der er vom noch rollenden Rad springt, ohne anzuhalten. Ich weiß, dass er die letzten Meter im Laufschritt zurücklegt und kurz vor der Kellertreppe das Rad hochhebt, beinahe liebevoll wie ein Bräutigam, der seine Braut über die Schwelle trägt. So eilt er mit seinem Schatz die Kellertreppe hinab, dem Schatten entgegen. Hinter der Mauer, an der ich heute sitze, führt sie ungewöhnlich steil und tief nach unten. Der Gedanke an einen möglichen Sturz auf den steilen Stufen war die Geburtsstunde meines Plans.

Wieder umspült mich Dunkelheit.

Der Tag zögerte noch, winterliches Nebelgrau lag über der Stadt. Wie an jedem anderen Werktag wartete ich als Teil einer kleinen Phalanx aus Autos, Bussen und Motorrädern auf das Umspringen der Ampel, dem Startschuss zu einem Rennen, das die meisten Teilnehmer fürs Erste nicht weiter als bis zur nächsten Kreuzung brachte. Erinnerungen an den Geruch nach Abgasen, dem merkwürdigen Duft der Katalysatoren und Zigarettenrauch steigen in mir auf. Wieso Zigarettenrauch? Aus dem geöffneten Seitenfenster des weißen Lieferwagens ragte ein von der Sonne gegerbter, behaarter Arm heraus. Trotz der feuchten Kälte des Februarmorgens trug er nicht etwa eine Winterjacke, sondern steckte in einem hochgekrempelten Hemdsärmel. Mir kommt ein Angler in den Sinn, den ich am Hafen von Santorin gesehen habe. Wir tauschten keine Worte, nur ein flüchtiges Lächeln. Die Sonne erhob sich aus dem Meer.

Der Unterarm verschwand aus meinem Blickfeld, um kurz darauf wieder zu erscheinen. Finger schnippten Asche aus dem Autofenster, dann begann der Zyklus von Neuem. Die Bilder werden vom Glitzern des Meeres überlagert. Die Möwen kreischen. Und noch etwas kreischte: zuerst Bremsen, dann Reifen und schließlich Menschen.

Der Durchgang zur Riedgaustraße liegt rechts hinter mir, deshalb werde ich ihn hören, bevor ich ihn sehe, denn Ohren haben keinen toten Winkel. Er wird nichts ahnen, obwohl er es wie kein anderer verdient hätte, die Angst als bitterböse Zwillingsschwester der Vorfreude zu spüren. Ich könnte ihn ebenso gut erwürgen, seinem langsamen Sterben zusehen. Ihn vor seinem Tod dazu zwingen, Reue zu zeigen, die er – das weiß ich – nicht ehrlich empfindet. Doch ich bin kein Monster und führe nur aus, was Dr. Noll mir aufgetragen hat.

Auf seinem Weg zur Kellertreppe kommt er an meinem Platz vorbei.

Er wird meinem Blick ausweichen, so wie bei jeder unserer Begegnungen. Menschen wie er schauen Menschen wie mich nicht an, sondern auf sie herab. Bestenfalls sieht er in mir den Freak, der ihm im bierseligen Schwatz unter seinesgleichen als groteske Pointe dient. Viel wahrscheinlicher ist jedoch, dass ich für ihn lediglich die Kreatur bin, die hinter dem Türschild mit der Aufschrift ›E. Schuber‹ lebt. Dass ›E.‹ für Erwin steht, interessiert ihn nicht im Geringsten. Doch Erwin ist nun ein anderer und beobachtet ihn, kennt ihn. Ihn, den Schuldigen!

Fünf Minuten noch, höchstens zehn, dann müsste er auftauchen. Mein Blick streift über die verlassenen Spiel- und Klettergeräte, die wie eine zwischen den Büschen und Bäumen schlafende Tierherde aussehen. Ich habe den Tag nicht ohne Grund gewählt: der Innenhof wirkt wie ausgestorben, die meisten Familien sind heute beim Sommerfest im Behrpark. Ich genieße die Zeit, in der die Ruhe und die angenehme Kühle dieser grünen Insel allein mir gehören. Niemand, der sich über einen Mann mit Angelrute wundern könnte. Die ferne Hupe eines LKW auf dem Leuchtenbergring weht durch die Wohnanlage wie die Ankündigung einer sich nähernden Armee. Ich mache mich bereit, kontrolliere ein letztes Mal den Angelhaken, den ich hinter dem Blitzableiter eingeklemmt habe, der an dieser Stelle an der Hausmauer entlangverläuft und im Boden verschwindet.

Ob ich Zuschauer, Angeklagter oder Zeuge der Verhandlung war, kann ich nicht sagen, denn alles spielte sich wie unter einer Decke ab, die jede Wahrnehmung bis zur Unkenntlichkeit dämpfte. Nur in einer Sache bin ich mir sicher: sie bestraften den Falschen! Alle haben sich geirrt: der Richter, der Gutachter und die Anwälte. Der tote Winkel war der Grund, der Fahrer des Lieferwagens hatte keine Chance, ich allein kannte den Schuldigen und rief nach Gerechtigkeit, doch niemand schien mich zu hören, und die Szene versinkt in der Dunkelheit.

Ein leises Schnurren kündigt das sich nähernde Rennrad an, selbst die Bremsen sind nicht lauter als eine elektrische Schiebetür. Trotzdem registriere ich seine Ankunft, bevor ihn der Durchgang aus der Riedgaustraße in den Innenhof spuckt. Ich öffne die Augen und drehe meinen Kopf nach rechts, sehe die glitzernde Kuppel seines Thousand EGO Silber-Fahrradhelms zwischen den Büschen hindurchhuschen wie ein UFO im Tiefflug. Unwillkürlich halte ich den Atem an, und die Spannung meiner Muskeln steigt, ohne dass ich einen Befehl dazu gegeben hätte. Bereits der Entschluss zu töten verursacht ein grandioses Gefühl von Macht, das sich angesichts der nahen Beute ins Unendliche steigert. Adrenalin durchströmt mich, und zum ersten Mal spüre ich den echten Willen zu töten. Nicht aus Rache, nur aus dem Wunsch nach Gerechtigkeit. Aus den Augenwinkeln folge ich dem Ablauf seiner Bewegungen, die mir vertrauter sind als meine eigenen. Daumen und Zeigefinger umfassen die Kurbel der Angelrute, während der Schuldige an mir vorbeirollt. Ohne anzuhalten, schwingt er direkt vor meinen Augen in einer ballettartigen Bewegung ein Bein über den Sattel und gleitet von seinem Rad. Die erkennbare Absicht, mich durch seine Leichtigkeit zu demütigen, verfehlt an diesem Nachmittag zum ersten Mal ihre Wirkung. Mit einer kurzen Drehung umrundet er meinen Platz vor der Mauer mitsamt den Terrakottakästen. Er läuft auf die Treppe zu, zieht das Rad mit der grazilen Bewegung eines Toreros an sich, der sein Tuch hebt, um den Stier zu täuschen. Genau in diesem Augenblick drehe ich die Kurbel eine Umdrehung weiter und spanne die Leine, die bisher schlaff auf der Steinoberfläche der obersten Stufe der Kellertreppe gelegen war. Der eingeklemmte Haken krallt sich mit einem scharrenden Geräusch in den Mauerputz.

Sein Sturz folgt der Choreografie meines Plans, wie in Zeitlupe sehe ich ihn mitsamt dem Rad und den sich langsam weiterdrehenden Speichen hinter der Mauer verschwinden, drücke mich für bessere Sicht auf den Armlehnen in die Höhe wie ein Zuschauer eines besonderen Sportwettkampfs, der jetzt in seine entscheidende Phase tritt. Ich lege die Angel beiseite, sie hat ihren Teil der Arbeit erledigt und greife nach dem Metallrohr. Sekundenbruchteile später beobachte ich von oben, wie sich seine Hände bemühen, den Sturz zu mildern und die teure Rennmaschine aus ihrem Griff zu entlassen, im irrwitzigen Versuch, ein notdürftiges Polster zwischen sich und die Treppen aus Zement zu legen. Das Rad segelt seitlich an ihm vorbei und schert dann einige Treppenstufen weit nach unten – Metall auf Stein – bevor es sich in dem engen Schacht querstellt. Alles geht rasend schnell, wie im Zeitraffer verdreht sich sein linkes Bein in einen unnatürlichen Winkel, weil der zugehörige Fuß in die Falle zwischen Pedal und Leichtmetallrahmen gerät. Schreiend kommt der Schuldige zum Stillstand und will sich sofort in die Höhe stemmen, da trifft ihn der schwere erdgefüllte Terrakottakübel, den ich über den Rand der Mauer geschoben habe, zerschmettert hörbar sein rechtes Schlüsselbein und vielleicht noch ein oder zwei Rippen dazu. Blut vermengt sich mit Pflanzerde, Kellergeruch und Angst. Der Getroffene krümmt sich, glaubt vielleicht noch immer an einen besonders unglücklichen Zufall, aber ich weiß: Gerechtigkeit kennt keinen toten Winkel!

Aus seiner Perspektive kann er mich höchstens als verschwommenen Scherenschnitt wahrnehmen, denn er liegt nun im Schatten des Kellereingangs, und ich habe das Tageslicht im Rücken, als ich mich meinem Opfer nähere. Er darf nicht auf die Beine kommen, denke ich auf dem Weg nach unten. Jetzt gibt es kein Zurück, ich muss es zu Ende bringen. Wieder hallen Dr. Nolls Worte in meinem Kopf.

Er beginnt zu begreifen, dass er nicht das Opfer eines Unfalls ist, denn schützend hebt er den noch unversehrten Arm, als ich mit dem Metallrohr aushole. Ich überhöre sein Gnadengewinsel, denn für mich zählt nur seine Schuld, und ich lege all meine Kraft und die Überzeugung, das Richtige zu tun, in jeden meiner Schläge. Ein oder zweimal kann er mir ausweichen, aber mein erhöhter Standpunkt lässt ihm keine Chance. Nur der Thousand EGO Silber verhindert Schlimmeres und mir gefällt nicht, dass er sich darunter vergräbt wie ein Feigling. Ich will sein Gesicht sehen, alles in mir lechzt danach, das Entsetzen aus seinen Augen zu saugen. Als hätte er meine Gedanken gelesen, hebt er den Kopf in dem kleinen Augenblick, den ich ihm vor meinem nächsten Schlag gewähre. Doch meine Hoffnung wird enttäuscht, statt vor Angst geweiteter Augen sehe ich mein eigenes Spiegelbild in den dunklen Gläsern seiner Radlerbrille. Von regenbogenfarbenem Licht untermalt starrt mich mein wutverzerrtes Gesicht an, während im Hintergrund das Eisenrohr zum letzten Schlag ausholt. Der Hieb geht ins Leere, doch die Wucht meines Schlags raubt mir das Gleichgewicht, und ich taumle auf die Brille zu, auf mein eigenes Gesicht, meine größer und größer werdenden Augen, die sich schließlich in einem schwarzen Abgrund verlieren.

Der Wecker unterbricht meinen Schlaf am späten Nachmittag. Wann und wie lange ich schlafe, spielt keine Rolle. Der Stoff meines Nachthemds klebt an meiner Haut wie nach einem Gewitterregen. Habe ich wieder vom Unfall geträumt? Ja. Doch da war noch etwas: Modergeruch und Blut, aber auch Leichtigkeit. Nichts davon ist übrig. Ich schlage die Decke zurück und kämpfe mich mühsam zum Bettrand. Dr. Noll wird Fragen stellen, und mir bleibt weniger als eine Stunde. Kinderstimmen dringen aus dem Innenhof durch das gekippte Fenster. Ein Sonnenstrahl bohrt sich durch das Blätterdach und fällt auf das Bücherregal, wo er von einem silbernen Gegenstand reflektiert wird. Ich greife nach meinem Fahrradhelm, der neben einem Bildband der Ägäis liegt, ein Thousand EGO Silber. Langsam wische ich den Staub von seiner glänzenden Oberfläche und lege ihn an seinen Platz zurück, bevor ich das Bett verlasse.

Wenig später klingelt Dr. Noll an der Haustür mit dem Schild ›E. Schuber‹. Er tritt ein, schließt die Tür hinter sich und schiebt den Rollstuhl mitsamt seinem Patienten durch den Flur ins Innere der Wohnung. Der Therapeut nimmt am Küchentisch Platz, so als handle es sich um ein Treffen zweier alter Freunde. Sein analytischer Blick registriert die Angelrute und das Eisenrohr, die auf der Anrichte liegen, worauf er sein Gegenüber mit gerunzelter Stirn mustert.

Schubers Blick ist klar wie lange nicht mehr. Er wirkt fokussiert, massiert seine Beinstümpfe und beginnt die Sitzung in beiläufigem Ton.

»Waren Sie jemals in der Bucht von Santorin?«

DAMPFNUDELN

ZUTATEN

500 g Mehl
1 Würfel Hefe
60 g Zucker
250 ml lauwarme Milch
2 Eier
1 Prise Salz

Zum Dämpfen:
500 ml Milch
50 g Butter
100 g Zucker

ZUBEREITUNG

In das gesiebte Mehl eine Vertiefung drücken und die Hefe, eine Prise Zucker und einen Esslöffel lauwarme Milch hineingeben. Gut zugedeckt etwa 20 Minuten an einem warmen Ort gehen lassen. Milch, Eier, den restlichen Zucker und eine Prise Salz zugeben und zu einem geschmeidigen Teig kneten. Eine weitere halbe Stunde gehen lassen, dann aus dem Teig acht Klöße formen und nochmals kurze Zeit gehen lassen. In der Zwischenzeit in einem flachen, gut schließenden Topf Milch, Butter und Zucker erwärmen. Die Dampfnudeln in den Topf setzen und bei mäßiger Hitze etwa 20 Minuten dämpfen.

TIPPS

Die Nudeln nach dem Dämpfen in einer gebutterten Form im Backofen hellbraun backen. Man kann sie aber auch direkt nach dem Dämpfen verzehren, am besten mit Vanillesoße oder Kompott. Manch einer schwört darauf, Mohn über seine Dampfnudeln zu streuen, andere sehen darin einen Verrat an dieser köstlichen Süßspeise.

Nightswimming
Nicole Neubauer

Sie hatten ihn schon wieder vergessen.

Als Chris sich ans Ende des Tisches setzte, orderten die anderen bereits ihr Essen. Niemand beachtete ihn, obwohl er das Treffen organisiert hatte. Er murmelte »Hallo«, doch es verhallte ungehört.

Fast dreißig Jahre. Er hätte sie trotzdem überall wiedererkannt, die Kinder von der Siedlung Nord. Stefan »Stevie«, der die Hemdsärmel hochgekrempelt hatte, damit man seine Rolex sah. Alex mit ihrer schwarzen Mähne und der dröhnenden Stimme. Susi, wie immer schmal und bleich und mit einem kleinen stillen Wasser vor sich, weil alle anderen Getränke zu aufregend waren. Und Tobias, der schöne Tobias, dem das Leben mit Vollgas und Breitreifen übers Gesicht gefahren war.

Und, gegenüber von Chris, ein leerer Stuhl.

»Chris!«, rief Stevie, etwas zu munter. »Vierauge! Gut siehst du aus.«

Alex patschte ihm auf den Arm. »Nicht mehr so ein Lauch wie früher. Ich seh dich noch vor mir. Dürre Ärmchen, die Knie dicker als die Haxen. Und immer in Gummistiefeln.«

»Danke.« Chris schaute auf die Tischdecke. Jahr um Jahr hatte er im Fitnessstudio Langhanteln gestemmt, um nicht mehr der Junge mit den dürren Ärmchen zu sein. Nur für diesen Moment. Es fühlte sich erstaunlich schal an.

Susi prostete ihm zu. »Ich kann mich noch gut an deine Jacke mit den vielen Taschen erinnern. Und das Fernglas.«

»Er war immer gut zu Vögeln«, platzte Stevie heraus, er hatte wahrscheinlich dreißig Jahre auf diesen Witz gewartet und lachte dröhnend darüber.

»Heute arbeite ich für die ...« Staatliche Vogelschutzwarte, hatte Chris noch sagen wollen, aber es hörte ihm schon niemand mehr zu, das Gespräch war über ihm zusammengeschlagen, ohne eine Welle zu machen. Auf dem Tisch standen zwei Weinflaschen, er bediente sich.

Susi beugte sich zu Alex hinüber. »Ich kann nicht glauben, dass ihr wirklich geheiratet habt.«

»Zu spät zum Gratulieren«, sagte Stevie. »Wir sind schon wieder getrennt.«

»Weil Stevie gemerkt hat, dass andere Mütter auch schöne Töchter haben«, sagte Alex.

»Wir sind nur zusammen hergefahren, weil es Unsinn wäre, zwei Autos zu nehmen.«

»Und weil du dir keinen Flieger leisten kannst, da ich das Familienkonto eingefroren habe, mein Schatz. Damit das nicht' auch unter Palmen landet.« Alex lächelte katzenhaft. Schnell wandte sie sich Tobias zu. »Wie geht es dir denn, Tobi?«

»Ach.« Tobias trank einen großen Schluck Wein. »Lange Geschichte.« Sein Schweigen hing schwer in der Luft, doch er beließ es dabei.

»Oh oh, mir ist schon wieder schwindlig.« Susi schob ihr Essen beinahe unberührt zur Seite und kramte einen Kulturbeutel heraus. Sie besaß so viele Tabletten wie eine Achtzigjährige.

Unauffällig sah Chris auf die Uhr. Nach allen Regeln des Anstands musste er noch eine Stunde bleiben. Es war ein Fehler gewesen, die Gruppe zusammenzutrommeln. Sie hatten nichts mehr gemeinsam, nie gehabt. Warum hatte er gedacht, er könnte endlich zu etwas dazugehören, was nie existiert hatte?

Die Kellnerin brachte sein Essen.

»Tafelspitz, hm?« Alex beugte sich so nah über seinen Teller, dass ihre Haare fast in die Soße hingen. »Wisst ihr, dass der Name von der kaiserlichen Tafel kommt? Am Ende, am Spitz, saßen die rangniedrigsten Militärs. Und deswegen haben sie immer das Essen als Letzte serviert bekommen. Und wenn die Tafel vorher aufgehoben wurde, mussten sie hungrig aufstehen.«

»Du bist heute unser Tafelspitz, Vierauge.« Stevie lachte dröhnend los, und die anderen stimmten ein, weil das Gesetz des Rudels das erforderte. Chris säbelte stumm an seinem Rindfleisch. Es war schon halb kalt. Wahrscheinlich hatten sie es in der Küche auch vergessen.

Alex hob ihr Glas. »Erst mal danke an den Chris, dass er das heute organisiert hat ...«

»... und wir sollten auch auf die Romy anstoßen«, unterbrach Susi sie und hob ihr Wasser. »Die heute nicht da ist.«

Für einen Moment waren alle still und schauten zum leeren Stuhl am Ende des Tisches. Als warteten sie auf Romys Geist.

Wie sie wohl heute aussehen würde? Chris konnte sich Romy nicht gealtert vorstellen. Für ihn würde sie immer fünfzehn sein, eine flachsblonde Elfe mit weißer Haut, dünn wie ein Junge, und mit diesen Augen, die immer ein bisschen verweint aussahen.

Und als ob das Schicksal noch nicht genug Spaß gehabt hätte, spielte der Oldie-Dudel-Sender im Biergarten genau in diesem Moment »Nightswimming«.

Chris konnte an den Gesichtern ablesen, dass alle an dasselbe dachten. Das Kofferradio im nassen Gras, das die Hitparade rauf und runter plärrte. Den Nebel über der nächtlichen Liegewiese. Klebrige Sinalco-Flaschen und der Geruch nach kaltem Pommesfett. Nackte Füße und kalte Hände, die einander fassten beim Sprung ins schwarze Wasser, das nie so richtig sauber war. Wie oft waren sie nachts über den Zaun ins Freibad geklettert.

Bis zu dem Tag als ...

Stevie knallte sein Glas auf den Tisch. Alle zuckten zusammen.

»Wie wärs, wenn wir das noch mal machen? Wir steigen nachts ins Bad ein. Um der alten Zeiten willen.«

»Das Floriansmühlbad gibt es nicht mehr«, sagte Chris leise. »Sie haben es zugemacht. Ein Jahr später.«

»Waas?«, rief Alex. Leute von den anderen Tischen drehten sich zu ihr um. »Das können die nicht machen. Was ist da jetzt?«

»Ein Zaun«, sagte Chris. »Sonst nichts. Es ist alles noch wie früher.«

Stevie schlug auf den Tisch. »Also, worauf warten wir noch?«

»Ich weiß nicht«, sagte Susi. »Ist das nicht ein bisschen geschmacklos? Weil Romy damals ...«

»Ich möchte lieber nicht«, sagte Chris. »Susi hat recht. Wegen Romy.«

Alex fuhr zu ihm herum, ihre Augen funkelten. »Was weißt denn du schon? Du warst doch an dem Abend nicht mal dabei ...«

»Wir hatten auch ein Leben vor Romy«, unterbrach sie Tobias. Er zuckte zusammen, als sei er vor seiner eigenen Stimme erschrocken. »Ich werde nicht mein ganzes Leben nach ihr ausrichten.«

»Gebongt!« Alex hob die Hand. Zu laut, wie immer zu laut, rief sie: »Zahlen!«

Chris sah auf seinen halb gegessenen Teller. »Ich bin noch nicht fertig«, sagte er leise, aber wie immer hörte ihn niemand. Er war der Tafelspitz.

Es war erbärmlich, wie sich fünf Mittvierziger über einen Holzzaun hievten. Sie brauchten eine halbe Stunde, bis alle drüben waren, kämpften gegen Titangelenke, Übergewicht und Kurzatmigkeit. Chris war der letzte, der vom Zaun sprang. Er landete hart, seine Arthrose im Knie heulte auf.

Stevie gab ihnen ein Zeichen, leise zu sein, und lauschte.

Wasser gurgelte. Der Mühlbach lief schnurgerade durch das Gelände. Der Mond spiegelte sich in tausend Splittern auf dem Wasser und ließ es noch undurchdringlicher aussehen.

»Kommt!«, rief Alex und rannte los. Schon früher hatte sie die Herde angeführt.

Ein anderes Bild schoss Chris durch den Kopf. Romy, wie sie vorausgelaufen war und »Kommt!« gerufen hatte. Und Alex nichts anderes übrig geblieben war, als zu folgen. Als Romy zu ihnen gekommen war, hatte sich alles verändert. Auch jetzt, auf der dunklen Wiese, war ihr Geist noch da. Ohne sie wären sie heute keine Gruppe gewesen, wären weiterhin in alle Winde zerstreut geblieben, weil sie nichts gemeinsam hatten, außer die komischen Kinder aus der Freimanner »Siedlung Nord« zu sein. Es war Romys Tod, der sie zusammengeklammert hatte, nur deswegen keuchten heute fünf Leute durchs hohe Gras und hatten Angst um ihren Blutdruck.

Am Ufer des Kanals blieb Stevie stehen und drehte sich um seine Achse. »Wo ist das Schwimmbecken? Da war doch mal ein Schwimmbecken.«

»Wenigstens warst du früher hübsch.« Alex leuchtete in ein paar mächtige Birken hinter einem rostigen Geländer. »Da ist es.«

Sie beugten sich über das Geländer. Die Baumstämme brachen aus zerbrochenen Kacheln hervor. Das Licht zitterte über moosbewachsene Stufen, die hinunterführten. Hier war früher das Wasser aus dem Mühlbach hineingeleitet worden, und ein bisschen weiter hinten wieder hinaus, der erste Infinity Pool der Welt. Jetzt waren die Wehre geschlossen, das Becken leer, der Bach floss unbeirrt geradeaus. Sauber war es nie gewesen. »Naturbad«, hatte es geheißen. Kein Chlor, keine Poolroboter, nur das Betreiberehepaar, das morgens das Schlimmste aus dem Becken fischte. Sie hatten lieber nicht darüber nachgedacht, waren im Trüben geschwommen, und wenn am nächsten Tag jemandem schlecht gewesen war, dann war das halt so.

»Oh …« Stevie kratzte sich an der kahlen Stelle am Kopf. So viel älter waren sie geworden. »Die können doch nicht einfach … einfach alles löschen.«

»Wer springt mit mir in den Mühlbach?« Alex warf die Tasche ins Gras und zog sich aus. Sie schüttelte die Unterhose vom Fuß. Ihr Bauch hatte sich von den Schwangerschaften gerundet. Die Wäsche hinterließ Streifen auf ihrer weichen Haut. Stevie starrte sie mit offenem Mund an. Dann knöpfte er sein Hemd so hektisch auf, dass ein Knopf davonsprang.

Chris schaute Tobias an. Der zuckte mit den Schultern und sagte »Dann wollen wir auch mal«, als müsse er eine schwere Arbeit erledigen.

Widerwillig streifte Chris seine Klamotten ab. Er fror. Auf seinen Oberarmen bildete sich Gänsehaut, und das Gras war klamm. Aber er konnte nicht zurückbleiben, nicht schon wieder.

Susi holte ein Rechteck aus Alufolie aus ihrer Handtasche, breitete es im Gras aus und setzte sich voll bekleidet darauf. »Ich kriege so schnell Blasenentzündung«, sagte sie entschuldigend.

Alex war die Erste auf der rostigen Leiter. Sie japste und prustete und ließ sich nach hinten ins Wasser fallen. »Kommt!«, rief sie, und lachte, außer Atem. »Kommt!«

Stevie machte eine Arschbombe, das Wasser spritzte über Susi, die quiekte. Tobias stand am Rand, nackt. Chris betrachtete sein kantiges Gesicht von der Seite. Die Anspannung hatte sich gelöst, die weiche

Nachtluft ließ den schönen Jungen von früher erahnen. Tobias atmete tief durch und stieg auf die Leiter. Chris tat es ihm nach.

Die Strömung trug ihn sofort mit sich. Sie war nicht so stark wie im Eisbach, aber er musste dagegen ankämpfen. Um ihn herum prusteten und planschten die anderen, nur Köpfe und weiße Haut, im Mondlicht und mit nassen Haaren waren sie alle gleich, Wasserwesen. Er versuchte, gegen die Strömung anzuschwimmen, konnte sich gerade eben so auf der Stelle halten.

Die Strömung musste Romys Körper mit sich gezogen haben. Bis zum Wehr, wo man sie gefunden hatte. So hatten sie es erzählt.

»Ich geh raus«, sagte er abrupt, und hielt sich am rostigen Metall fest.

Nach der Leichtigkeit des Wassers fühlte sich sein Körper schwer an. Nacheinander hievten sich auch die anderen zurück aufs Gras. Sie hatten keine Handtücher dabei. Früher hatte es sie nie gestört, sie waren auf der Wiese herumgerannt, bis die Nachtluft sie getrocknet hatte. Jetzt schlotterten sie. Tobias hatte rote Flecken auf der Haut und sah verloren aus. Stevie hielt sich sein zerknittertes Hemd vor den Schritt, plötzlich schamhaft. Auch Männer unterlagen irgendwann der Schwerkraft, an Stellen, wo sie es nicht erwarteten. Alex rieb sich energisch mit ihrem Unterhemd ab. Niemand schaute dem anderen in die Augen.

Susi lag auf dem Rücken, den Handrücken in einer pathetischen Geste auf der Stirn. »War da etwa Knoblauch im Essen? Ich vertrage keinen Knoblauch. Mein Kreislauf. Ihr hättet mir das sagen müssen.«

»Du bist schon groß, Schätzchen«, sagte Alex. »Du kannst auf dich selber aufpassen. Es sind nicht immer die anderen schuld.«

Chris stampfte mit den Füßen auf, um sich aufzuwärmen. Es half nichts. Die eiskalten Wassertropfen fühlten sich wie Säure an. Die Wirkung des Weins und der Übermut waren verflogen.

Tobias knöpfte seine Jeans zu. »Ich werde es dann packen.«

»Spaßbremse wie immer«, murmelte Stevie.

Tobias warf ihm einen Blick voll unverhohlenem Hass zu. »Ach ja, du weißt ja am besten, wie man Spaß hat.«

»Indem man den Familienbetrieb verkokst«, sagte Alex, etwas außer Atem, weil sie gerade ihren BH zuhakte.

»Was für ein Spaß meine Jugend war.« Tobias warf seinen Rucksack über die Schulter. »Wie sie meinen Kopf in die Kloschüssel gehalten haben. Oder mich hinter der Turnhalle verprügelt und auf meinen Ranzen gepisst. Kein Wunder, dass ich so eine Stimmungskanone war.«

»Wir haben nie so was gemacht«, rief Alex.

»Aber habt ihr je mal öffentlich zu mir gehalten?«

»Was ist aus uns geworden?« Stevie fuhr sich mit der Hand über den Bart. »Wir waren doch mal Freunde.«

»Bis Romy dazukam«, sagte Alex.

»Schon klar, du hast sie noch nie leiden können.«

»Kein Wunder. Du hast ja auch vom ersten Tag an versucht, ein Bein über sie zu kriegen.«

»Werd nicht vulgär.«

»Ich war doch nur die Zweitbesetzung.«

»Weißt du was, Zweitbesetzung: Fahr du ruhig alleine heim. Ich nehme einen Flieger. Acht Stunden sitze ich nicht mit dir im Auto.«

»Von welchem Geld, Schätzchen?«

Von unten kam Susis Stimme: »Will eigentlich niemand wissen, wie es mir geht?«

»Wir wissen das.« Stevie zog mit einem Ruck seinen Gürtel zu, ein Loch zu eng, sein Bauch poppte darüber. »Du teilst es uns ja im Sekundentakt mit.«

Tobias brüllte: »Euch hat noch nie interessiert, wie es jemand anderen geht.«

»Halt! Halt!« Stevie hob die Hände. »Was machen wir eigentlich da? Warum gehen wir aufeinander los?«

Chris hatte die ganze Zeit über nichts gesagt. Er wich immer weiter zurück. Wenn er nah genug an die Büsche geriet, konnte er sich vielleicht verziehen. Unbemerkt. Und diesen ganzen Abend aus seinem Leben löschen und diese Leute gleich mit. Und am besten auch die Zeit mit ihnen und das ganze Jahr 1993.

»Romys Geist vielleicht«, sagte Tobias. »Vielleicht ist sie ja hier.«

Alex senkte den Kopf. »Es war eine Schnapsidee. In den Bach zu springen, in dem sie ertrunken ist.«

»Ich bin froh, dass sie tot ist«, sagte Tobias.

Alle erstarrten. Alex sog hörbar die Luft ein.

»Mein Therapeut hat mir empfohlen, dieses Treffen durchzuziehen. Als Mutprobe. Ob ich so weit bin, das Thema abzuschließen.«

»Welches Thema?«

»Ich habe Romy im Vertrauen erzählt, dass ich schwul bin. Sie hat es allen weitererzählt. Der ganzen Klasse.« Er schluckte. »Damals war das noch eine große Sache. Sie haben mich vernichtet. Meine Familie musste mit mir wegziehen, ich habe zwei Selbstmordversuche hinter mir. So viel zum Thema Romy. Ja, ich habe abgeschlossen. Auch mit euch.«

Alex legte ihm eine Hand auf den Arm. »Das tut mir leid.«

»Ach ja?«, sagte Stevie. »Hast du auf einmal dein Herz entdeckt? Oder was ist das große kalte, durchsichtige Ding in deiner Brust?«

»Fang nicht schon wieder an.« Alex fuhr zu ihm herum.

»Glaubst du nicht, ich habe nicht mitgekriegt, wie du Romy zur Schnecke gemacht hast an dem Abend?« Stevie wurde lauter. Sein Gesicht rötete sich beängstigend. »Du hast bestimmt gemeint, dich hört keiner hinter den Büschen, wie du gekeift hast. Dass sie eine Nutte ist. Dass sie dich in Ruh lässt … «

»Dabei hätte ich mir gar keine Sorgen machen müssen.« Alex grinste, es sah beängstigend aus. »Es hat doch jeder mitgekriegt, wie sie dich ausgelacht hat. Wie du dich an sie heranmachen wolltest, hinten bei der Baumgruppe. Sie hat gelacht und gelacht.«

»Was für einen schönen Abend wir doch hatten.« Tobias hob die Hände. »Vielen Dank an unseren Gastgeber. Chris, was hast du dir eigentlich dabei gedacht?«

Chris räusperte sich. »Wir waren mal Freunde. Vielleicht wollte ich ja, dass alles wieder so wird wie früher.«

»Das geht nicht, Schätzchen«, sagte Alex. »Nicht nach Romys Unfall. Wir können die Zeit nicht zurückspulen. Aber das kannst du nicht nachvollziehen, du warst ja an dem Abend nicht dabei.«

»Weil Romy mich nicht dabeihaben wollte«, platzte Chris heraus. Hitze stieg in ihm auf. Auf einmal fror er nicht mehr. »Mit Romy fing alles an. Wir waren immer eine Gang. Wir fünf aus der Siedlung. Romy hat uns auseinandergebracht. Sie hat mich nicht ausstehen können. Hat sich mit euch verabredet, ohne mir Bescheid zu sagen. Hat mich ausgebissen. Wieder und wieder.«

»Chris ...« Alex biss sich auf die Lippen. »Es war nicht Romy.«

»Was? ... Aber wer ...« Chris drehte sich von einem zum anderen. Blanke, kalte Gesichter.

Stevie schaute auf seine Schuhspitzen. »Wir waren immer die komischen Kinder aus der Siedlung. Aber Romy war cool. Wir hatten endlich die Chance, zu den Coolen zu gehören.«

»Heute tut es mir leid«, sagte Alex. »Ich habe ein schlechtes Gewissen deswegen. Aber du ... mit deinen Gummistiefeln und deinem ewigen Fernglas und immer so anhänglich ...«

»Romy mochte dich«, sagte Stevie. »Sie fand dich süß. Sie fand toll, dass du dir nichts aus der Meinung von anderen machst.«

Chris sah Tobias Hilfe suchend an. Der wandte sich ab. »Tut mir leid, Kumpel. Ich war auch anders. Für mich gings ums Überleben. Gesetz des Dschungels.«

»Wir waren Kinder«, sagte Stevie.

»Ihr seid Kinder.« Susis Stimme schnitt scharf durch die Nacht. Sie war aufgestanden und stützte die Hände in die Hüften wie ein Racheengel. »Ihr habt sie alle nicht gekannt. Sie war die Einzige, die gefragt hat, warum ich so oft erschöpft oder krank bin. Die sich interessiert hat. Ich habe eine chronische Anämie. Könnt ihr euch vorstellen, wie es ist, mit einem Körper geboren zu sein, der zu schwach für diese Welt ist?«

Sie war noch schmaler geworden. Ihre Schlüsselbeine standen unter dem Kragen ihrer Bluse hervor. Susi löste sich auf.

»An dem Abend, als es passiert ist, hatte ich mal wieder einen Kreislaufzusammenbruch«, sagte sie. »Ihr habt mich einfach liegen lassen. Romy war die Einzige, die sich zu mir gesetzt hat. Sie hat mich gefragt, was ich brauche. Sie war wunderbar. Ihr habt sie überhaupt nicht gesehen. Wenn ihr Romy angeschaut habt, habt ihr alle nur in einen Spiegel geblickt.« Sie zeigte auf Chris. »Und du, Vierauge: Du warst gruselig. Du hast mit deinem Fernglas immer die Mädchentoilette in der Schule beobachtet. Und jeder wusste das. Deswegen wollten wir dich nicht mehr dabeihaben.«

Alles drehte sich um zu Chris. Er wollte etwas sagen, doch kein Ton kam heraus.

Tobias prustete los. »Okay, Gruß an meinen Therapeuten. Dieser Abend war gut.«

Susi fragte Tobias: »Teilen wir uns ein Taxi?«

»Klar. Im Hotel soll es eine Bar geben.«

Die beiden gingen davon, ihr Gespräch wurde leiser und verlor sich.

Stevie legte den Arm um Alex. »Auch noch ein Absacker vor der Fahrt morgen?«

»Einer? Viele. Meine Mutter hat uns übrigens zum Essen eingeladen. Es ist eine kostenlose Mahlzeit, an deiner Stelle würde ich Ja sagen.«

Arm in Arm verschwanden sie in der Dunkelheit.

Sie hatten Chris komplett vergessen. Mal wieder.

Er fiel auf die Knie. Das Wasser des Mühlbachs rauschte an ihm vorbei. Derselbe Bach wie damals, nur anderes Wasser.

Es war nicht weit von hier gewesen.

Er ist ihnen hinterhergeradelt. Immer mit einer Straße Abstand, ohne Licht, wie ein Detektiv. Alle sind sie dabei. Die Rücklichter tanzen vor ihm her, wieder mal hat ihm niemand Bescheid gesagt. Er hört Romys Lachen. Romy ist schuld.

Im Freibad versteckt er sich in den Büschen, nimmt sein Fernglas zur Hand. Trotz des Vollmonds kann er kaum etwas erkennen. Nur die blassen Schemen ihrer Körper, die sich auf der Wiese bewegen wie Wassergeister. Eins, zwei, drei, vier Geister. Einer fehlt.

In den Büschen raschelt etwas. Er erstarrt. Nackte Füße bewegen sich durch die Zweige. Kommen zum Stehen, nur zwei Meter von ihm entfernt.

Es plätschert. Er hält die Luft an.

Ein ärgerliches Schnaufen. Das Geräusch von Stoff.

»Hast du mich beim Pieseln beobachtet?«

Romy ist aus den Büschen getreten. Sie hat die ganze Zeit gewusst, dass er da ist. Sie lacht. »Hast extra dein Fernglas mitgebracht, du Perverser?«

»N... nein.« Schnell versucht er, das Fernglas zu verstecken, viel zu spät.

Sie stützt eine Hand in die Hüften, ungeniert wegen ihrer Nacktheit. Ihre Brust ist komplett flach. Ihre Schamhaare zeichnen sich durch die weiße Unterhose ab. Sie lacht.

Vor seinen Augen wird alles weiß.

Es tut mir leid, Romy. Ich hab dir unrecht getan. Komm, wir spulen die Zeit zurück. Dann wird alles gut. Es ist der gleiche Bach wie früher. Du bist so kalt und so glitschig, wie ein Fisch. Umklammerst mich. Ziehst mich mit hinunter. Aber heute kann ich dich retten. Wir spulen einfach zurück, okay? Du bist so schwer. Und das Wasser ist so dunkel. Es ist 1993. Es wird gut werden. Dann sind wir alle wieder zusammen. Alle. So wie früher.

KLASSISCHER TAFELSPITZ MIT KRENSOßE

ZUTATEN (für 4 Personen)
1 kg Rindfleisch aus der Hüfte
1 Markknochen
2 große Zwiebeln
1 Bund Wurzelgemüse
1 Lorbeerblatt
Salz und Pfeffer nach Belieben
30 g Kren von der geschälten Wurzel gerieben
200 ml Sahne
30 g Mehl
1 Spritzer Zitronensaft
Salz

ZUBEREITUNG
Rindfleisch mit Markknochen, Lorbeerblatt, Salz und Pfeffer eine Stunde lang kochen lassen. Wurzelgemüse klein schneiden und kurz andünsten, dazugeben. Noch eine weitere Stunde kochen lassen.
Für die Krensoße die Butter erhitzen, Mehl anschwitzen und mit der Sahne ablöschen. Kren und Gewürze hinzugeben und mit Zitrone abschmecken.
Das Fleisch quer zur Faser aufschneiden und mit Soße, Mark und Gemüse servieren. Dazu passen Salzkartoffeln.

Der Mann mit der Mundharmonika – Ein Laimer Western

Oliver Pötzsch

Kurz vor Laim, den 25. August 1890

Die Kutsche rumpelte über die ungepflasterte Landsberger Straße und zog eine Wolke Staub hinter sich her. Es war brütend heiß, in der Ferne kündigte sich mit leisem Donnern ein Gewitter an. Lina öffnete das Fenster und ließ den Blick über die wenigen Bauernhäuser und Herbergen schweifen, die am Rande der schmutzigen Straße standen. Ein paar in Lumpen gekleidete Bauernkinder spielten im Dreck, dahinter lagen Wiesen und Felder.

Lina kniff die Augen zusammen, um sich gegen den Staub zu schützen. Erst vor einer halben Stunde hatte die Droschke den lärmenden Münchner Centralbahnhof verlassen. Irgendwo vor ihr musste Pasing liegen, eine schmucke, stetig wachsende Ortschaft, in der sich eine Haltestelle der Königlich Bayerischen Staatseisenbahnen befand. Doch sie war in München ausgestiegen, um noch ein paar letzte Besorgungen zu machen: das schwarze, hochgeschlossene Kleid, der ebenso schwarze Hut mit Schleier und die Seidenhandschuhe, die viel zu eng anlagen. Die Kleider, die sie seit Augsburg getragen hatte, steckten in den beiden großen Koffern oben auf dem Kutschdach. Lina schwitzte jetzt schon wie ein Hottentotte in Afrika, ständig musste sie sich nachpudern, sie konnte nur hoffen, dass sie bald ankamen.

Der Kutscher knallte mit der Peitsche, und der Wagen fuhr in eine Allee, die schließlich zu einem kleinen Dorf führte. Ein heruntergekommenes Landschloss tauchte zwischen den Bauernhäusern auf, dann eine Kirche mit Zwiebelturm, dazwischen lag der menschenleere Dorfanger. Ein paar Tauben flatterten gurrend auf, als das Gefährt sich mit quietschenden Rädern näherte. Kurz hinter dem Anger hielt der Kutscher die Pferde an und wandte sich nach hinten zu seinem einzigen Fahrgast.

»Laim«, brummte er und deutete auf ein größeres Anwesen, das ein wenig abseits lag. »Der Schmiedinger-Wirt ist gleich da hinten, gnädige Frau. Weiß aber ned, ob die heut aufhaben. Wollen Sie sichs nicht noch mal überlegen? I fahr ned ein zweites Mal raus in diese Ödnis.«

Ohne auf die Frage des Mannes einzugehen, kramte Lina in ihrer Handtasche nach dem passenden Kleingeld, zahlte und stieg aus. Schnaufend hob der Kutscher die Koffer vom Dach. Lina hatte gehofft, er würde ihr vielleicht dabei helfen, das schwere Gepäck bis zum Wirtshaus zu schleppen. Aber dafür hatte ihr Trinkgeld wohl doch nicht gelangt. Stattdessen ließ er sie auf dem Anger stehen, wendete die Kutsche und war schon kurz darauf wieder in einer Staubwolke verschwunden.

Leise fluchend packte Lina die beiden Koffer und zerrte sie über den verlassenen Dorfplatz, während die Kirchturmuhr eben zur Mittagsstunde läutete. Bis zu dem Wirtshaus, das ihr der Kutscher gezeigt hatte, war es Gott sei Dank nicht weit, trotzdem war sie völlig verschwitzt, als sie schließlich an der Gartentür anlangte.

Ein kurzer Blick genügte, um ihr zu zeigen, dass sie keine Minute zu früh war.

Sicher zwei Dutzend Männer und Frauen hatten sich im Wirtsgarten zwischen den Tischen und Bänken eingefunden. Sie alle trugen schwarze Trauerkleidung, in der sie sich sichtlich unwohl fühlten. Die klobigen Menschen wirkten darin, als habe man sie förmlich hineingepresst wie Mett in Wursthaut. Die Männer hatten von der Hitze aufgedunsene rote Gesichter, der Schweiß troff ihnen von den Bärten; die Augen der meist älteren Weibsbilder waren zusammengekniffen, ob wegen der Sonne oder eines allgemeinen Misstrauens, konnte Lina nicht sagen. Als die Frauen die Fremde am Zaun sahen, wurden ihre Blicke noch strenger. Das Gemurmel verstummte, und eine drohende Stille legte sich über die Menge. Ein weiterer Donnerschlag ertönte irgendwo hinter Pasing.

»Heda, die Wirtschaft hat geschlossen!«, sagte eine dürre Matrone, die das Haar fest zu einem Dutt nach hinten gebunden hatte. Ihre Stimme klang schrill und befehlsgewohnt. Sie lehnte sich über den Zaun und deutete auf die beiden Koffer. »Wenn Sie a Unterkunft suchen, Fräulein, dann fahren S' bittschön nach München. Wir sind die einzige Herberge hier in Laim.«

»Ich denke schon, dass ich ein Zimmer bekomme.« Lina schluckte, bevor sie weitersprach. »Die Herberge gehört meinem Mann. Vielmehr gehörte ...« Sie stellte die schweren Koffer ab und streckte die Hand zum Gruß aus. »Lina Schmiedinger, geborene Rothwinkler. Wie ich sehe, bin ich gerade noch rechtzeitig zur Beerdigung meines Gatten gekommen.«

Der Mund der Frau blieb so weit offen stehen, dass man einen Pferdeapfel darin hätte versenken können, ihr Gesicht war aschfahl. »Das, das ist ein Scherz, ja?«, brachte sie schließlich keuchend hervor. »Wennst mich derblecken willst, musst früher aufstehen, Maderl. Mein Bruder war schon viele Jahre Witwer ...«

»Und hat vor ein paar Wochen wieder geheiratet.« Lina zog ein Dokument aus ihrer Handtasche, das sie der anderen hinhielt. »In Augsburg. Dort haben wir uns auch kennengelernt. Er wollte mich schon bald seiner Familie vorstellen.« Sie lächelte matt. »Dann sind Sie, also, dann bist du wohl meine Schwägerin, die Ani. Ich darf doch du sagen, ja? Es tut mir furchtbar leid, dass wir uns auf diese Weise kennenlernen. Der Franz hat immer ...«

»Ein Flidscherl bist du, nichts weiter. Eine dreckige Hur!« Die Frau spuckte vor ihr aus, packte das Dokument und zerriss es in kleine Fetzen. »Ich weiß genau, wo sich der Franz in Augsburg immer herumgetrieben hat. Bei den Dirnen! Und jetzt glaubst du, du kannst dich hier reinwanzen und das Wirtshaus übernehmen. Schleich dich! Hast verstanden? Schleich dich!« Ihre ohnehin schrille Stimme war bei den letzten Worten so angeschwollen, dass nun alle Trauergäste zu den beiden Frauen hinüberstarrten.

Lina reckte das Kinn vor, sie wich keinen Millimeter zurück. »Es mag dir nicht in den Kopf gehen, werte Schwägerin, aber der Franz und ich haben uns geliebt. Und ich bin seine Frau, ganz amtlich. Dass du die Abschrift zerreißt, macht gar nichts. Die Urkunde befindet sich gut verwahrt bei einem Anwalt in Augsburg.«

»Hoho!«, höhnte Ani. »Hast dich ja gut abgesichert.« Ihre Augen wurden schmal. »Woher weißt du überhaupt, dass der Franz tot ist, hä? Ist doch erst zwei Tage her.«

»Ich, ich habe einen anonymen Brief bekommen.« Lina zögerte. »Keine Ahnung, von wem. Dabei weiß ich noch nicht mal, an was der Franz gestorben ist. Ein … Unfall?«

»Der Stier hat ihn auf die Hörner genommen«, zischte ihre Schwägerin. »Hab ihm immer gesagt, er soll die verfluchten Weiden und das Vieh verkaufen und sich ganz um die Wirtschaft kümmern. Aber er hat nicht hören wollen. Nie hat er auf mich hören wollen, schon als Bub nicht. Na, das hat er jetzt davon!«

Mittlerweile waren etliche der Trauergäste näher gekommen. Ein feister, breitschultriger Mann in dunkler Joppe, mit Stöpselhut auf dem glatzköpfigen Schädel, trat vor und legte Ani die Pranke auf die Schulter. »Du hast hier nichts verloren, hast nicht ghört?«, knurrte er Lina an. »Ich hab meinen Schwager, den Franz, immer gewarnt vor so Mädchen wie dir. Hab ihm gesagt, er soll nicht nach Augsburg fahren. Aber er ist ja aus dem Schwärmen gar nicht rausgekommen. Verhext hast ihn!«

»Genau, verhext!«, zischte Ani. »Eine Hex bist! Der Toni hat grad recht.«

Lina versteifte sich, ihre kleinen Fäuste in den Handschuhen fest zusammengeballt. »Der Franz war mein Mann, und ich werd ihn zu Grabe tragen, ob ihr das nun wollt oder nicht!«

Der breitschultrige Mann, der offenbar Anis Gatte war, wollte eben etwas erwidern, doch da öffnete sich hinter ihnen die Tür des Wirtshauses. Der Pfarrer trat in vollem Ornat heraus, gefolgt von den vier Sargträgern. Als Lina den länglichen schwarzen Kasten zwischen ihnen sah, wurde ihr kurz übel, ihre Beine zitterten. Doch dann hatte sie sich wieder gefangen.

»Bringen wir es zu Ende«, sagte sie leise. »Das bin ich dem Franz schuldig.«

Schweigend folgte sie dem Sarg, der wie ein Schiff auf hoher See über den Köpfen der Trauergäste hinweg dem Friedhof entgegensteuerte.

Eine Weile später stand Lina zwischen den Grabsteinen, während der Pfarrer an der offenen Grube seine Trauerrede hielt. Sie hörte kaum zu, dafür war sie viel zu sehr damit beschäftigt, Haltung zu wahren. Ihre Hand tastete nach dem kalten Eisen eines rostigen Grabkreuzes, um nicht umzufallen. Wie Nadelstiche spürte sie die Blicke der anderen Trauergäste, die sich von ihr fernhielten, ganz so, als hätte sie eine ansteckende Krankheit.

Franz und sie hatten sich im Roten Hahn kennengelernt, in dem Lina gearbeitet hatte. Jeder in Augsburg wusste, was für ein Lokal der Rote Hahn war. Die Männer zahlten gut dafür, dass die hübschen Kellnerinnen nicht nur das Bier brachten, sondern später auch mit ihnen nach oben gingen. Doch Franz war anders gewesen als die anderen. Er hatte nicht mit ihr schlafen wollen, hatte immer nur geredet, so waren sie sich nähergekommen. Seine Besuche wurden regelmäßiger, er brachte ihr Blumen mit, sie gingen in den Lechauen spazieren – und irgendwann hatte er ihr einen Antrag gemacht. Sie war so verblüfft gewesen, dass sie zunächst geschwiegen hatte, und Franz hatte schon gedacht, sie würde ablehnen.

Franz war ihr großes Los gewesen, ihre Fahrkarte raus aus dem Elend. Und nun war er tot, aufgespießt von einem Stier. Das Schicksal war nicht gerecht!

»... vertrauen wir unseren Bruder, Schwager und geliebten Freund und Kameraden nun der geweihten Erde an«, fuhr der Pfarrer eben fort. Er hatte Lina mit keinem Wort erwähnt. »Ein Mann, der viel zu früh von uns gehen musste und der dieser Welt noch so viel hätte geben können ...«

Mein Franzl, dachte Lina und erinnerte sich an seine laute freundliche Art. Mein guter Franzl. Er hatte sie zum Lachen gebracht, und er hatte ihr wieder Hoffnung gegeben. Die Heirat im Augsburger Standesamt hatte im kleinen Kreis stattgefunden, die Trauzeugen waren gekauft gewesen. Franz hatte gewusst, dass seine Familie ihm in die Heirat hineingeredet hätte. Ein fast fünfzigjähriger Witwer, ein liebeskranker Narr! Was hatte er ihr noch einmal zugeflüstert, als er ihr den Trauring angesteckt hatte?

Ich werd dir ein großartiges Hochzeitsgeschenk machen, Lina. O ja! Laut und schmutzig, du wirst staunen!

Was er wohl mit diesen seltsamen, beinahe obszönen Worten gemeint hatte? Laut und schmutzig, was sollte das sein? Nun, vermutlich war er nur verrückt vor Liebe gewesen. Später hatte er ihr noch ein kleines Päckchen zugesteckt, mit der Bitte, es erst zu öffnen, wenn sie gemeinsam als Eheleute nach Laim kommen würden.

Und jetzt war er tot.

Hinter ihr erklang eine feine klagende Melodie, und sie zuckte unwillkürlich zusammen. Als sie sich umblickte, stand da ein Mann. Er trug einen beigen Anzug, dazu einen Bowler, der ihm ein wenig zu klein war, und er war sehr bleich, anders als die vielen rotgesichtigen Dorfbewohner. Kurz glaubte Lina, ein Geist stünde vor ihr. In den Händen hielt der Mann eine winzige Mundharmonika, auf der er eben noch gespielt hatte, so leise, dass kein anderer außer Lina sie wohl gehört hatte. Nun steckte er sie wieder in seine Westentasche.

»Mein Beileid, gnädige Frau«, sagte er leise.

Sie nickte schweigend. Auch die Stimme des Mannes klang anders als die der übrigen Gäste, er sprach keinen Dialekt. Offenbar kam er nicht aus Bayern. Sie hatte ihn auch nicht vorher unter den Trauergästen gesehen, vermutlich war er erst jetzt hinzugekommen.

»Man scheint Sie hier nicht sonderlich zu mögen«, fuhr er fort. »Oder warum stehen Sie als Witwe nicht in der ersten Reihe?«

Sie stutzte. »Woher wissen Sie, dass ich die Witwe bin? Nicht mal der Pfarrer hat das gewusst.«

Der Mann lächelte. »Ich weiß sogar noch viel mehr. Ich weiß, dass Sie als Witwe die Erbschaft Ihres verstorbenen Mannes antreten werden, und dass das hier dem einen oder anderen nicht schmeckt.«

»Glauben Sie mir, mein Herr«, entgegnete sie bitter, »an das denke ich gerade am allerwenigsten.«

»Das glaube ich Ihnen sogar aufs Wort, gnädige Frau. Aber andere sehen das eben anders. Ich vermute mal, dass gerade in diesem Moment wenigstens zwei Menschen hier auf dem Friedhof an nichts anderes denken als an diese vermaledeite Erbschaft. Das sind Ihre Schwägerin Ani und ihr Mann, der Toni.«

Lina runzelte die Stirn und musterte den Mann jetzt genauer. »Wer sind Sie überhaupt? Und was machen Sie hier auf der Beerdigung?«

»Das tut jetzt nichts zur Sache. Ich möchte Sie nur um einen kleinen Gefallen bitten. Ich weiß nämlich sogar Dinge, die erst in der Zukunft passieren. Sehen Sie den großen schmucken Kerl dort hinten?«

Lina reckte den Kopf und konnte nun einen älteren Mann in feinem Zwirn und mit geöltem Schnauzer sehen, der am Rande der Trauergesellschaft stand. Auch er schien irgendwie nicht dazuzugehören.

»Ich prophezeie Ihnen: Dieser Mann wird später beim Leichenschmaus auftauchen, und er wird auf Sie zukommen.«

»Ich glaube nicht, dass ich zum Leichenschmaus ...«

»Gehen Sie dorthin, ich bitte Sie. Franz hätte es so gewollt.«

Lina hatte sich jetzt ganz dem blassen Mann mit dem Bowler zugewandt. »Kannten Sie meinen Mann denn etwa besser?«, fragte sie neugierig, ohne weiter auf die Trauergesellschaft zu achten.

»Sagen wir, wir hatten ... geschäftlich zu tun. Wie gesagt, dieser feine Herr wird auf Sie zukommen. Ich möchte, dass Sie mich dann mit an den Tisch bitten. Sagen Sie einfach, ich sei Ihr Anwalt.«

»Mein Anwalt? Aber ...«

Doch der Mann mit dem Bowler hatte sich schon weggedreht. Wie ein lebender Toter ging er zwischen den Grabsteinen davon. Nach einer Weile fingen die Trauergäste an zu singen. Und in den Gesang mischte sich ganz entfernt, fast nicht mehr wahrnehmbar, der Klang einer Mundharmonika.

Später, drüben in der Wirtschaft, saß Lina ganz allein an einem Tisch in der Ecke, während die anderen sich über ihre dampfenden Teller und die Krüge mit Bier hermachten. Seltsamerweise hatten ihr sowohl Ani als auch deren Mann nicht den Eintritt verwehrt, wenn sie auch kein Wort mit ihr sprachen und ihr auch nichts zu essen brachten. Eben unterhielten sich die beiden mit dem älteren Mann in feinem Zwirn, sie gestikulierten heftig, und sahen dabei mehrmals heimlich zu Lina hinüber. Der Mann mit der Mundharmonika war nirgendwo zu entdecken. Lina fühlte sich klamm, so als würde sich eine Schlinge um ihren Hals immer mehr zuziehen. Sie hätte nie hierher nach Laim fahren dürfen. Was für eine dumme Idee! Und Ani und Toni hatten ja recht, sicher ließ sich die Ehe anfechten, dann stand sie als Erbschleicherin da und wurde am Ende noch verurteilt. Sie musste weg hier, schleunigst!

Zu allem Überfluss näherte sich jetzt auch noch der feine Herr ihrem Tisch. Er zwirbelte seinen geölten Schnauzer, der ihm fast bis zu den Ohren reichte.

»Darf ich?« Ohne eine Antwort abzuwarten, setzte er sich neben sie.

»Sie sollten den Leichenschmaus versuchen«, sagte er in mächtigem, wohlklingendem Bass. »Böfflamott, einfach köstlich!« Er zwinkerte ihr zu. »Das Fleisch stammt übrigens von dem Stier, der den armen Franz auf die Hörner genommen hat. So hat sein Tod auch etwas Gutes. Also, ich mein natürlich den Tod des Stieres, nicht den vom Franz.« Sein Lächeln fror ein. »Verzeihen Sie, das war nun wirklich unpassend.«

»In der Tat«, erwiderte Lina und sah sich verstohlen nach dem Mann mit der Mundharmonika um, der ihr diese Begegnung angekündigt hatte. Sie konnte ihn aber nirgendwo in der Wirtsstube entdecken. Von dem Kerl ihr gegenüber ging eine stille Bedrohung aus, wie von einem witternden Keiler, sie hätte wirklich ein wenig Beistand brauchen können. »Was wollen Sie von mir?«, fragte sie schließlich.

»Oho, Sie kommen ja schnell auf den Punkt, Madame, das gefällt mir!« Der Mann lächelte breit und zupfte an der silbernen Uhrkette, die aus seiner Weste hing. »Zeit ist Geld, sag ich immer.« Er nickte ihr zu. »Mein Name ist Josef Reitmeier, Großbauer hier aus der Gegend. Ich möchte Ihnen ein Angebot machen, das Sie nicht ablehnen können.«

»Was für ein Angebot?«, fragte Lina und sah sich wieder um. Noch immer war der Mann mit der Mundharmonika nirgendwo zu entdecken.

»Hab eben erst von der späten Hochzeit erfahren. Gratuliere! So wie es aussieht, sind Sie als Witwe ja jetzt die Alleinerbin. Nicht nur von diesem Wirtshaus, sondern auch von den paar verwilderten Weiden, wo sich der Mordstier immer ausgetobt hat. Also nichts, mit dem Sie wirklich etwas anfangen könnten. Das weckt nur böse Erinnerungen. Was wollen Sie auch schon als feines Augsburger Fräulein hier in diesem Kaff, nicht wahr?« Reitmeier lachte dröhnend. »Zumal Sie und Ihre Schwägerin wohl nie beste Freundinnen werden würden. Ich mache Ihnen einen guten Preis für die Weiden. Na, und das Wirtshaus verkaufen Sie Ihrer Schwägerin und Ihrem Schwager. Sie sind schon bald eine reiche Frau, meinen Glückwunsch!« Er streckte die Hand aus. »Zweihundert, nein, dreihundert Mark für die Weiden, und noch mal fünfhundert für das Wirtshaus, das hab ich eben mit den beiden ausgehandelt. Nun schlagen Sie schon ein, bevor ich es mir noch anders überlege! Seien Sie nicht dumm, das ist die Chance Ihres Lebens.«

Lina zögerte. Das Angebot war wirklich verlockend. Was hatte sie hier in Laim schon verloren? Mit dem Geld hätte sie für die nächsten Jahre ausgesorgt. Sie könnte vielleicht eine kleine Näherei aufmachen oder ...

Hinter ihr erklang der leise Ton der Mundharmonika. Sie drehte sich um und erblickte zu ihrer Erleichterung den Mann mit dem Bowler. Er tippte mit dem Finger an die Krempe und steckte die Harmonika weg.

»Mein, äh, Anwalt«, sagte Lina. »Ich denke, ich sollte ihn hinzuziehen.«

»Anwalt?« Das Lächeln Reitmeiers gefror zu einer Grimasse, als sich der andere zu ihnen setzte. »Wohl eher ein schlechter Musikant.«

»Wie schön, dass auch der reichste Bauer hier in der Gegend seine Anteilnahme zeigt bei solch einem Unglück«, sagte der Mann, ohne auf Reitmeiers Spott einzugehen. »Was man so hört, war der Stier wohl sehr wild an diesem Tag.« Der Mann mit der Mundharmonika schnupperte. »Riecht übrigens wirklich verführerisch, dieses ... wie heißt es noch mal? Böfflamott. Wobei ...« Er zögerte.

»Was haben Sie?«, fragte Reitmeier misstrauisch.

»Ich weiß nicht, ich glaube, in dem Gericht eine Spur von, hm ...« Der Bowlermann schnupperte erneut. »Ja, ich denke, Tollkirsche zu riechen. Finden Sie nicht? Doch, jetzt bin ich mir sicher! Es ist Tollkirsche, kein Zweifel.«

Reitmeier erstarrte, er musterte sein Gegenüber kalt. »Was für ein Schmarren! So was kann auch nur ein Preiß riechen. Als Nächstes sagen Sie, das Böfflamott riecht nach alten Socken und abgestandenem Bier.«

»Nein, das wäre ja Unsinn, oder ein Schmarren, wie Sie hierzulande sagen. Alte Socken frisst so ein Vieh nicht, und Bier würde den Stier ja nur müd machen. Tollkirsche hingegen, und das weiß ein Großbauer wie Sie natürlich, macht den Stier aggressiv. So aggressiv, dass er alles angreift, auch seinen Besitzer, dem er vorher noch nie zuvor ein Härchen gekrümmt hat.«

»Was wollen Sie damit sagen?«, knurrte Reitmeier.

»Was ich damit sagen möchte?« Der Mann schob sich den Bowler aus der Stirn. »Ich denke, dass Sie schon lange hinter dem Grundstück her sind, der Schmiedinger aber nicht verkaufen wollte. Dass Sie nach dem für Sie doch sehr glücklichen Tod von Franz Schmiedinger mit der Ani und ihrem Mann bereits im Geschäft waren, und jetzt ist alles anders. Das will ich damit sagen.«

»Wollen, wollen Sie damit vielleicht andeuten, ich hätte dem Stier Tollkirschen ins Futter getan?« Reitmeier stand abrupt auf, sein Stuhl fiel krachend nach hinten um. »Das ist Verleumdung, ich zeige Sie an, Sie Dreckskerl!«

Plötzlich war es ganz still in der Stube. Alles starrte auf die beiden so ungleichen Männer, von denen einer einen hellbeigen und der andere einen pechschwarzen Anzug trug.

»Man hat Sie gesehen, Reitmeier, unten an der Weide«, erwiderte der Mann mit dem Bowler kühl. »Sie waren beim Stier, und zwar kurz bevor Schmiedinger den Unfall hatte. Sie haben dem Tier was ins Futter getan.«

»Du Hund!«, rief Reitmeier und zog einen Revolver unter seiner Weste hervor. »Du hast mir hinterherspioniert, ja? Ihr zwei steckt wohl unter einer Decke! Na, wartet!«

Er wollte eben abdrücken, doch in diesem Moment sah Lina ein kaltes schwarzes Schimmern in der Hand ihres Beschützers. Der Bowlermann hatte gleichfalls seine Waffe gezogen, einen kleinen Deringer. Nicht größer als ein Spielzeug, aber sicher ebenso tödlich wie Reitmeiers großer Revolver.

»Keine Bewegung, Reitmeier«, sagte der Mann leise. »Ihr Spiel ist durchschaut.«

»Ich mach dich genauso kalt wie den Schmiedinger, du Sau!« Josef Reitmeier richtete den Revolver auf seinen Gegner.

»Nicht!«, schrie Lina.

Reitmeier wollte eben abdrücken, doch der Bowlermann war schneller. Er gab dem Tisch einen Stoß, die Tischplatte traf Reitmeier genau an der Hüfte. Der Großbauer taumelte einen Moment, ein lauter Knall, und die Trauergäste warfen sich schreiend auf den Boden. Erschrocken wandte sich Lina zu dem Unbekannten um, doch dieser schien unverletzt. Stattdessen ergoss sich sprudelnd Bier aus einem Fass in der Nähe.

»Ozapft is«, sagt der Bowlermann leise.

Fluchend sprang Reitmeier über ein paar Stühle hinweg und rannte nach draußen. Der Mann mit der Mundharmonika blieb ruhig sitzen.

Lina war einen Augenblick lang vor Schreck sprachlos.

»Wollen, wollen Sie ihm nicht folgen?«, fragte sie schließlich, als sie wieder einigermaßen zu Atem gekommen war.

»Ich denke, das ist nicht nötig.« Der Bowlermann zuckte mit den Schultern. »Die Leute meiner Detektei haben das Haus im Auge.«

»Sie sind Detektiv?«

Er lächelte und steckte seine Pistole wieder ein. »Sagen wir, ich nehme delikate Aufträge an. In diesem Fall einen Auftrag der Königlich Bayerischen Staatseisenbahnen.«

»Der Königlichen Bayerischen was …?« Lina verstand nun gar nichts mehr. »Aber, aber, warum …?«

»Wissen Sie eigentlich, wie viel Ihre Weiden wert sind, Frau Schmiedinger? Haben Sie auch nur die geringste Ahnung, auf was für einer Goldgrube Sie hier sitzen?« Der Mann beugte sich zu ihr vor. »Nun, Ihr verstorbener Gatte hat es gewusst. Er wusste nämlich, dass hier schon bald der größte Rangierbahnhof Bayerns entstehen wird. Vermutlich hat er das in diesem, nun ja, Augsburger Lokal erfahren, das Sie so gut kennen. Von einem anderen Herrn, der dort sein Vergnügen suchte.« Er grinste. »Und Schmiedinger hat das Beste daraus gemacht, indem er sich gleich an die Eisenbahngesellschaft wandte, um mit ihr einen guten Preis zu verhandeln. Sein plötzlicher Tod hat diese Verhandlungen jäh unterbrochen.«

»Und Reitmeier?«, begann Lina.

»Auch er wusste von den Plänen. Hat die Weiden und Äcker hier heimlich für einen Spottpreis aufgekauft. Wer nicht spurte, wurde gefügig gemacht, oder gleich ganz beseitigt, wie im Fall Ihres Gatten. Wir hatten Reitmeier schon lange im Visier. Jetzt ist er uns endlich ins Netz gegangen.«

Lina runzelte die Stirn. »Weil Sie ihn beobachtet hatten, wie er dem Stier Tollkirschen zu fressen gab?«

»Hab ich gar nicht, das war reine Vermutung«, erwiderte der Mann lächelnd. Er steckte sich einen dünnen Zigarillo an. »Aber ich habe wohl ins Schwarze getroffen. Reitmeier war nervös, das hat ihn letztlich dazu gebracht, die Waffe zu ziehen und sich damit zu verraten.« Genießerisch blies er den Rauch aus.

Viele der Trauergäste hatten mittlerweile das Weite gesucht. Nur Ani und ihr Mann standen noch ein wenig verloren hinter der Theke, die Blicke ängstlich auf Lina und den Detektiv gerichtet. Aus dem zerborstenen Bierfass tröpfelte es nur noch schwach.

»Haben die beiden Reitmeier geholfen, meinen Mann ...?« Lina stockte die Stimme.

»Das wird sich noch herausstellen. Ich denke, Sie waren zumindest Mitwisser. Aber das hat Sie nicht zu kümmern.« Der Mann drückte seinen Zigarillo aus. »Die Gesellschaft gab mir den Auftrag, Sie schleunigst nach München zu bringen, wo mit Ihnen neu verhandelt werden soll. Das Grundstück, das nun Ihnen gehört, soll das Herzstück des neuen Rangierbahnhofs werden.«

»Dann haben Sie mir auch den anonymen Brief geschickt?«, mutmaßte Lina. »Wegen Ihnen hab ich erst vom Tod meines Mannes erfahren und bin hierhergefahren, nicht wahr?«

Der Bowlermann nickte. »Ich gebe zu, das war nicht ganz fair. Aber ich wollte ein wenig Unruhe in die Angelegenheit bringen, wollte, dass Reitmeier und Ihre Schwägerin nervös werden.« Er zwinkerte ihr zu. »Tja, das ist mir ja auch gelungen.« Augenblicklich wurde er wieder ernst. »Und Schmiedinger hat Ihnen wirklich nie von seinen Plänen erzählt?«

»Nein, das hat er nicht. Kein einziges Wort, wobei ...« Lina verstummte. Mit einem leisen Aufschrei sprang sie auf und eilte zu ihren Koffern. Sie kramte ein wenig darin und zog schließlich das kleine Päckchen hervor, das ihr Franz kurz vor seinem Tod noch geschenkt hatte. Aufgeregt öffnete sie es und starrte auf den Inhalt, dann breitete sich ein Lächeln auf ihrem Gesicht aus. Endlich erklärten sich Franz' letzte Worte.

Ich werd dir ein großartiges Hochzeitsgeschenk machen, Lina. O ja! Laut und schmutzig, du wirst staunen!

Zwischen dem knisternden Geschenkpapier steckte eine kleine glänzende Holzlokomotive.

Laut und schmutzig ...

Lina wurde warm ums Herz, gleichzeitig rannen ihr Tränen über die Wangen. Ihr gemeinsamer Sohn hätte mit dieser Lokomotive spielen können, in einem großen bürgerlichen Haus, hier in Laim, während im Hintergrund die vielen Lokomotiven ratterten, schnauften und pfiffen.

»Gehen wir?«, fragte der Bowlermann.

Lina stand auf. Mit der Spielzeuglokomotive in der Hand ging sie an ihrer Schwägerin und ihrem Schwager vorbei ins Freie, dort wartete bereits eine Kutsche auf sie.

Als sie einstieg, fiel ihr auf, dass sie den Mann mit der Mundharmonika noch gar nicht nach seinem Namen gefragt hatte. Aber da hatte er auch schon wieder den Verschlag zugeklappt und war nach vorne auf den Kutschbock gestiegen. Die Pferde wieherten und trabten los, die staubige Straße entlang, und an den ärmlichen Bauernhäusern und Katen vorbei, die schon bald Villen, Schlösschen, Rangierhallen und Gleisen weichen würden.

Leise wehten die Klänge der Mundharmonika über Äcker und Weiden. Dann setzte der Regen ein.

Anmerkung: Im Jahre 1892 entstand in Laim der Münchner Rangierbahnhof, zwei Jahre zuvor hatte das Dorf erst 290 Einwohner. Viele Laimer Bauern ließen sich danach als reiche Privatiers nieder, ihre Villen stehen noch heute.

Ähnlichkeiten der Geschichte mit einem bekannten Italo-Western sind durchaus beabsichtigt.

BÖFFLAMOTT (BOEUF À LA MODE)

ZUTATEN

1 kg Ochsenfleisch (aus der Schulter)	4 Pfefferkörner
1 Bund Suppengrün	4 Wacholderbeeren
1 Zwiebel	2 EL Sonnenblumenöl
1/8 l Rotweinessig	0,25 l Fleischfond
2 Nelken	1 Schuss Rotwein
1 Lorbeerblatt	1 Prise Zucker
	Salz

ZUBEREITUNG

Das Suppengrün putzen und grob zerkleinern. Die Zwiebel schälen und in große Würfel schneiden. Das Gemüse mit dem Essig, mit 500 Millilitern Wasser und den Gewürzen in einen Topf geben und kurz aufkochen lassen. Den Rotwein hinzufügen und die Marinade abkühlen lassen.

Die Beize in ein gut schließendes Ton- oder Porzellangefäß gießen, das Fleisch hineinlegen, sodass es vollständig von der Flüssigkeit bedeckt ist, und den Deckel schließen. Das Tongefäß für vier Tage in den Kühlschrank stellen.

Die Marinade dringt bei Rindfleisch circa einen Zentimeter tief pro Tag ins Fleisch ein. Die Beizzeit richtet sich also nach der Größe des Fleischstücks. Während des Marinierens nimmt das Fleisch die Aromen der Gewürze auf, gleichzeitig zersetzt die Säure der Beize das Bindegewebe der Muskelfasern und lockert so das Gewebe auf. Das Fleisch wird weich. Nach vier Tagen das Fleisch aus der Beize nehmen, abwaschen, trocken tupfen und salzen. Das Gemüse ebenfalls aus der Marinade fischen, von Gewürzen befreien und auf einen separaten Teller legen. Anschließend die Marinade durch ein Sieb gießen. Die Flüssigkeit auffangen. Die Gewürze, die im Sieb hängen bleiben, werden nicht mehr benötigt. Öl in einen Bräter geben, und das Fleisch bei starker Hitze rundum schön braun anbraten.

Das gebeizte Gemüse nun neben das Fleisch drapieren und mit der kalten Fleischbrühe sowie der durchgeseihten Beize ablöschen. Die Hitze reduzieren und das Böfflamott bei geringer Hitze zwei Stunden schmoren. Anschließend das Fleisch aus dem Bräter nehmen und in einem separaten Topf zugedeckt zur Seite stellen, damit es warm bleibt.

Die Bratenflüssigkeit durch ein Sieb in einen großen Topf gießen und auf großer Hitze einkochen. Eventuell muss mit etwa Salz nachgewürzt werden, und ein Schuss Rotwein kann ebenfalls nicht schaden.

Zum Böfflamott kann man Kartoffelknödel, Semmelknödel und Blaukraut reichen.

Das Wandern ist …
Ursula Schmid-Spreer

Da sagte er es wieder. Sie konnte es nicht mehr hören.

Andere Kinder gingen mit ihren Eltern auf den Spielplatz oder fuhren in den Urlaub. Sie blieben immer zu Hause. Dafür musste sie mit ihrem Vater wandern gehen und ein Liedchen trällern. Aber nicht einfach nur wandern, es war eher eine Unterrichtsstunde. Wie heißt diese Blume? Hast du dieses Tier gesehen? Was frisst es? Was kannst du mit den Eicheln alles anfangen? Und jetzt singen wir ein Lied.

Am schlimmsten aber war der Nachsatz: Sodele, nudele. Sie hätte jedes Mal schreien können!

»Ich freue mich, dass Sie hier sind«, sagte Irene Müller und lächelte den zehn Leuten, die sich vor dem Schweizer Brocken versammelt hatten und sie nun abwartend ansahen, zu. Wie gut, dass sie ihren Chef doch noch hatte überreden können, Stadtführungen in Fürstenried abseits der üblichen Sehenswürdigkeiten anzubieten. Nicht nur Touristen interessierten sich für den Stadtteil, auch immer mehr Einheimische waren neugierig, etwas über ihr Viertel zu erfahren.

»Fürstenried hieß früher mal Poschetsried. Und ›ried‹ stand für Rodung. Der Stadtteil in seiner heutigen Form entstand allerdings erst in den 1960er-Jahren. Er ist sehr beliebt, nicht nur wegen des Schlosses.«

Eine ältere Dame stellte sich direkt neben sie und hielt die Hand ans Ohr. »Sie haben eine angenehme Stimme. Ich habe gelesen, dass das Sparkassen-Hochhaus das größte Wohnhaus Bayerns ist.«

Irene freute sich über das Interesse. »Da haben Sie recht, 1962 war es das größte Wohnhaus.«

Sie hielt einen Schirm hoch und bat die Gäste, ihr zu folgen.

»Sie kennen alle Joseph Ratzinger?«

»Natürlich«, rief die Dame aus, »unser ehemaliger Papst Benedikt XVI.«

»Ganz richtig. Wir gehen jetzt zum Schloss Fürstenried. Leider kann man es nicht von innen besichtigen, aber der äußere Anblick wird Ihnen gefallen.«

Auf dem Weg erklärte Irene, dass das Schloss zwischen 1947 und 49 der Uni als Ausweichquartier diente. »Junge Theologiestudenten betrieben hier ihre Forschungen, lasen und schrieben Bücher. Auch Herr Ratzinger hat hier studiert.«

»Das ist ja interessant«, sagte ein Mann in Irenes Alter, dessen bewundernde Blicke ihr schon aufgefallen waren. »Warum darf man denn nicht rein?«

»Weil es heute ein Exerzitienhaus ist«, antwortete Irene freundlich und strich sich eine Haarsträhne aus der Stirn. »Man sagt auch Klein-Nymphenburg, es sieht ein wenig aus wie das Nymphenburger Schloss. Der Bruder von Ludwig II. lebte in diesem prachtvollen Bau.«

»Otto hieß der gute Mann, und er war krank«, rief die ältere Dame dazwischen. Sie tippte sich leicht an die Stirn. »Er hatte wohl einen Vogel.«

»Ja, er war nach dem Tod von Ludwig II. der Schattenkönig und starb an einer Darmverschlingung. Immerhin wurde er nicht mit der Gelantine hingerichtet. Aber nichts Genaues weiß man nicht.«

Die Gäste schmunzelten, die ältere Dame lachte schallend.

Nachdem sie einen Abstecher in die Matthias-Kirche gemacht hatten, bestaunten sie die Fassade des Schlosses, warfen einen Blick in den Schlosspark und gingen zur Fürstenrieder Einkehr zurück. Irene wies auf die lange Tradition des Gasthauses hin, und einige ihrer Gäste studierten schon die Speisekarte.

Irene verabschiedete sich. Die ältere Dame schüttelte ihr die Hand. »Das haben Sie alles wirklich sehr schön und humoristisch erzählt.«

»Humor ist der Knopf, der verhindert, dass einem der Kragen platzt«, antwortete Irene schlagfertig.

»Das haben sie wirklich sehr schön rübergebracht«, ergänzte der Mann, der neben ihr stand.

»Ein nettes Wort kann einem die ganze schlechte Laune verderben!«, erwiderte Irene lächelnd.

Diesmal lachte die ganze Reisegruppe. Es gab sogar reichlich Trinkgeld. Irene freute sich. München war teuer, das Trinkgeld erleichterte das Leben etwas.

»Bitte«, sagte sie zu dem Mann, der etwas abseits stand und auf etwas zu warten schien. »Haben Sie noch eine Frage?«

Er verbeugte sich leicht. »Ja, darf ich Sie auf einen Kaffee einladen?«

Irene war perplex. Wann hatte sie das letzte Mal ein Mann eingeladen? Noch dazu so höflich. Er war jetzt nicht unbedingt ihr Typ, auf seiner Glatze bildeten sich Schweißperlen, die er immer wieder mit seinem großen, karierten Stofftaschentuch abwischte. Aber sie musste ihn ja nicht gleich heiraten. Also warum eigentlich nicht? »Gerne«, hörte sie sich sagen.

Sie verbrachten eine nette Stunde zusammen, plauderten angeregt. Hans-Dieter, wie er sich vorstellte, hatte angenehme Umgangsformen. Nur dass er lahme Witze machte und darüber selbst am lautesten lachte, meckernd wie ein Ziegenbock, gefiel ihr nicht sonderlich. Aber es gab Schlimmeres.

Am nächsten Tag wurde eine rote Rose zu ihrer Arbeitsstätte gebracht. ›Hadi‹ stand ganz klein auf der beigelegten Karte. Am Abend wartete er vor dem Reisebüro auf sie. Er begleitete sie bis nach Hause und verabschiedete sich mit einem Handkuss. So zuvorkommend war Irene noch nie behandelt worden. Einerseits schmeichelte es ihr, andererseits war es ihr nicht geheuer.

Als sie am nächsten Morgen die Haustür öffnete, erschrak sie. Da stand er schon wieder.

»So geht das nicht, Hans-Dieter.« Irene benutzte mit Absicht den vollen Namen. »Musst du nicht zur Arbeit?«

»Ich bin freiberuflich, kann mir meine Zeit einteilen. Ich begleite dich, mein Herz.«

Mein Herz? Was erlaubte der sich? Sie packte den Griff ihrer Handtasche fester. »Das ist nicht nötig«, brummte sie und eilte davon. Mit seinen langen Beinen hielt er locker mit ihr Schritt und fing ein Gespräch an. Sie antwortete auf keine seiner Fragen, was ihn aber nicht zu stören schien. Sein Redefluss hielt an, bis sie das Reisebüro erreichten.

»Servus.« Schnell verschwand sie hinter der Tür.

»Du hast einen Verehrer«, neckte ihre Arbeitskollegin sie.

»Das ist schon eher ein Stalker«, schnauzte Irene. Dann stürzte sie sich in die Arbeit. Sie musste sich ablenken, damit sie nicht immer an Hans-Dieter und seine Aufdringlichkeit dachte. Sie beantwortete Mails und arbeitete neue Touren für andere Stadtteile aus.

Die Zeit verging wie im Flug. Für den späteren Nachmittag hatte sie mit ihrer Freundin Karin ausgemacht, sich auf ein paar Hasenöhrl zu treffen. Das Café war für sein traditionelles Gebäck bekannt. Karin war eine Schulfreundin, die ihr all die vielen Jahre treu geblieben war. Sie waren sehr verschieden, Irene privat ein bisschen schüchtern, oft aufgeregt, Karin dagegen schlagfertig und cool. Vielleicht lag der Reiz ihrer Freundschaft in dieser Unterschiedlichkeit?

Natürlich war das beherrschende Thema Irenes Verehrer. Sie erzählte Karin in aller Ausführlichkeit, wie penetrant er hinter ihr her war, und redete sich direkt in Rage. Als wenn sie ihn herbeigeredet hätte, stand er plötzlich vor ihrem Tisch, grüßte artig und wollte sich eben setzen. Da platzte Irene der Kragen.

»Siehst du nicht, dass ich mich mit meiner Freundin unterhalte? Scheinbar verstehst du Andeutungen nicht. Du bist hier nicht erwünscht.« Demonstrativ kehrte sie ihm den Rücken zu.

»Ich gehe«, hörte sie, »aber nur, wenn du am Samstag mit mir wanderst. Es gibt so schöne Ecken rund um München.«

»Das weiß ich«, zischte Irene mit hochrotem Kopf. »Ich bin schließlich Stadtführerin.«

Karin legte ihr beschwichtigend die Hand auf den Arm und wandte sich Hans-Dieter zu. Mit zuckersüßer Stimme sagte sie: »Wir«, sie betonte das Wir, »kommen mit! Treffpunkt acht Uhr dreißig am Schweizer Brocken und tschüss.«

Hans-Dieter nickte wortlos und verschwand.

Irene fuhr herum. »Spinnst du? Was hast du gemacht? Ich hasse Wandern. Mein Kindheitstrauma, und wenn du jetzt noch anfängst ›Das Wandern ist …‹«, Irene brach ab, biss sich auf die Lippen, »dann schreie ich.«

Karin lachte. »Wenn man auch Müller mit Nachnamen heißt, muss man sich das gefallen lassen, gell, Müllers Irene.«

Sie lächelte gequält über diesen alten Witz. Sie fuhr mit den Händen über das eh schon glatte Tischtuch. »Du willst doch nicht wirklich am Samstag ...«

»Nein, aber so haben wir ihn immerhin losbekommen.«

Der Kellner servierte ihnen die Hasenöhrl. »Frisch zubereitet für die schönen Damen. Hier ist noch Zimtzucker. Lassen Sie es sich schmecken.«

»Ich hätte gerne noch Zwetschgenmus dazu und einen Milchkaffee«, bestellte Karin.

»Kommt sofort.«

Die Woche verging schnell, und Hans-Dieter ließ sich nicht blicken. Weder vor dem Reisebüro noch vor ihrer Haustür. Irene schöpfte Hoffnung. Vielleicht hatte sie ihn ja mit ihrer Unfreundlichkeit vertrieben?

Am Freitag um die Mittagszeit jedoch gab ein Bote drei rote Rosen für sie ab. Aus dem Kuvert zog sie zwei MVV-Streifenkarten und ein handbeschriebenes Büttenpapier. Bis morgen, ich erwarte euch!

Voller Panik rief sie Karin an.

»Ich bin ja bei dir«, beruhigte sie die Freundin. »Aber ich glaube, wir müssen ihn irgendwie loswerden. Der lässt dir sonst keine Ruhe.«

Ihn loswerden? Aber wie? Mit diesem Gedanken schlief Irene ein, und mit diesem Gedanken wachte sie auch wieder auf. Loswerden? Ja, das wäre schön.

Als sie mit Karin zur verabredeten Zeit zum Treffpunkt kam, war Hans-Dieter schon da. Er strahlte mit der Sonne um die Wette. Auf seiner Glatze thronte ein Käppi, er trug Knickerbocker und Wanderstiefel. Irene presste die Lippen fest aufeinander. Hans-Dieter informierte sie, dass sie Richtung Süd-Westen zum Forstenrieder Park fahren wollten. »Da können wir uns auf siebenunddreißig Quadratkilometern austoben. Die Wege sind gut beschildert, und hinter den Eichen und Buchen können sich Wildtiere gut verstecken.« Selbstverständlich würde er die Damen gegen die wilden Tiere beschützen. Er lachte meckernd.

Während der Fahrt herrschte peinliches Schweigen. Als sie in den Park kamen, meinte Hans-Dieter: »Wir sind zeitig dran, die Münchner schlafen noch. Kein Mensch weit und breit. Seht her, hier ist ein Trimm-dich-Pfad.« Er machte ein paar Kniebeugen. »Und dort ist ein Schwebebalken.« Er stützte sich ab und versuchte sich emporzuziehen.

Da die zwei Frauen nur mit verschränkten Armen danebenstanden, ließ er vom Balken ab, steckte die Daumen unter die Riemen des Rucksackes und begann laut zu singen. »Das Wandern ist des Müllers Lust, das Waaaandern.«

Irene hielt sich die Ohren zu. Schlagartig fühlte sie sich in ihre Kindheit zurückversetzt. Es war ihr eine Qual, zuhören zu müssen. Hans-Dieters Stimme erinnerte sie an die ihres Vaters. Sofort verkrampfte sich alles in ihr, sie kam sich klein und hilflos vor. So wollte sie sich nie mehr fühlen! Als Hans-Dieter das Lied auch noch mit »Sodele, nudele« abschloss, erfasste sie eine unbändige Wut.

»Hör auf zu singen!«, sagte Irene mühsam beherrscht. »Dieser Ausflug wird einmalig bleiben. Ich möchte mich nicht mehr mit dir treffen. Lass mich in Ruhe. Ich gehe jetzt nach Hause.«

Hans Dieters Augen wurden kugelrund. Sein Mund formte ein ›O‹. »Aber …?« Er streckte beide Hände nach ihr aus, als wollte er sie umarmen.

Entschlossen stieß ihm Irene den Zeigefinger in die Brust. »Weg mit dir, du … du …!«

Hans-Dieter stolperte einen Schritt nach hinten, knickte seitlich weg, ruderte mit den Armen. Sein Käppi flog ihm vom Kopf. »Ahhh!«, schrie er und fiel. Das war das Letzte, was er sagte. Es gab einen lauten Rums. Dann war Stille.

Die beiden Frauen trauten ihren Augen nicht. Hans-Dieter lag bewegungslos am Boden. Er war mit dem Kopf auf den Balken aufgeschlagen. Sein Hals war merkwürdig verkrümmt. Karin und Irene sahen sich entsetzt an. Karin eilte zu ihm, legte Zeige- und Mittelfinger an seine Halsschlagader. »Sodele. Ich glaube, der ist hinüber.«

»Was!«, schrie Irene entsetzt auf. »Was machen wir denn jetzt?« Ihre Augen wurden feucht. Sie war leichenblass.

»Warum hast du so panisch reagiert, als er angefangen hat zu singen?«, wollte Karin wissen.

»Ich kann dieses Lied einfach nicht mehr hören. Jedes Mal muss ich an sonntägliche Ausflüge und Abfragestunden meines Vaters denken. Und wenn du noch einmal ›sodele‹ sagst, dann …«

Karin legte den Finger an den Mund, sah sich um. Es war niemand zu sehen. »Ich überlege mir gerade, wie wir ihn entsorgen könnten.«

»Himmel! Bist du abgebrüht. Sollen wir nicht besser die Polizei rufen?«

Ohne sich um den Einwand Irenes zu kümmern, fuhr Karin fort: »Am besten suchen wir nach einem schwarzen Loch, in das wir ihn schmeißen. Weißt du, sie schlucken alles, sind diskret. Du hast sicher ein solches Loch zur Hand?«

Irene war noch in Schockstarre. Sie hatte die Hände vor das Gesicht geschlagen, hielt den Kopf gesenkt. »Wie konnte das nur passieren? Ach Karin, du hast deinen Humor nicht verloren.«

»Solltest du auch nicht, meine Liebe.« Karin stupste sie an.

»Na gut.« Irene ließ die Hände sinken. »Dann habe ich eine andere Idee«, ging sie auf den lockeren Ton ihrer Freundin ein. »Wir zerstückeln ihn, verpacken ihn und verschicken ihn.« Sie begann zu glucksen. Aus dem Glucksen wurde Schluckauf, dann kreischte sie hysterisch.

Auch Karin lachte so heftig, dass ihr Tränen in die Augen traten. »Woher willst du auf die Schnelle so viele Pakete nehmen, Irene? Und woher bekommen wir eine Säge?«, japste sie.

Die beiden Frauen hielten sich in den Armen und bemühten sich, ihr hysterisches Gelächter wieder in den Griff zu bekommen.

Da sahen sie einen jungen Mann mit Kopfhörern. Er hatte seine Schirmmütze tief in das Gesicht gezogen und joggte, ohne nach links oder rechts zu schauen, in einiger Entfernung vorbei.

Das brachte sie in die Realität zurück. »Lass uns abhauen«, sagte Karin. »Kein Mensch weiß, dass wir mit ihm unterwegs waren.« Sie bückte sich, zog Hans-Dieters Handy aus der Tasche, öffnete das Telefonbuch und löschte Irenes Nummer.

»An was du alles denkst! Wollen wir nicht doch lieber die Polizei …?«

»Nee, gibt bloß Scherereien und ewige Befragungen. Ich habe keine Lust, stundenlang auf dem Kommissariat zu sitzen und Fragen zu beantworten. Komm!«

»Meinst du wirklich?«

»Komm schon!«

Irene wunderte sich, dass sie in dieser Nacht relativ gut schlief. Sie hatten sich bestimmt strafbar gemacht, einfach abzuhauen. Sollte sie nicht doch noch …?

Um ihre Nerven zu beruhigen, fing sie mit ihrem morgendlichen Ritual an. Eine Tasse Kaffee und Bayern 3. Zur Musik des Senders machte sie ihre Frühgymnastik, und zu den Nachrichten begann sie mit ihrer Morgentoilette. Sie horchte auf.

»Gestern, im Laufe des späteren Vormittags wurde die Leiche eines Mannes im Forstenrieder Park auf einem Trimm-dich-Pfad gefunden«, sagte die Stimme des Radiosprechers. »Der herbeigerufene Notarzt konnte nur noch den Tod des Mannes feststellen. Bei der späteren Untersuchung wurde ein Fremdverschulden ausgeschlossen. Die Polizei bittet die Bevölkerung, vorsichtig bei gymnastischen Übungen auf sogenannten Vitalparcours zu sein, besonders wenn es geregnet hat. Auch der morgendliche Tau lässt die Holzgeräte glitschig werden. Der Mann war wahrscheinlich bei einer gymnastischen Übung ausgerutscht und unglücklich mit dem Kopf aufgeschlagen.«

Irene nahm ihre Zahnbürste aus dem Mund, atmete tief durch.

Dann wählte sie die Nummer ihrer Freundin Karin. »Hast du eben Radio gehört?« In kurzen Sätzen erzählte sie, was der Radiosprecher gesagt hatte. Sie hörte ein tiefes Schnaufen.

»Na, siehst du! Alles gut gegangen. Wir sollten uns heute Mittag in unserem Café treffen und eine Portion Hasenöhrl essen.«

»Mit Zimtzucker und Zwetschgenmus«, ergänzte Irene und sank erleichtert auf den Stuhl.

HASENÖHRL

ZUTATEN
250 g Mehl
1 Ei
1 EL Öl
100 ml Milch oder saure Sahne
etwas Salz

ZUBEREITUNG
Aus den Zutaten einen festen Teig kneten. Milch dabei nach Bedarf zugeben. Den Teig etwa 30 Minuten ruhen lassen. Dann dünn ausrollen, Dreiecke (mit einem Teigrad) ausschneiden und die Teigstücke in heißem Öl schwimmend backen.
Mit Zucker und Zimt bestreuen. Noch warm mit einer Tasse Milchkaffee schmecken die Hasenöhrl am besten.

Special Guest
Julia Hofelich

Lichter blitzten auf, dann wurde es wieder dunkel. Es hatte angefangen zu nieseln. Die Scheiben im Inneren des Porsche beschlugen, es stank nach feuchter Kleidung, Alkohol und Zigaretten. Wir brausten mit Fred am Steuer durch eine kalte Münchner Herbstnacht, viel zu schnell. Im Radio lief Kriminalreport München. Ein Auftragsmörder namens Kettensägen-Alois war aus Stadelheim ausgebrochen, vier Kilo Crack fehlten in der Asservatenkammer der Polizei, und in einer Garage in Perlach lagerte möglicherweise Sprengstoff. Ich schaltete das Radio aus. Fred trank einen Schluck Dosenbier und drückte das Gaspedal weiter durch. Ich klammerte mich am Sitz fest. Sein Handy klingelte, er wühlte es aus der Hosentasche. Der Porsche fing an zu schlingern. Mir kamen fast die Sex on the Beach wieder hoch. Fred tippte auf den Bildschirm und schaute nicht mehr auf die Straße. Das Lenkrad hielt er mit einem Finger.

»Das gibt saftige Geldstrafen, so beim Fahren telefonieren«, sagte ich angespannt.

»Bußen«, berichtigte Fred, »Geldbußen.« Er hob das Handy ans Ohr. »Aber hey, kein Thema, ich kenne alle Bullen aus der Region. Hat Vorteile, Strafverteidiger zu sein. Abgesehen davon habe ich so viel gesoffen, da kommt Schuldunfähigkeit …« Seine Stimme veränderte sich schlagartig, wurde unterwürfig. »Don, wie schön, dass du anrufst«, er rückte das Handy zurecht. »Aber selbstverständlich … Ich bitte dich, natürlich habe ich Zeit! Es ist mir eine Ehre!« Er rammte fast eine Werbetafel, riss das Steuer im letzten Moment herum. »Ich werde pünktlich sein, versprochen. Bis gleich.« Er legte auf. Selbst im düsteren Licht der Straßenlaternen erkannte ich, dass er ganz blass geworden war. »Der Don persönlich«, sagte er. »Ein Auftrag. Wir müssen einen Transporter abholen und zu ihm nach Perlach bringen. Sofort.«

»Perlach? Du wolltest mich heimfahren, Fred! Nach Gräfelfing!«, sagte eine Stimme hinter uns.

Ich zuckte zusammen, weil ich vergessen hatte, dass wir seit der letzten Kneipe nicht mehr alleine im Auto waren.

»Dich habe ich nicht gefragt, Sickinger«, knurrte Fred. »Du bist nur deshalb im Auto, weil ich in einer Sekunde verklärter Erinnerung gedacht habe, es wäre ein lustiger Zufall, einen ehemaligen Gebirgsjägerkameraden wiederzutreffen.«

Vom Behelfsrücksitz schoss eine große Pranke nach vorne und schlug Fred grob auf den Hinterkopf. Der Porsche scherte aus und tangierte den Bordstein.

»Hey! Gehts noch!« Fred fiel das Handy aus der Hand, und er machte Anstalten, sich in den Fußraum zu beugen. Mein Herzschlag setzte für eine Sekunde aus. Dann packte ich Fred und riss ihn an der Schulter zurück.

»Gräfelfing, denk dran«, sagte der Sickinger.

»Lauf doch.«

»Ich würde auch lieber die U-Bahn nehmen«, brachte ich heraus. »Mit deinen Mafiamandanten will ich nichts zu tun …«

»Verdammt, Andi! Das ist nicht irgendein Mafiamandant. Das ist der Don. Er hat gesagt, wenn ich den Auftrag nicht übernehme oder nicht pünktlich bin, hängt er mich an den Füßen auf, spaltet mir die Kehle und lässt mich ausbluten. Wie seinen letzten Anwalt. Glaubt ihr, da kann ich vorher noch gemütlich in Gräfelfing und an der U-Bahnhaltestelle vorbeifahren?« Freds Stimme klang brüchig. »Ich brauche eure Hilfe!«

»Von mir aus, aber wenn du mich fragst, sollten wir erst was essen. Zum Ausnüchtern«, sagte der Sickinger. »Ich habe plötzlich Lust auf einen Zwetschgendatschi und ein Hacker-Pschorr.«

Fred ignorierte ihn.

»Warum bist du der Anwalt von so einem Gangster?«, fragte ich.

»Der Don sorgt gut für seine Leute.«

»Wenn er sie nicht an den Füßen aufhängt und ausbluten lässt?«

Fred antwortete nicht. Eine Weile rasten wir schweigend durchs nächtliche München. Ich hatte ein ganz beschissenes Gefühl bei der Sache.

»Wo ist die Stausingerstraße, Andi?«, fragte er mich. Die Panik in seiner Stimme hinderte mich daran, ihn zu bitten, mich einfach aussteigen zu lassen. Meine Hand war unruhig, als ich die Adresse ins Navi eingab. Leider gab es keine Stausingerstraße.

»Heilige Scheiße«, fluchte Fred. »Wir müssen in spätestens fünfundzwanzig Minuten beim Don sein. Mit dem Transporter. Der Typ legt mich um, verdammt!«

»Wenn du mich fragst, hast du den Straßennamen falsch verstanden, wo du den Transporter abholen sollst«, meldete sich der Sickinger. »Ruf diesen Don doch noch mal an.«

Fred schnaubte. Der Don war offensichtlich niemand, den man einfach so noch mal anrief. »Ich habe schon mal gesagt, Sickinger, dass ich dich nicht gefragt habe, und das gilt für alle Themen, die wir heute noch anschneiden, vergangene, gegenwärtige und zukünftige«, zischte Fred.

»Das solltest du aber. Münchner Urgestein hat immer guten Rat am Bein.«

»Der Sickinger aus Murnau und Münchner Urgestein«, knurrte Fred. Er bog so scharf um die Kurve, dass es mich gegen die Tür presste. »Aber gut: Wo ist diese verdammte Stausingerstraße? Der Don meinte, wir müssen ein Stück am Ostpark vorbei. Der sollte jetzt links von uns liegen. Sind wir da richtig?«

»Links liegt ein Bahnhof.«

»Ach was«, sagte Fred angespannt, »das ist mir gar nicht aufgefallen.« Er trank einen großen Schluck aus seiner Bierdose und warf sie zu mir in den Fußraum. Paulaner spritzte mir bis ins Gesicht, aber ich verkniff mir einen Kommentar. Der Porsche jagte weiter durch die Nacht. Ich probierte Buchstabenkombinationen im Navi durch. Stäusinger, Stauringer, Staufinger. Bei Staudingerstraße landete ich endlich einen Treffer, der am Ostpark lag. Wenige Minuten später hielten wir vor einer Garage, und ein Typ, der aussah wie ein Blondinenschlächter aus einem Splatterhorror, drückte uns den Schlüssel für einen Transporter in die Hand. »Nicht hinten reinschauen«, sagte der Typ, »sonst seid ihr tot. Nicht zu spät kommen, sonst seid ihr tot. Der Special Guest muss sicher beim Don ankommen, sonst …«

»Sonst sind wir tot, schon verstanden«, schnarrte der Sickinger. Der Schlächter drehte sich zu ihm um und haute ihm ohne Vorwarnung so in den Magen, dass er nach hinten sackte und würgte. Wir hievten den Sickinger schnell in den Transporter und stiegen ein.

»Der Typ war der Bruder des Don, die Lieferung muss wirklich brisant sein«, stammelte Fred.

»Warum fährt er dann nicht selbst?«

»Er ist nachtblind.«

Der Sickinger stöhnte neben mir auf dem breiten Vordersitz. Er stank nach Bier, Schweiß und altem Pommesfett, aber das war immer noch besser als der Geruch des Transporters. Nach Putzmittel und schwach nach Verwesung. Mir wurde schlecht, keine Ahnung, was wir hier transportierten, aber Verwesungsgeruch war kein gutes Zeichen. War »Special Guest« der Mafiacode für eine Leiche? Ich schluckte. Ich durfte mich auf keinen Fall im Transporter übergeben, sonst waren wir wahrscheinlich auch tot. Ich lehnte mich an die eiskalte schwarze Metallwand, die den Inhalt des Transporters vor uns abschirmte. Wenigstens fuhr Fred jetzt angepasst. Ich atmete tief durch. Sagte mir, dass es unwahrscheinlich war, dass wir eine Leiche dabeihatten. Ich kannte zwar die Gepflogenheiten der Mafia nicht, aber warum sollte dieser Don mitten in der Nacht eine Leiche haben woll… Mein Nacken verspannte sich, weil mir durch den Kopf schoss, dass es dafür durchaus einen Grund geben konnte. Nekrophilie. Vielleicht erlegte der Schlächter jede Nacht für den Don junge Frauen in der Garage?

»Ist der Don nekrophil?«, fragte ich Fred.

Fred sah mich an, als hätte ich gerade vorgeschlagen, dass wir uns nachher zusammen mit dem Don an einer Leiche vergingen. »Warum?«

»Der Special Guest könnte eine Leiche sein, und ich habe mich gefragt, was man mitten in der Nacht mit einer Leiche …«

»Andi, du bist pervers«, bemerkte der Sickinger. Er holte eine Flasche Schnaps aus seiner Jackentasche und trank einen großen Schluck.

Fred schüttelte den Kopf. »Der Don steht zwar auf Leichen, aber nicht so, wie du denkst.«

»Ah, das ist gut. Das ist wirklich gut.« Ich zwang mich, wieder ruhig zu atmen. Der leichte Verwesungsgeruch im Transporter, so fiel mir jetzt auf, schien sowieso von den Stiefeln des Sickingers zu kommen.

Wir ließen den Park hinter uns. Plötzlich bremste Fred hart und fluchte »Dumme Katze!«. Vom Laderaum her war ein Klappern zu hören, als sei etwas Metallisches heruntergefallen. Mein Puls beschleunigte sich wieder. Waffen, dachte ich. Bestimmt hatten wir eine Ladung Schnellfeuergewehre oder so eine Scheiße hinten drin. Gut vorstellbar, dass der Don Pumpguns als Special Guests bezeichnete. Es war ja irgendwie special, wenn man von einer Ladung Kugeln durchsiebt ... Oder eine Atomwaffe. Hatten wir eine Atomwaffe dabei? Ich schmeckte Magensäure und Sex on the Beach auf der Zunge, schluckte panisch.

»Was, glaubst du, transportieren wir?«, fragte ich Fred. »Illegale Waffen? Wird unsere Lieferung einen blutigen Bandenkrieg auslösen? Oder eine Atomwaffe ein Land auslöschen? Ich will da nicht dafür verantwortlich sein. Wir müssen zur Polizei gehen. Jetzt sofort!« Ich versuchte, die Beifahrertür zu öffnen. Sie war verriegelt. Meine Hand zitterte.

»Bullshit, der Don handelt doch nicht mit Atomwaffen, jetzt komm mal wieder runter. Glaubst du, ich würde so jemanden vertreten?«, schimpfte Fred.

Ich sagte nichts und dachte mir meinen Teil.

»Ein Special Guest ist vermutlich ein anderer Mafiosi, den der Don treffen möchte«, bemerkte der Sickinger.

Fred schlug aufs Lenkrad. »Und selbst wenn es jemand ist, den der Don heute Nacht zu Tode foltern will. Haltet einfach mal kurz euer Maul. Wir haben keine Wahl, wenn wir hier lebend rauskommen wollen. Ihr kennt den Don nicht, verdammt! Und, by the way, hängt nicht so schlaff im Sitz. Setzt euch ordentlich hin und richtet eure Haare. Wir können es uns nicht erlauben, dass die Bullen uns anhalten, weil sie denken, wir sind ein paar besoffene Assos. Egal, was wir hinten drin haben, es ist nichts Gutes. Und die Polizeipräsenz ist heute hoch. Wegen des entflohenen Sträflings. Motorsägen-Alois.« Fred hielt an einer Ampel. »Mit dem hat der Don eine Rechnung offen«, fügte er nachdenklich hinzu. »Den Alois könnten wir dabeihaben.«

»Dieser wahnsinnige Killer könnte hinten drin sein?«, fragte ich aufgebracht. »Es hieß vorhin in diesem Report, dass er siebzehn Menschen zersägt hat, drei davon bei lebendigem Leib.«

»Und das ist nur die harmlose offizielle Version.« Die Ampel wurde grün, und Fred fuhr an. »Aber mir fällt gerade ein, der Alois ist wohl doch nicht unsere Fracht. Der wollte nach Freiburg. Der Freund seiner Mutter hat die Mutter betrogen, da muss er den Familienfrieden wiederherstellen.« Er machte ein surrendes Geräusch und tat so, als zerstückle er etwas mit der Hand.

Fred war schon immer ein Arschloch gewesen, aber mir war nicht klar gewesen, was für eins. Hätte er nicht meine Schwester geheiratet, hätten sich unsere Wege schon lange getrennt. »Wir gehen jetzt zur Polizei«, sagte ich. »Wir werden den Don stoppen!«

»Niemand stoppt den Don, Andi.«

Wenn nötig, würde ich eben alleine zur Polizei. »Halt sofort an, und lass mich aussteigen«, sagte ich. Fred ging nicht darauf ein, der Transporter fuhr weiter durch die Nacht. Neben mir trank der Sickinger Schnaps.

»Kein Schnaps!« Fred schlug erneut aufs Lenkrad. »Die Bullen …«

»Niemand redet so mit mir«, knurrte der Sickinger. Demonstrativ nahm er mehrere große Schlucke. »Es ist nicht meine Schuld, dass ich Schnaps trinken muss. Ich wollte ein Hacker-Pschorr. Und einen …«

»Halts Maul!«

Kurzzeitig war es still. Ich dachte erneut über unsere Ladung nach. War es das Crack, das … »Ach du Scheiße«, entfuhr es mir. »In dem Report war von Sprengstoff in Perlach die Rede! Jetzt weiß ich, was wir hinten drin haben! Sprengstoff!« Ich war kurz davor, einfach die Bremse zu ziehen, packte Fred an der Schulter, schüttelte ihn. Er verriss das Steuer und überfuhr eine kleine Hecke. Davon ließ ich mich nicht beirren. »Bestimmt missbraucht uns ein anderer Mafiaboss gerade als lebende Bombe! Um den Don zu töten. Da wären wir echte Spezial Guests, es zerfetzt uns in der Luft, ich will aber noch nicht sterben, lass mich sofort …«

»Beruhige dich, verdammt noch mal! Der Don hat mir den Auftrag persönlich erteilt. Und du kannst mir eins glauben: Er will sich nicht selbst hochsprengen. Er hat keinerlei depressive Tendenzen«, brüllte Fred.

»Dann braucht er den Sprengstoff für jemand anderen.« Meine Stimme klang heiser. »Ich will nicht schuld sein, wenn unschuldige Leute hochgesprengt werden!«

»Was wir hinten drin haben, und was der Don damit macht, ist im Moment nicht unser Problem.« Fred sprach mit mir wie mit einem sehr kleinen Kind. »Unser Problem ist, dass wir umgelegt werden, wenn wir nicht liefern. Du konntest dich noch nie richtig fokussieren, deshalb hast du auch dein Jurastudium nicht geschafft.«

Ich konnte mich sehr wohl fokussieren, und wie. »Es ist dein Problem, Fred, nicht unseres«, brüllte ich zurück. »Du wirst umgelegt, wenn du nicht lieferst, nicht wir.«

Fred lachte freudlos. »Ich fürchte, so genau nimmt es der Don nicht.«

Der Sickinger setzte ungerührt die Flasche wieder an. Fred schlug sie ihm fast aus der Hand. »Den Schnaps weg, sag ich!«

»Herrgott noch mal, ich will jetzt wissen, was wir hinten drin haben«, schrie ich. »Wir können nicht einfach eine tödliche Ladung bei einem Mafiaboss abliefern!«

»Und ich will jetzt aussteigen«, tobte der Sickinger. »Ich habe Hunger und …«

»Haltet endlich euer Maul! Beide! Ich muss mich konzentrieren, sonst finde ich das Haus vom Don nicht. Wir sind gleich da, dann könnt ihr machen, was ihr …«, brüllte Fred, brach ab und murmelte: »Scheiße, da vorne sind Bullen. Benehmt euch bloß, damit wir nicht angehalten werden!«

»Und was, wenn wir uns nicht benehmen?«, wütete ich, während wir uns dem Polizeiauto näherten. »Was, wenn wir denen sagen, dass du uns gezwungen hast, hier mitzumachen? Dass wir den Don stoppen wollen und du …«

»Dann werde ich denen erzählen, dass das da hinten drin eure Ladung ist! Ich bin Strafverteidiger, schon vergessen? Die werden mir glauben, wenn ich behaupte, dass ihr zwei Verbrecher seid, die sich stellen wollten und mich als Verteidiger engagiert haben, um sie auf diesem Weg zu begleiten.« Freds Stimme war plötzlich eiskalt. Seine Anwaltsstimme. So hatte er das letzte Mal bei der Übergabe seiner Wohnung in Schwabing geredet. Als der Vermieter nicht hatte einsehen wollen, dass das Loch, das Fred bei einem legendären Skatabend nach siebzehn Halben in die Küchentür geschlagen hatte, eine normale Abnutzung darstellte. »Außerdem werde ich dem Don eure Namen und Adressen nennen! Also setzt euch ordentlich hin und richtet die Haare!«

Mir verschlug es die Sprache. Ich hatte noch nie verstanden, was meine

Schwester an dem Arschloch fand, aber das hier schlug dem Fass den Boden aus.

»Sickinger, den Schnaps weg!«, befahl Fred.

»Mir reichts«, lallte der Sickinger und warf die Flasche aus dem Fenster, direkt auf den Kofferraum des Polizeiautos. Die Polizisten fuhren mit Blaulicht und Sirene an, setzten sich vor uns und zwangen Fred, anzuhalten.

»Ich habe keine Lust, wegen euch unfähigen Pennern den Rest meines Lebens auf der Flucht zu sein«, fluchte er. »Der Don will eine Lieferung, da lässt man sich nicht von der Polizei stoppen. Der Don wird uns dafür töten, kapiert ihr das nicht?« Die Polizisten stiegen aus dem Auto, kamen auf den Transporter zu. Fred ballte die Hände zu Fäusten. Plötzlich sagte er: »Andi, wenn wir es geschickt anstellen, müssen wir den Transporter nicht öffnen und kommen mit dem Leben davon.«

»Und wie?«

»Im Handschuhfach liegt sicher eine Pistole. Nimm sie raus und ballere die Bullen ab. Ich verteidige dich später auch gratis, das wird höchstens fahrlässige Tötung. Du wolltest die Pistole reinigen, sie ist losgegangen, das Übliche eben.«

»Ich werde mit Sicherheit nicht einfach zwei Polizisten abballern«, schrie ich.

»Feige Sau.«

»Hast du nicht vorhin gesagt, du kennst alle Bullen?«, versuchte ich es mit Vernunft. Nicht, dass Fred auf die Idee kam, die beiden selbst abzuballern. »Also rede doch mit ...«

»Die zwei kenne ich blöderweise nicht.«

Die Polizisten klopften an die Scheibe. Fred betätigte den Fensterheber. Eiskalte Nachtluft drang in den Innenraum. Im Hintergrund war Verkehrsrauschen zu hören. Der Sickinger lallte »Hungerunddurst« vor sich hin.

»Servus«, sagte Fred. »Wie kann ich Ihnen helfen? Ich bin gerade mit zwei Herren auf dem Weg zur Polizeiwache, die sich entschlossen haben, Ihre kriminelle Laufbahn ...«

»Das ist gelogen!«, sagte ich. »Wir werden gezwungen, einem Don von der Mafia eine Lieferung ...«

»Fresse!«

»Eine Lieferung für den Don?«, fragte der Polizist scharf. »Steigen Sie bitte aus.« Er leuchtete mit einer Taschenlampe am Transporter entlang, während sein Kollege nach seiner Waffe tastete. »Und würden Sie den Wagen hinten aufmachen, damit wir einen Blick auf die Ladung werfen können?«

»Eine hervorragende Idee«, sagte ich, Gott sei Dank würden wir unsere gefährliche Fracht nun nicht abliefern…

In diesem Moment drückte Fred aufs Gas, die Bullen stoben zur Seite. Mit wildem Kreischen schoss der Transporter auf das Polizeiauto zu, rammte es knirschend, raste dann über den Bordstein und wieder auf die Straße und um die nächste Ecke.

Ich schrie: »Bleib stehen, bleib einfach stehen!« Der Sickinger würgte. Mit quietschenden Reifen jagten wir erneut um eine Kurve, eine Straße entlang, wieder um eine Kurve und dann in eine Einfahrt. Mir wurde schwindlig. In einem Innenhof hinter großen Mauern kamen wir schlitternd zum Stehen. Ganz in der Nähe dröhnten Sirenen, Blaulicht raste an der Hofeinfahrt vorbei. Fred sprang aus dem Auto, rannte auf das Haus zu. Auch ich stieg aus und duckte mich in den Schatten der Mauer. Erneut raste ein Polizeiauto vorbei, jetzt in die andere Richtung. Hinter mir torkelte der Sickinger aus dem Transporter. Fred bearbeitete die Tür des Hauses mit seinen Fäusten, rief: »Don, wir sind hier!«

Ein fetter Mann mit rotem Gesicht, der in einen hellgrauen Kimono gekleidet war, riss die Haustür auf. »Das wurde auch Zeit, Anwalt. Schlüssel!« Er kam mit quatschenden Badelatschen nach draußen, streckte Fred die Hand hin, und Fred legte den Transporterschlüssel darauf. Der Don trat auf die hintere Tür des Transporters zu. Ich schlich Richtung Hofeinfahrt. Der Don öffnete die Tür des Transporters. Ich spähte hinüber. Der Innenraum sah recht leer aus. An der Seitenwand stand ein Behälter mit einem merkwürdigen, in Alufolie gewickelten Block. Meine Nackenhaare sträubten sich. Der Don murrte: »Der Schutzdeckel ist abgefallen.«

»Tut mir leid, Don. Ich musste bremsen«, sagte Fred unterwürfig.

»Wann?« Vorsichtig holte der Don das Päckchen heraus.

»Vor ein paar Minuten. Was ist da drin? Als dein Anwalt rate ich dir, verbotene Substanzen zukünftig übers Darknet …«

»Keine Panik, Anwalt«, dröhnte der Don, riss das Päckchen auf und streckte es Fred hin. »Voila, ein echter Special Guest.«

»Was zur Hölle ...«, sagte Fred, und ich kam ebenfalls einen Schritt näher. Der Sickinger pinkelte im Hintergrund. In dem aufgerissenen Päckchen lag etwas, das aussah wie ein großer, saftiger Zwetschgendatschi.

»Kennst du den Werbespruch nicht? Die Werbetafeln hängen überall. Lad dir was Besonderes auf den Teller ein: den Special Guest Zwetschendatschi mit Extrazwetschgen. Einfach special, der Special Guest Zwetschgendatschi.« Der Don rieb sich genüsslich über den dicken Bauch.

»Lecker«, lallte der Sickinger, der zu Ende gepinkelt hatte, »ein Datschi. Wie auf dem Plakat. Das Fred vorher fast umgenietet ...« Er stolperte auf den Don zu.

»Warum in drei Teufels Namen muss ich dir nachts um halb drei einen Zwetschgendatschi vorbeibringen?« Fred war fassungslos, das hörte ich.

»Na, weil der Lieferservice gesagt hat, dass sie nach zwei Uhr keine Confiseriewaren mehr liefern. Erst wieder ab sechs Uhr morgens, und ich frühstücke früher«, sagte der Don in einem Ton, als sei Fred ein bisschen bescheuert. Ich musste vor Erleichterung lachen. In diesem Moment hielt ein ramponiertes Polizeiauto vor der Hofeinfahrt. Die beiden Polizisten stiegen aus.

»Ich muss wohl das Gas mit der Bremse verwech...«, setzte Fred lächelnd an. Neben ihm griff sich der Sickinger mit einer schnellen Bewegung den Zwetschgendatschi des Don und schlug seine Zähne hinein. Fred wurde totenblass. Der Don starrte auf seine leere Hand, zog eine Knarre aus dem Kimono und richtete sie auf den Sickinger. Die Polizisten hatten jetzt ebenfalls Waffen in der Hand. Alle brüllten durcheinander, Kugeln zischten durch die Luft, ich warf mich in den nassen Dreck hinter den Transporter, schützte den Kopf mit den Armen und dachte nur: Nie wieder Zwetschgendatschi!

DER SPECIAL GUEST-DATSCHI

Klassisch wird Zwetschgendatschi mit Hefeteig gemacht. Für Ungeduldige gibt es folgende – sehr leckere – Alternative:

ZUTATEN
1 kg entsteinte und geviertelte Zwetschgen
200 g Mehl
200 ml Milch
1 Ei
3 EL Zucker
3 EL zerlassene erkaltete Butter oder neutrales Öl
1 Päckchen Vanillezucker
½ Päckchen Backpulver

ZUBEREITUNG
Alle Zutaten miteinander verrühren. Den Teig auf ein gefettetes Backblech gießen. Mit den Zwetschgen belegen. Im vorgeheizten Backofen bei 200° C circa 25 Minuten backen. Vor dem Servieren mit Zimt und Zucker bestreuen. Schlagsahne dazu anbieten.

Mathildas Schlacht
Bettina Brömme

Wir hätten den ganzen Sommer nur vögeln sollen. Dann läge hier jetzt nicht dieser tote Mann. Aber Mathilda hatte Hunger gehabt. Und eben nicht nur auf mich, sondern auf etwas richtig Deftiges. Von knackigen Blut- und Leberwürsten hatte sie geträumt, von Sauerkraut mit Wacholderbeeraroma, Bauchspeck, Meerrettich und einem großen Berg Kartoffelstampf, über den sich zerlassene Butter ergießt.

Wir hatten uns bis zum frühen Nachmittag schon drei Mal geliebt, und ich muss zugeben, dass auch ich mich ausgelaugt fühlte. Entkräftet sozusagen. Wir kannten uns kaum drei Wochen – es war quasi Liebe auf den ersten Blick gewesen –, hatten aber praktisch jeden Tag miteinander verbracht und jede Nacht sowieso. Sie war wie ein Gewitterdonnern in mein Leben getreten, und tatsächlich hatten am Himmel über dem Münchner Dreimühlenviertel die Blitze gezuckt, als ich sie zum ersten Mal gesehen hatte.

Ich hatte die Wohnung nur kurz verlassen wollen, weil ich etwas zu essen brauchte und der Bäcker im Erdgeschoss bald schließen würde. Vor lauter Büffelei auf die letzte Prüfung, die mir noch bevorstand, hatte ich komplett die Zeit vergessen. Und auch, dass ich den ganzen Tag über fast nichts gegessen hatte, nur ein paar verschrumpelte Tomaten und ein labbriges Toastbrot. Plötzlich aber grummelte mein Magen so laut, dass ich den Pschyrembel beiseiteschob, nach meinem Portemonnaie griff und mit dem Aufzug hinunterfuhr. Ob es um kurz vor sieben in der Bäckerei noch irgendetwas Essbares geben würde, wusste ich zwar nicht, aber falls nicht, würde ich zu Tomaso rübergehen und in der Eisdiele schnell ein Schinkentoast essen. Und einen Espresso trinken. Dann würde es mir leichter fallen, ein paar weitere Stunden zu lernen.

Erst als ich die Tür zur Straße öffnete, bemerkte ich, dass der Himmel tiefschwarz war und die Bäume auf dem Roecklplatz schräg gegenüber vom Wind gepeitscht wurden. Auf dem Spielplatz kletterte weder ein Kind herum, noch saß ein Elternteil mit einem Cappuccino oder einem Hugo auf einer der grünen Bänke. Sogar Tomasos Terrasse – das erkannte ich vom Hauseingang gerade so – war leer. Nun setzte Regen ein, richtiger Starkregen. Aus Richtung der Isar nahm ich einen Blitz wahr, und dann donnerte es schon über mir. Ich stellte den Kragen meines ausgeleierten T-Shirts hoch und spurtete durch die immer dicker werdenden Tropfen die wenigen Meter zum Bäcker. Es genügte, um ziemlich nass zu werden. Ich zog den Kopf tief zwischen die Schultern und kniff die Augen halb zu. Und dann rumpelte ich in sie hinein.

Als sie den Kopf zu mir drehte, erstarrte ich. Ich vergaß den Regen, das Gewitter, meinen Hunger und die bevorstehende Prüfung sowieso. Ich sah nur noch sie. Die Welt um sie herum verblasste um sie herum wie die letzten Töne eines Liebesliedes. Ihre riesigen hellblauen Augen funkelten mich an, ihr breiter Mund verzog sich zu einem Lächeln, Sommersprossen tanzten auf ihrer Nase, und als sie versuchte, die Wassertropfen aus ihrem Gesicht zu verjagen, schüttelte sie den Kopf so heftig, dass mich die Spitzen ihres langen, dicken, blonden Zopfes am Kinn streiften. Ich bemühte mich, nicht auf ihr Shirt zu starren, das von der Nässe fast durchsichtig geworden war – aber ich kam nicht umhin zu erkennen, dass sie wunderschöne Brüste hatte.

»Entschuldigung«, nuschelte ich. Sie wich ein wenig zur Seite, wollte mir Platz machen, damit ich die Bäckerei betreten konnte, die sie wohl gerade verlassen hatte. Sie roch sogar nach Brezen und Gebäck, fiel mir auf, und jetzt erst bemerkte ich, dass auf ihrem Shirt das Logo der Bäckereikette angebracht war. Um die Hüften trug sie eine hässliche, braune Schürze, unter der drahtige Fesseln in weißen Birkenstocks hervorlugten. Wieso hatte ich sie nie zuvor hier gesehen?

»Arbeitest du hier?«, fragte ich und kam mir dümmlich vor wie ein pubertierender Achtklässler. Sie nickte, und ihr Lachen bekam etwas leicht Spöttisches.

»Wollte nur kurz Pause machen«, erklärte sie. Sie deutete auf den Laden hinter sich. »Und da drinnen ist es so heiß, dass ich einfach eine Erfrischung brauchte.« Ich nickte. Und starrte sie weiter an. Herrje! Sag etwas Kluges! Komm schon!

»Ich gehe mit dir rein«, sagte sie da bereits, hob den Arm, und die automatische Tür öffnete sich. Sie nahm ihren Platz hinter der Theke ein, und ich glotzte sie weiter an.

»Was darf es denn sein?«, fragte sie sachlich.

Dich nehme ich, hätte ich am liebsten geantwortet. Am besten unverpackt. Und sofort. Sie war ein wenig drall, aber auf eine gesunde und – ja! – appetitliche Weise. Ob sie nebenher als Model für größere Größen jobbte?

»Wir haben leider nicht mehr viel«, holte sie mich in die Gegenwart zurück, und endlich betrachtete ich die Auslage. Hier lag noch eine einsame Kaisersemmel, dort ein etwas matschiges Stück Bienenstich und hinter ihr im Regal das letzte Viertel eines Vollkornbrotlaibs.

»Ich nehme alles«, sagte ich der Einfachheit halber. Und während sie die Sachen einpackte, raffte ich all meinen Mut zusammen. »Ich bin David«, stellte ich mich vor. »Ich hab dich hier noch nie gesehen.«

»Mathilda. Ich bin neu in der Filiale«, erklärte sie. »Nette Gegend. Wohnst du hier?« Ich nickte und deutete vage nach oben.

»Oh, du wohnst in diesem Neubau?« Sie reichte mir meine Tüten über den Tresen. Ich schob ihr einen Zwanzig-Euro-Schein hin und hoffte, dass sich unsere Finger dabei berühren würden. Sie taten es. Funken stoben. »Schick! Den wollte ich schon immer mal von innen sehen.« Sie grinste. »Bonzenhausen ist ein Dreck dagegen, oder?«

Ich hatte meiner Mutter vor zwei Jahren, als sie mir die Wohnung in der Rodenstock-Garten-Anlage kaufte, gesagt, dass ich das ein wenig übertrieben fände. Aber sie hatte nur gelacht und gemeint, das sei eine Zukunftsinvestition und ich solle mich nicht so anstellen. Sie war gerade mit dem Leibniz-Forschungspreis ausgezeichnet und zur Institutsleiterin benannt worden, und diesen Umstand wollte sie auch für mich gewinnbringend einsetzen. Als ich das erste Mal die nagelneue Wohnung betreten und den Blick über die Isar bis zur Bergkette der Alpen gesehen hatte, hatte ich jeden Widerstand aufgegeben – mir aber gleichzeitig geschworen, niemals Kommilitonen hierher einzuladen. Das wäre zu peinlich gewesen!

»Kann ich mir das Gelände mal von innen anschauen?«, fragte Mathilda weiter, während sie Wechselgeld in meine Handfläche zählte. Ich nickte, und die kurzen Berührungen ihrer Fingerspitzen lösten elektrische Impulse aus, die mich bis in die Zehen kitzelten.

»Klar«, sagte ich, »jederzeit.«

»Dann warte doch kurz, ich sperre eh gleich ab.«

»Gerne. Ich glaube, es hat auch schon wieder aufgehört zu regnen.«

Und so war eins zum anderen gekommen. Erst hatte ich ihr den weiträumigen Innenhof des Rodenstock-Garten-Gebäudes gezeigt, der von rund 250 Wohnungen umfasst wurde. Dann schlenderten wir durch die deutlich abgekühlte Luft das kurze Stück am Ufer des Westermühlbachs entlang, der eigentlich unterirdisch verlief, aber extra für dieses Neubauprojekt an die Oberfläche geholt worden war. An ihn grenzten die Terrassen der Erdgeschosswohnungen. Schließlich zeigte ich ihr die Ecke direkt über dem Bach, in der ich wohnte – im obersten Stockwerk mit großer Dachterrasse und französischen, bodentiefen Fenstern.

»Ui, da hast du bestimmt einen tollen Ausblick!«

Ich sah in den immer noch anthrazitfarbenen Himmel, an dem sich im Licht der Sonne Wolkengebilde auftürmten, die einem Katastrophenfilm entsprungen zu sein schienen.

»Magst du ihn sehen? Den Ausblick.« Ich weiß nicht, woher ich den Mut hatte, diese Worte auszusprechen. Normalerweise waren es immer die Frauen, die den ersten Schritt machten. Aber Mathilda nickte unbekümmert, und wir nahmen den Aufzug hinauf.

Sie hatte wenig Interesse am Blick auf die angrenzenden, zum Teil luxussanierten Gründerzeithäuser rechts und links. Und die Wolken, den Himmel und die Berge betrachteten wir nicht allzu lange. Dafür einander umso intensiver. Ich hatte das Gefühl, sie wollte mich mit ihren Blicken ausziehen. Und ich kann nicht versprechen, dass mein Blick züchtiger ausfiel. Schließlich tat sie einen Schritt auf mich zu, packte mich am Kinn und zog meine Lippen auf ihre. Höchste Zeit, die nassen Klamotten auszuziehen.

Wie gesagt, seitdem sind keine drei Wochen vergangen. Mit Mühe und Not schaffte ich es, zwischen dem Sex ein bisschen zu lernen – immer dann, wenn sie unten in der Bäckerei arbeitete. Ein Teilzeitjob, wie sich herausstellte. Eigentlich studierte sie Psychologie, aber das Geld war ihr ausgegangen, und nun musste sie erst wieder ihr Konto auffüllen. Nach Hause ging sie nur, um frische Klamotten zu holen. Ansonsten war es einfach viel zu praktisch, so wie es war. Sie jobbte ein wenig, ich lernte ein wenig und in ihren Pausen vögelten wir. Und nach Feierabend. Und morgens, bevor sie anfing. Und an den Tagen, an denen sie frei hatte sowieso. So wie an diesem Sonntag. Und weil ich vorgestern meine Prüfung hinter mich gebracht hatte – an das Ergebnis wollte ich lieber nicht denken –, fühlte ich mich heute endlich völlig entspannt. Was auch meiner Libido anzumerken war.

Jedenfalls hatte Mathilda gerade von einer Münchner Schlachtschüssel geschwärmt, und ich hatte das Knurren ihres Magens deutlich gehört. Ich war noch nie auf die Idee gekommen, so etwas zu essen, stand mehr auf Asian Fusion Küche und meinetwegen auch einmal ein echtes Wiener Schnitzel. Aber Schlachtschüssel?

»Du willst also, dass ich dafür aufstehe?«, fragte ich und streichelte über ihre Schulter. Sie schüttelte den Kopf. Wir lagen nackt in meinem Kingsize-Bett, und während ich an einem eiskalten Radler trank, scrollte sie auf dem Laptop herum, auf der Suche nach einer Möglichkeit, sich eine Schlachtschüssel bringen zu lassen. Die üblichen Lieferservices boten einem Gerichte aus der ganzen Welt von Japan über Vietnam, Indien, China und Mexiko bis in die Türkei, nach Italien oder Spanien und wieder zurück. Die Auswahl an deftigen deutschen Speisen war eher gering.

»Eigentlich würde ich ja rüber in die Thalkirchner gehen und beim Metzger Bauch selbst einkaufen«, sagte Mathilda und schob ein wenig die Unterlippe vor. »Aber der hat ja heute zu.« Ich küsste ihren Oberarm und überlegte, ob eine weitere Runde in der Horizontalen nicht unseren Hunger vergessen machen würde.

»Ich weiß was«, sagte Mathilda erleichtert, und sie rief Google Maps auf. »In der Reifenstuelstraße ist doch so eine deutsche Gaststätte – vielleicht haben die so etwas und bringen es vorbei. Zahlen wir halt einen Aufschlag.«

Ich war auf dem Nachhauseweg von der Bushaltestelle oft an der Lokalität vorbeigegangen und hatte mich immer wieder gewundert, dass hier gefühlt alle sechs Monate ein neues Wirtshaus aufmachte. Das war im

Viertel zwar nicht ungewöhnlich, weil die Vermieter wohl den Hals nie voll bekamen und ständig die Pacht erhöhten, aber dass dies auch in der eher düsteren Ecke des Quartiers gleich unterhalb der Bahngleise ebenso funktionierte, überraschte mich schon. Und immer sahen die neuen Lokale etwas schmuddeliger aus als ihre Vorgänger. Niemals wäre ich dort reingegangen.

Während ich noch fragte: »Meinst du, die haben jetzt offen?«, hatte Mathilda bereits zum Hörer gegriffen und rief dort an. Und sie hatte Glück. Eigentlich lieferte das Lokal nicht, eigentlich machten sie nach dem Mittagsgeschäft auch gerade zu. Aber da wir nur drei Ecken weiter wohnten, einen Lieferaufschlag boten und sie tatsächlich eine Schlachtschüssel, die locker für zwei reichen würde, übrig hatten und froh waren, sie loszuwerden, versprach der Chef, einen Angestellten vorbeizuschicken. Mathilda juchzte, und ihre Augen strahlten so lüstern, wie sie es sonst nur taten, wenn sie mich meiner Klamotten entledigte.

Zwanzig Minuten später klingelte es. Wir hatten uns notdürftig bekleidet mit Shorts und Shirt, mit Rock und Top, und Mathilda war noch immer etwas verstrubbelt. Aus ihrem Zopf waren einige Strähnen herausgerutscht. Als wir die Wohnungstür öffneten, sahen wir, wie sich vom Aufzug ein recht bulliger, glatzköpfiger Mann näherte, eine Styroporbox in seinen muskelbepackten Armen. Er stand bereits fast vor uns, da erkannte ich auf seinem Bizeps das Tattoo einer Schwarzen Sonne und am Hals die Zeichnung einer gereckten Faust, umgeben von keltischem Geschlängel. Noch bevor er den Mund aufmachte, wollte ich mich krümmen, als sei ich jetzt schon von einem Hieb getroffen.

»Einmal Schlachtschüssel?«, brummte der Typ und streckte Mathilda die Box entgegen. Er musterte sie unverhohlen von oben bis unten, und wenn ich seinen Ausdruck richtig deutete, hätte er sie am liebsten jetzt und hier flachgelegt. Eine Gänsehaut überlief mich. Mathilda erwiderte seinen Blick völlig unbeeindruckt. Sie hielt ihm einen Fünfzig-Euro-Schein hin.

»Kann nicht wechseln«, sagte der Kerl und kam noch etwas näher. Ich spürte, dass er mir hektische, kurze Blicke zuwarf, und ich ahnte, dass er sich schon einen passenden Satz bezüglich meiner Person zurechtlegte.

»Ich schau mal, ob ich Kleingeld habe«, sagte Mathilda und ging ins

Wohnzimmer. Obwohl mein Herz im Brustkorb hämmerte, wich ich nicht zurück. Dieser Typ kam mir nicht über die Schwelle. Der betrat meine Wohnung nicht. Wir lieferten uns ein kurzes Blickduell, und dann kam er, der Satz. »Nur mal aus Interesse: Du als Neger frisst doch gar kein Schweinefleisch, hab ich recht?«

Dass er mich beleidigte, wunderte mich nicht weiter. Aber dass er dabei auch noch so himmelschreiend dumm war, hätte ich nicht … oder doch, das war ebenso zu erwarten gewesen. Vielleicht verblüffte mich nur, dass er es so unverblümt zeigte.

»Schatz, hast du vielleicht kleine Scheine?«, fragte Mathilda nun und blickte in den Flur. Ich drehte mich kurz zu ihr um, wollte gerade antworten, da merkte ich, dass der Hüne mich mit dem ausgestreckten Arm an die Wand drückte und mit zwei Schritten in der Wohnung war. »Los, sag was, Nigger!« Er spuckte mir die Worte beinahe ins Gesicht.

Hinter ihm fiel die Tür ins Schloss, und in meinem Kopf breitete sich nur ein einziges Wort aus: »Scheiße!«

Der Nazi sah zu Mathilda. »Ich nehm auch den Fünfziger, und was du sonst im Portemonnaie hast«, zischte er und nun legten sich seine Finger um meinen Hals. »Dafür tu ich deinem Negerstecher auch nix.« Er grinste.

Mathilda wich alles Blut aus den Wangen, und sie verharrte stocksteif. Unternimm was, betete ich und spürte, wie der Sauerstoffgehalt in meinem Hirn immer weiter absackte. Ich konnte mich unter dem Griff des Angreifers nicht wehren. War das die berühmte Schockstarre?

»Guck mal, wie jetzt das Weiß in seinen Augen so deutlich hervortritt. Gegen das Schwarz drumrum.« Der Hüne lachte dümmlich. Reflexhaft schloss ich die Lider.

»Hehehe«, gab er von sich.

Und dann hörte ich das Geräusch eines Aufpralls und öffnete die Augen. Es dauerte noch eine Sekunde, bis ich endlich wieder frei atmen konnte. Der Nazi dagegen presste die Fäuste vor seinen Schritt.

»Du Scheißschlampe«, fluchte er, aber da verpasste ihm Mathilda den nächsten Tritt. Und es war nicht einfach ein Tritt. Es war ein kraftvoller und präziser Stoß mit dem ausgestreckten Bein, und da er sich infolgedessen weiter seinen schmerzenden Weichteilen widmete, hatte Mathilda genügend Spielraum, sich ihm so weit zu nähern, dass sie nun mit den Fäusten seinen kahlen Schädel traktierte. Keine Frage – Mathilda war Kickboxerin.

Ich erwachte aus meiner Starre und bemühte mich, sie zu unterstützen. Zu zweit hieben wir auf den Kerl ein, bis er auf dem Boden lag. Zwischendurch warf sie mir einen aufmunternden Blick zu, und ich spürte, dass ich am liebsten noch länger auf den Idioten eingeschlagen hätte. Doch ich bremste mich. Genau wie sie. Der Typ hatte die Arme seitlich von sich gestreckt, Blut lief aus seiner Nase, und ein Auge würde mit Sicherheit kräftig zuschwellen. Ich habe körperliche Gewalt – natürlich – immer abgelehnt, aber in diesem Augenblick empfand ich nichts als ein Gefühl des Triumphes.

Leider war es einen Augenblick zu früh. Denn schon hatte der Fiesling seine letzten Kräfte mobilisiert, umklammerte meine Beine und zog an ihnen. Ich knallte mit dem Rücken auf den Boden, und mir blieb wieder die Luft weg. Der Kerl beugte sich über mich, holte zum Schlag aus, aber da sprang ihm Mathilda auf den Rücken und riss seinen Arm zurück. Dann malträtierte sie seine Schläfen mit Fäusten, sie versuchte, ihre Finger in seine Augen zu bohren und seinen Kehlkopf zuzudrücken. Doch er drehte sich mit ihr im Kreis, mühte sich, sie mit seinen Ellenbogen zu erwischen. Alles tat mir so sehr weh, dass ich nicht hochkam. Ich konnte das Folgende nur beobachten. Beide schrien nun laut, und er drehte sich immer schneller. Mathilda schlug weiter auf ihn ein, er hatte die Augen geschlossen, und so bemerkte er nicht den kleinen Beistelltisch, der vor der Balkontür stand. Er strauchelte, kippte ungebremst nach vorne, Mathilda fiel von seinem Rücken und schlug hart auf dem Parkett auf. Er aber donnerte mit dem Schädel gegen die Schiebetür. Es tat einen gewaltigen Schlag, doch das Glas hielt stand. Sein Kopf nicht. Mit einem letzten Aufschrei rutschte er zu Boden. Und blieb still liegen.

Mathilda und ich rührten uns ebenso wenig.

»Fuck«, sagte sie schließlich, und das war mein Signalwort, um aufstehen zu können. Zögerlich näherte ich mich dem reglosen Körper. Überall um den Kopf herum hatte sich Blut verteilt. Er hatte eine fette Platzwunde an der Stirn. Ob er nur bewusstlos war? Ich kniete mich neben ihn, während Mathilda laut und hektisch atmete. Offensichtlich wurde ihr gerade klar, was passiert war. Zum ersten Mal konnte ich Kenntnisse aus meinem Medizinstudium anbringen und fand auf Anhieb seinen Puls. Beziehungsweise die Stelle, wo sein Puls hätte sein sollen. Denn da war keiner. Ich hielt meine Hand vor seine Nase. Spürte null Atemhauch. Ich sah zu Mathilda, schüttelte den Kopf.

»Und jetzt?«, fragte sie.

Ich hob die Schultern, ließ sie fallen. »Keine Ahnung. Wir müssen die Polizei holen. Es war doch Notwehr.«

»Und meinst du, die glauben, was wir ihnen erzählen werden?«

Wieder antwortete ich nur mit einem Schulterzucken. Mittlerweile wusste ich, dass Mathilda in einem der wenigen Problemviertel der Stadt aufgewachsen war. Dass sie Polizeiwillkür ebenso erlebt hatte wie dealende Jugendliche, prügelnde Väter und betrunkene Mütter. Dass sie einen weiten Weg gegangen war, um Psychologie studieren zu können.

Ratlos starrten wir auf den toten Körper. Dann ging Mathilda auf den Balkon. Ich sah sie hin und her laufen, sie presste die Handflächen gegeneinander, lehnte sich über das Geländer und stierte in den Himmel. Schließlich kam sie wieder herein. Zu mir und der Leiche. Ohne ein Wort zu sagen, griff sie zum Telefon.

»Rufst du die Polizei an?«, fragte ich. Ihr Zopf flog, als sie den Kopf schüttelte.

»Ja, hi«, sagte sie in einem vollkommen unbekümmerten Tonfall in den Hörer. »Äh, ich wollte nur mal nachfragen, wir haben doch vorhin die Schlachtschüssel bestellt. Leider ist noch nichts angekommen.« Sie lauschte dem Sprechenden.

»Vor einer halben Stunde ist er schon losgegangen, sagen Sie? Okay, merkwürdig.« Sie nickte, hörte weiter zu.

»Na klar, ich sag Bescheid, wenn er da war. Ja, es ist schwierig heutzutage, gutes Personal zu finden. Vielleicht sitzt er irgendwo an der Isar und isst alles auf.« Ihr glockenhelles Lachen flutete den Raum, und sie legte auf. »Und jetzt warten wir, bis es dunkel ist.«

Wir deckten ein Bettlaken über die Leiche und hielten uns den Rest des Tages auf dem Balkon auf. Wie gut, dass ich die oberste Dachterrassenwohnung ohne direkte Nachbarschaft hatte. Und wie gut, dass die Wände so besonders stark schallisoliert waren. Und dass ich zu praktisch niemandem im Haus Kontakt hatte. Während sich die alteingesessenen Viertelbewohner untereinander kannten, vom Spielplatz her, von der Eisdiele, aus der Apotheke, den kleinen Lebensmittellädchen und Cafés, ragte unser Gebäude wie eine Insel der Isolierten aus dem Dreimühleneck heraus. Und sie wirkte so wehrhaft, dass sich keiner aus der Nachbarschaft hierher verirrte.

Die Sonne ging allmählich unter, da erhob sich Mathilda aus der Sonnenliege und huschte an der Leiche vorbei in den Flur. Dort stand noch immer die Styroporbox mit der Schlachtschüssel.

»Ich halte es jetzt nicht mehr aus«, sagte sie und stellte die Box zwischen uns auf den Balkontisch. Sie hob den Deckel ab und nahm die liebevoll angerichtete Platte heraus. Alles war kalt geworden, aber das störte sie nicht weiter. Ich betrachtete sie fasziniert, mit welchem Appetit sie die Blut- und Leberwürste aß, das Sauerkraut verschlang und an den Fleischknochen nagte. Ich selbst bekam keinen Bissen herunter.

»Ah«, machte sie, als sie satt war und streckte sich. »Das war lecker. Und jetzt komm.«

Nur weil wir beide groß und trainiert genug waren, gelang es uns, den schweren Körper bis auf die Balkonbrüstung zu hieven. Wir sahen kurz nach unten, nach rechts und links, aber mittlerweile war es so dunkel, dass uns niemand beobachten konnte. In der Wohnung hatten wir alle Lichter gelöscht. Dann gaben wir dem Toten einen kräftigen Schubs, und er fiel in die Finsternis. Wenige Sekunden später hörten wir, wie der Körper im Westermühlbach aufschlug.

»Bye, bye, Rassist«, flüsterte Mathilda, schlang von hinten ihre Arme um meine Hüften und lehnte ihren Kopf an meinen Rücken. In dem Moment wusste ich, dass ich die Frau fürs Leben gefunden hatte.

Drei Tage später lasen wir in der Zeitung, dass man die Leiche eines stadtbekannten Neonazis aus dem Westermühlbach gefischt hatte. Er wies zwar äußerliche Verletzungen wie eine Platzwunde auf, war aber wohl an einer plötzlichen Gehirnblutung gestorben. Man ging davon aus, dass er entweder mit irgendwelchen Antifa-Typen oder eher noch mit seinesgleichen in Streit geraten war. Im Milieu werde ermittelt, hieß es.

MÜNCHNER SCHLACHTSCHÜSSEL

ZUTATEN (für 4 Portionen)

750 g Sauerkraut
350 g Schweinefleisch
350 g Wammerl, geräuchert (Bauchfleisch)
4 Leberwürste
4 Blutwürste
Schweinszüngerl, nach Belieben
1 Zwiebel
Salz
Pfeffer
Wacholderbeeren
Lorbeerblätter
50 g Schweinefett

ZUBEREITUNG

Das Sauerkraut in einen Topf geben, mit etwas Wasser auffüllen, sodass es gerade eben bedeckt ist. Dann die halbierte Zwiebel, Wacholderbeeren, Lorbeerblätter und das Fett dazugeben. Das gewaschene und gewürzte Fleisch auf das Kraut legen, und alles etwa eine gute Stunde köcheln lassen, bis es weich ist.
Die Würste für 20-30 Minuten in heißes Wasser legen, nicht kochen.
Das Kraut auf einer großen Platte oder in einer flachen Schüssel anrichten, darauf das in Scheiben geschnittene Fleisch und die Würste legen. Dazu reicht man Kartoffelstampf, Semmel- oder Leberknödel sowie Meerrettich. Und wer es gut meint, verwendet natürlich Fleisch in Bio-Qualität.

Die Göttin der Wachsmännchen
Florian Scherzer

Das Ganze war die Idee von der De Luca. Sie hat den Eingang zum Luftschutzkeller gefunden, und sie hat uns dazu gebracht, den Tisch und die Stühle vom Sperrmüll hineinzuzerren. Trotz Absperrung und »Eltern haften für ihre Kinder«. Der Name LSK-Bande aber war nicht von ihr. Der war nahe liegend. Auf dem Kohlenkellerloch stand noch vom Krieg der Hinweis LSK für Luftschutzkeller und wir waren De Luca, Şahin und Kaltenegger. Nicht sehr fantasievoll, aber es passte perfekt.

Die De Luca war eine schräge Type. Laut, frech, waghalsig und, obwohl wir erst zehn waren, redete sie immer wie eine Erwachsene und hochdeutsch. Wenn ich heute so darüber nachdenke, war sie eigentlich ziemlich unangenehm, manche würden sogar sagen, sie war ein vorlautes Arschloch, also ich bestimmt. Aber irgendwie machte sie gerade das zu unserer Anführerin. Sie hatte die Ideen und besorgte uns die Fälle, die wir ermittelten.

Der Kaltenegger, das zweite Detektivclub-Mitglied, war Heimatvertriebener. Also seine Eltern waren Sudetendeutsche, ihm war das alles ziemlich egal. Er war ein Streber, eher in sich gekehrt, bücherwurmhaft, klug und besonnen, aber auch unterkühlt. Ein Alman halt, hatte meine Mutter einmal gesagt. Er wusste alles besser, und wenn er etwas zufälligerweise nicht wusste, wusste er, wo er es herausfinden konnte.

Mit mir als türkischem Gastarbeiterkind waren wir perfekte Beispiele für Randfiguren dieser Zeit: Spaghettifresser, Rucksackdeutscher und Kümmeltürke.

Die De Luca und der Kaltenegger konnten gemeinsam jeden Fall lösen und davon gab es hier im Viertel genug: Der Fall der verschwundenen Fahrradklingeln, der Fall der gestohlenen Gabeln oder der Fall der fremdgehenden Metzgerin (obwohl sie nicht fremdging, sondern nur heimlich Gesangsunterricht nahm). Die De Luca war die Hände und Seele von LSK, der Kaltenegger das Gehirn.

Was meine Rolle war, war nie ganz klar. Ich glaube, ich war hauptsächlich die Wand, gegen die De Luca ihre Ideen-Bälle werfen konnte und sie abprallen ließ, damit sie sie wieder auffangen konnte. Sinnbildlich gesprochen. Und ich war der Essenslieferant. Meine Mutter war davon überzeugt, dass das hiesige Essen fettiger Müll aus Kartoffeln, Butter und Schweinefleisch war, und glaubte zumindest, meine Freunde mit türkischem Essen missionieren zu können. Deshalb gab sie mir immer etwas für alle mit, wenn ich aus dem Haus ging. Ich war also eventuell nur beim LSK, weil meine Mutter so gut kochte. Aber ganz ehrlich unter uns, der wahrscheinlichste Grund, warum ich im Detektivclub dabei sein durfte, war: Den beiden anderen hatte nur das S in LSK gefehlt, und ich war der Einzige mit S im Nachnamen, den sie kannten.

Also 1969, der erste Tag der Pfingstferien. Die De Luca saß zu Hause am Kiliansplatz am Küchenfenster und beobachtete aus Langeweile, wegen des schlechten Wetters oder aus ihrer üblichen Wichtigtuerei die 22er-Tram, die Straße und die Kirche gegenüber. Sie protokollierte alles, was sie sah. Leute, die einkauften, Lieferanten, Passanten …

Um 8 Uhr 11 fiel ihr ein abgerissen wirkender Mann mit einem leeren Rucksack auf, der hinter der Kirche über die Mauer zum Pfarrhaus kletterte. Um 8 Uhr 56 kam er wieder mit einem vollen, relativ schwer wirkenden Rucksack durch den Haupteingang der Kirche heraus. Dabei, so kam es der De Luca zumindest vor, blickte er sich verdächtig oft um. Sie glaubte sich sogar zu erinnern, den Mann schon einmal nach der italienischen Messe gesehen zu haben, wie er aus St. Benedikt geschlichen war.

Sie bestellte sich den Kaltenegger für den nächsten Tag dazu, und sie beobachteten den Mann diesmal gemeinsam. Alles passierte auf die Minute genau wie am Tag zuvor.

Am Nachmittag holten mich die beiden von zu Hause ab, und wir gingen in unsere Zentrale. Die De Luca war überzeugt, dass der Mann von hinten in die Kirche eingestiegen war und die Opferstöcke ausgeräumt hatte, als niemand drin war. Um zehn nach acht, direkt nach der Frühmesse, war der Pfarrer nie da, die Haushälterin beim Einkaufen, und der Mesner saß schon beim Frühschoppen im Bürgerheim. Dass der Mann genau in dem Moment in den Hof einstieg, in dem niemand in der Kirche oder im Pfarrhaus war, konnte doch kein Zufall sein. Der Kaltenegger hielt nichts von der Theorie und sagte, dass der Rucksack, wäre er mit Münzen gefüllt, viel schwerer sein müsste. »Der würde so viel Gewicht gar nicht aushalten und reißen. Da ist eher was anderes drin, vielleicht Messwein. Weil der Mann wie ein Gammler aussieht.« Die De Luca glaubte an den Opferstock, und die beiden diskutierten und konnten sich nicht einigen. Kirchenräuber, Gammler, Kirchenräuber, Gammler und so weiter.

Schließlich entschieden wir uns, am nächsten Tag alles vor Ort zu beobachten. Wir wollten selbst in den Hinterhof des Pfarrhauses, um dem Mann aufzulauern und den Verbrecher bei frischer Tat zu ertappen.

Um sieben gingen wir in die Frühmesse. Für mich war es das erste Mal in einer Kirche, und ich schwor mir, dass es auch das letzte Mal sein würde. Um acht war die Messe endlich aus, und wir versteckten uns im Beichtstuhl. Um sieben nach acht schlichen wir durch die Sakristei in den Hinterhof und sahen, als wir um die Ecke lugten, dass unser Mann schon im Hof war. Er kauerte schmutzig, strubbelig, mit zu großen Klamotten und irgendwie räudig auf dem Boden im Hof und hatte irgendwas in den Händen, mit dem er irgendwas machte.

»Das ist ein Zigeuner, und was er macht, ist auf jeden Fall illegal. Das sieht man sofort«, flüsterte die De Luca. Wir schlichen uns näher heran und sahen, was der Dieb da tat. Er kratzte Wachsreste von den Kerzenständern. Er knibbelte alles bis auf den letzten Rest ab. Dann stand er auf und räumte die Kerzenständer in den Schuppen neben dem Pfarrhaus zurück. Er schaute sich um, öffnete die Mülltonne und lehnte sich hinein, um Kerzenstummel aus dem Abfall zu klauben. Davon gab es in einer Kirche scheinbar unendlich viele. Der Mann war also ein Wachsdieb.

Die De Luca machte Zeichen, uns um die Ecke zurückzuziehen. »Wir beschatten ihn«, flüsterte sie.

Der Mann verließ den Hof durch die Sakristei und lief mehr als er ging die Gollierstraße in Richtung der Baustelle auf dem ehemaligen Brauerei- und Biergarten-Areal an der Schießstättstraße. Später wurde da das Hacker-Betongebirge hingestellt.

Unterwegs sahen wir, wie der Mann beim Milchladen kurz stehen blieb und das Katzenschüsselchen Milch, das da immer vor der Tür stand, in eine leere Bierflasche kippte. Er war also auch noch ein Milchdieb.

An der Ecke Schießstättstraße fing der Mann geduckt zu rennen an. Wir waren zwar recht schnell gegangen, aber scheinbar nicht schnell genug. Denn der Mann war plötzlich verschwunden. Irgendwo hinter dem Holzzaun auf dem riesigen Baustellengelände voller Bäume, Büsche, Baracken, Bombentrichter und Erdkeller.

Am Nachmittag saßen wir wieder in unserer Zentrale. Die De Luca und der Kaltenegger diskutierten. Wobei sie nie miteinander sprachen, sondern immer mit mir. Über Bande sozusagen. Das ging vielleicht anderthalb Stunden so. Hin und her. Ich in der Mitte. Die beiden Genies am Überlegen, ich am Bälle zurückspielen. Ich weiß nicht, ob ich wirklich viel mehr dazu beitrug.

Unsere (ihre) finale Theorie war dann, dass Wachsreste keine Hehlerware waren, weil man sie nicht verkaufen konnte. Nicht einmal im Glasscherbenviertel Westend. Nicht einmal an Zigeuner. Schließlich sei man ja in keinem armen Land mehr und der Krieg seit fünfundzwanzig Jahren vorbei.

Die De Luca erinnerte sich an eine Überschrift aus der Bildzeitung: Wo sind unsere Kinder? Eltern verschwundener Kinder klagen an. »Vielleicht hält der Dieb ja in einem der vielen Verstecke auf dem Bauplatz einen Menschen gefangen. Einen Entführten. Und an dem Ort, wo er ihn eingesperrt hatte, gibt es keinen Strom, und er braucht Kerzenwachs, um selber Kerzen herzustellen.« Wir mussten dem Ganzen weiter auf die Spur gehen.

Am nächsten Tag sahen wir den Mann nicht in den Pfarrhof einsteigen. Am übernächsten glaubten wir, ihn nachmittags aus dem Tengelmann in der Gollierstraße kommen zu sehen. Es war aber nur der verrückte Onkel vom Elektro-Jugo aus der Westendstraße. Fehlalarm.

Trotzdem ließ uns der Fall keine Ruhe.

Am Freitagabend hatten wir uns in der Zentrale so in Rage diskutiert, dass wir uns entschlossen, in das Hacker-Areal einzusteigen und den Mann zu suchen und den Entführten zu befreien. Wir waren von unserer, inzwischen verfeinerten Theorie, dass der Dieb in Wirklichkeit ein Entführer war, überzeugt. Wie es kommen konnte, dass sich drei halbwegs intelligente Zehnjährige gegenseitig so beeinflussen konnten, dass sie all das glaubten, obwohl es hanebüchener war als jedes Schundheft vom Kiosk, kann ich heute nicht mehr nachvollziehen.

Wir patrouillierten also am Holzzaun entlang. Ungefähr da, wo der Entführer nach unserer Verfolgungsjagd verschwunden war. Wir fanden ein loses Brett zum Hindurchschlüpfen, und der Schlaumeier Kaltenegger entdeckte ein paar Stofffetzen daran. »Die stammen von der Jacke des Entführers!«

Wir also hindurch, unsere Taschenlampen an und dem niedergedrückten Gestrüpp hinterher. An der Schießstättstraßenseite des Geländes standen damals noch einige größere Holzschuppen, in denen die Brauerei wahrscheinlich in grauer Vorzeit die Bierkutschen abgestellt hatte oder die Fässer. Es gab auch kleinere Verschläge, Bauwagen und irgendwelche gemauerten Quader, die Eingänge zu Kellern zu sein schienen. Dahinter waren große Linden, dazwischen Hollerbüsche. Damals waren sie mir natürlich nicht aufgefallen. Zehnjährige und Botanik. Aber der Geruch von Hollerblüten versetzt mich heute immer noch an den Abend im Jahr 1969 zurück.

Ob es die Dunkelheit war oder die Menge an Hütten, Schuppen, Bauwagen und Unterständen hier im hintersten Eck des Areals? Jedenfalls kamen wir nicht weiter. Die Spur endete im Gestrüpp, und wir standen da mit unseren Taschenlampen. Nicht mal die De Luca wusste, was zu tun war.

Bis der Kaltenegger eine Beobachtung machte. »Da hinten sind ja ewig viele Katzen. Mindestens zwanzig. Man kann die Augen im Lichtstrahl sehen.« Wir anderen leuchteten ebenfalls in die Richtung und tatsächlich. Da schlichen Katzen um eine Art Eingangsluke, die in einen Keller zu führen schien. »Der Mann hat doch auch die Milch geklaut, oder? Vielleicht hat er die gar nicht für den Entführten gebraucht. Vielleicht hat er damit die Katzen angelockt. Und jetzt sind sie alle hier und warten auf Nachschub.« Die De Luca und der Kaltenegger schauten mich an. »Wenn er recht hat, hat er recht, der Şahin«, sagte die Chefin.

Wir gingen also zur Luke und leuchteten sie ab. Die Katzen schnurrten und gingen uns mit ihrem Durch-die-Beine-Schmeicheln mächtig auf die Nerven.

Die rostige Klapptüre war nur lose auf die Öffnung gelehnt. Wir schauten uns an. Die De Luca nickte und hob den Lukendeckel an. Es roch kellerig, aber trocken.

Einige Stahlschlaufen fungierten als Leiter nach unten. Die De Luca kletterte als Erste und rief: »Die Luft ist rein, kommt runter.«

Ich ging als Letzter. Die Leiter führte in einen aus Ziegeln gemauerten Gang. Wir gingen hinein und mussten über eine Stelle, wo ein Stück Mauer eingestürzt war, klettern. Dahinter stießen wir auf eine breite Holztür.

Wir also hindurch. Dahinter führte der Gang weiter ins Dunkle. Es wurde noch kühler, ein leichter Luftzug zog durch den Keller.

Die beiden anderen gingen weiter, ich leuchtete die Wände ab. Da war eine Stelle, die aussah, als hätte jemand einige Ziegel herausgenommen. In der Nische stand etwas, das mich stehen bleiben ließ: eine kleine Figur. Vielleicht fünf Zentimeter hoch. Ein plumpes Männchen. Arme und Beine waren Würste und der Kopf hatte nur rudimentäre Gesichtszüge. Das Männchen schien zu beten und den Mund flehend geöffnet zu haben. Das Auffälligste für mich in diesem Moment: die Figur war aus Wachs. Plötzlich hörte ich jemanden wie vor Schreck schreien. Ich stellte die Figur zurück und rannte dem Schrei nach.

Nach ein paar Metern hatte ich die beiden anderen eingeholt. Ich sah, dass sie eine Tür, die rechts vom Gang abzweigte, geöffnet hatten und hindurchschauten.

Die Taschenlampen beleuchteten einen kleinen Kellerraum. Der gesamte Boden war mit Figuren, ähnlich der, die ich im Gang gefunden hatte, zugestellt. Auch hier waren in der gemauerten Wand Nischen, in denen ebenfalls kleine Figuren standen. Ich ging einen Schritt in den Raum. Die Figuren hatten auch alle keine Hände und Füße, nur jene Arm- und Beinwürste, die ich schon im Gang gesehen hatte. Jede einzelne schien eine andere Pose einzunehmen. Nur der Gesichtsausdruck war immer der gleiche: weit aufgerissener, flehender Mund und dunkle Augenhöhlen.

»Da haben wir unser Wachs«, flüsterte der Kaltenegger. Er hatte eine Figur genommen und ihren Arm zwischen den Fingern zerdrückt. »Dafür muss der ja jahrelang Wachs gesammelt haben. Wie viele sind das denn? Hundert?«, fragte die De Luca.

Hinter mir huschte es. Ich drehte mich um und sah, dass uns die Katzen hinterhergelaufen waren.

Ich schwenkte meine Taschenlampe über die Figuren am Boden. Mir fiel etwas auf. Hinter der Position und der Gestik der Figuren schien ein System zu stecken. Sie neigten alle ihre Gesichter der Rückwand des Raumes zu und schienen alle ihre Arme wie in einer Art Verehrungsgeste in dieselbe Richtung zu recken. Auch die Figuren in den Nischen. Ich folgte ihnen mit meinem Taschenlampenstrahl bis an die Rückwand des Raumes. Dort war ein großes Sammelsurium aus tausendundein Dingen aufgebaut: Plastikblumen, unterschiedlichste Gläser, Heiligenbildchen, Besteck, Zeitschriftenausrisse, bunte Glasscherben, Flaschen, Fahrradklingeln, Glühbirnen aller Größen, Dosen, Nägel, Schrauben … Lauter Dinge, die irgendwo zusammengeklaut worden waren. Alles war nach Größe und Farbe angeordnet und wie auf einem Altar arrangiert. Rund um einen zentralen Punkt: Eine sitzende Figur, die viel größer war als all die anderen.

Die De Luca und der Kaltenegger hatten es auch gesehen und leuchteten jetzt auch auf die große Figur. Es war die Darstellung einer Frau, die wie schlafend an der Wand lehnte. Ihren Kopf stützte sie auf ihren Brustkorb. Sie hatte einen dunkelblauen Arbeitskittel an. Auf dem Kopf trug sie eine grüne Baskenmütze. Die Göttin der Wachsmännchen.

Ich ging als Einziger auf die große Statue zu. Jetzt war auf einmal ich der Mutigste. Auf dem Kittel stand groß der Schriftzug der Firma Metzeler. Mein Vater arbeitete bei Metzeler und trug dort den gleichen Kittel. Deshalb fiel es mir besonders auf. Um den Kopf der Figur herum war ein Strahlenkranz aus Metzeler-Aufklebern an die Wand geklebt worden.

Im Gegensatz zu den kleinen Männchen war das Gesicht der großen Figur sehr detailliert. Trotzdem war es eher grob gearbeitet und wirkte irgendwie unproportioniert. Man konnte das Alter der dargestellten Frau nicht wirklich schätzen. Ein paar Falten waren in das Wachs geritzt worden, aber die wirkten eher unrealistisch.

Ich ging noch näher heran. Die Lippen waren geschminkt, und an den Augen klebten falsche Wimpern. Ob unter der Kleidung auch Wachs war? Ich hob die Baskenmütze vorsichtig an. Die De Luca quiekte. Ich bekam einen Schreck, weil das Geräusch so untypisch für sie war, und zog das ganze Ding vom Kopf. Darunter war echtes Haar. Schwarze halblange Locken ragten aus der wächsernen Kopfhaut. Ich hörte den Kaltenegger würgen.

Ich nahm mir den Arm der Figur vor und krempelte den Ärmel hoch. Jetzt würgte es auch mich. Denn der Arm ließ sich bewegen. Ich krempelte weiter. Darunter war kein erkaltetes Wachs mehr, sondern trockene, ledrige Haut. Echte Haut. Mit Armhärchen und allem. Normalerweise würde man denken, dass wir drei zehnjährigen Detektive sofort in Panik verfallen und kreischend aus dem Keller laufen würden. Aber wir blieben überraschend cool.

Ich sagte als Erster was. »Das ist eine echte Tote, oder?«

Nach einer Pause antwortete der Kaltenegger leise: »Schaut so aus.«

Die De Luca schluckte und sagte dann: »Da hat einer das ganze Wachs über eine Leiche geschmiert. Warum macht man so was?«

»Vielleicht, um sie zu konservieren? Wie die Ägypter. Keine Ahnung, ob die dafür Wachs genommen haben«, sagte der Kaltenegger.

»Wie die wohl gestorben ist?«, fragte ich.

»Bestimmt ein Mord.« Die De Luca klang schon wieder so, als sei das unbedingt ein Fall für LSK.

Wir standen um die Tote herum und wussten nicht so recht, was wir tun sollten.

Plötzlich zuckte der Arm der Leiche. Wie in einem Gruselfilm. Wir schrien. Es schepperte. Wir rannten los. Den Gang entlang. Aus den Augenwinkeln hatte ich noch gesehen, wie eine Ratte aus dem Ärmel der Toten gekrochen und eine Katze auf sie gesprungen war. Dabei war irgendetwas umgefallen. »Aha«, dachte ich. »Deshalb also die Katzen.«

Wir rannten durch den Gang, die Leiter hoch, den Trampelpfad entlang, durch den Zaun. Erst dort blieben wir stehen und schauten uns gegenseitig mit großen Augen an. »Das wird unser größter Fall!«, strahlte die De Luca. »Morgen um acht hier. Bis dahin Stillschweigen!«

Doch daraus wurde nichts. Der Kaltenegger pinkelte in dieser Nacht vor lauter Angst ins Bett, sein Vater prügelte die Wahrheit aus ihm heraus und schleppte ihn noch um vier Uhr morgens zur Polizei. Er führte sie zum Keller, man nahm alles auseinander.

Am nächsten Tag, einem Samstag, klingelte es um halb acht bei uns an der Tür. »Herr Şahin, Sie sind festgenommen.« Die Polizei nahm nicht etwa mich mit, sondern meinen Vater. Der verstand kaum Deutsch und schaute mich ängstlich an. Ich weinte und dachte »Eltern haften für ihre Kinder«. Mein Vater wurde verhört, meine Mutter, die Kollegen meines Vaters vom Metzeler. Nur ich nicht. Ich traute mich eh nicht, irgendwas zu sagen.

Meine Mutter und ich besuchten meinen Vater in Stadelheim. Es sah nicht gut aus. Die Frau, Azra, war keines natürlichen Todes gestorben. Man hatte aufgrund der Aufkleber herausgefunden, dass die Frau eine Kollegin meines Vaters aus der Fabrik war. Auch eine Türkin. Bei Metzeler war man davon ausgegangen, dass sie in die Heimat zurückgereist war, als sie nicht mehr zum Arbeiten erschienen war. Der Jugoslawe, der neben meinem Vater arbeitete, behauptete dann, dass die Frau und mein Vater immer die Köpfe zusammengesteckt hätten und alle schon darüber geredet hätten, dass die was miteinander haben. Ein anderer Kollege behauptete, dass mein Vater regelrecht besessen von Azra gewesen sei. Der hat ihr jeden Tag was zu essen mitgebracht.

Ich wollte meinem Vater alles erzählen, damit er es der Polizei erklären konnte. Dass wir LSK-ler den Mörder gesehen hatten und wussten, dass mein Vater unschuldig war. Dass wir wussten, woher das Wachs stammte. Damit der echte Mörder eingesperrt werden konnte und mein Vater freikam. Aber ich konnte es nicht. Zu viel Angst vor den Gefängnisaufsehern und der Polizei. Ich war wie erstarrt und habe es meinem Vater nie erzählt.

Mein Vater saß zwei Jahre im Gefängnis. Bis man 1971 den Untermieter der Nachbarin von Azra festnahm. Einen ehemaligen Hilfsarbeiter bei Metzeler. Wegen quasi dem gleichen Mord wie dem von 1969. Er gestand alles, und mein Vater kam wieder frei.

Ich an seiner Stelle wäre in die Türkei zurück. Er aber hat einfach aufgehört, Türke zu sein. Er war davon überzeugt, dass das alles nur passiert ist, weil er kein Deutscher war. Ist es ja auch. Aber seine Schlussfolgerung deshalb, statt sich als Türke gegen deutschen Rassismus zu wehren, lieber zum Deutschen zu werden, war dann doch ungewöhnlich. 1974 hat er sich dann sogar taufen lassen. Aus Ahmet Şahin wurde Alois Falk. Aus Elif Şahin wurde Elvira Falk. Mein Vater wurde zum Bayern. 1977 war aus seinem türkischen ein bayerischer Akzent geworden. 1984 schließlich kam der letzte und größte Ritterschlag. Mein Vater dirigierte den Bayerischen Defiliermarsch auf dem Olchinger Volksfest.

Die Spezialität aus der Küche meiner Mutter war jetzt Schweinsbraten. Ihre Semmelknödel waren legendär. Nur der Krautsalat war etwas fad. Sie machte ihn natürlich inzwischen ohne Kümmel.

WESTEND-MANTI

TEIG	FÜLLUNG	SAUCE 1
500 g Weizenmehl	250g gelbe Linsen	500g griechischer Joghurt
2 Eier	1 Schalotte	2 Zehen Knoblauch fein gehackt
1 TL Salz	1 Lauchzwiebel	ein Spritzer Zitrone
(oder fertigen Strudelteig	eine Handvoll fein gehackte Petersilie	etwas Zitronenabrieb
nehmen)	Salz und Pfeffer	eine Prise Salz
	1 Zehe Knoblauch	
	1 EL Tomatenmark	SAUCE 2
	etwas Gemüsebrühe	150 g Butter
	eine große Karotte	scharfe Paprikapaste (Sambal Oelek)
	1 EL Crème fraîche oder ein Klacks Butter	fein gehackte Minzblätter

ZUBEREITUNG

Alle Zutaten für den Teig vermengen und ausgiebig kneten. Wenn der Teig zu hart wird, noch etwas Wasser hinzufügen und weiterkneten. Vorsicht: Der Teig darf insgesamt nicht zu feucht, aber auch nicht zu trocken werden. Den Teig ruhen lassen.

Für die Füllung Schalotte in Öl glasig braten, dann die Linsen, das Tomatenmark, die Gewürze, den Knoblauch, die Karotte und eine Tasse Brühe dazugeben. So lange mit geschlossenem Deckel bei niedriger Temperatur dünsten lassen, bis die Linsen weich sind, ggf. Brühe nachgießen. Die Linsenfüllung muss eher trocken als flüssig sein. Crème fraîche oder etwas Butter, die frischen, fein gehackten Lauchzwiebeln und die Petersilie unterrühren. Abkühlen lassen.

Den Teig dünn ausrollen und in 3 x 3 Zentimeter große Quadrate schneiden (oder einfach den Strudelteig ein wenig ausrollen und in Quadrate schneiden). Einen Klacks der Füllung in die Mitte legen. Nicht zu wenig. Die Teigtaschen müssen prall gefüllt sein. Dann die jeweils gegenüberliegenden Ecken der Quadrate zu einem Kreuz oben fest zusammendrücken und auf ein bemehltes Tablett legen. Die Taschen müssen fest geschlossen sein. Also lieber noch mal alle »Nähte« zusammendrücken.

Die Teigtaschen für 5 Minuten in leicht simmerndem Salzwasser kochen.

Die Joghurtsauce zusammenmischen und beiseitestellen.

Die Butter in einem Töpfchen erhitzen und die Paprikapaste und die Minze darin anbraten.

Die Teigtaschen auf einen Teller legen, und erst die Joghurtsauce, dann die warme Buttersauce darübergießen.

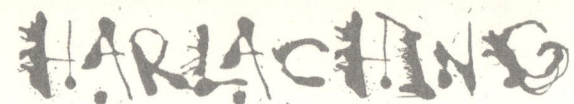

Der Omega
Raoul Biltgen

Heute habe ich sie getötet. Es war an der Zeit. Sie war zu frech, hat sich zu viel getraut. Hat wohl gedacht, ich bin alt und grau, sie kann mir auf der Nase herumtanzen, und ich lass das zu, ich erwisch sie nicht. Ich habe sie erwischt.

Natürlich könnte ich behaupten, ich habe sie anschließend aufgeschlitzt und ihre Eingeweide aus ihrem Bauch gerissen und aufgegessen, um meinen Hunger zu stillen. Aber das wäre gelogen. Ich habe keinen Hunger. Schon lange nicht mehr. Es gehört einfach dazu. Manchmal erinnert man sich daran, wer man mal war. Wer man ist.

Der Fehler war, es heute zu tun. Ich habe die Gelegenheit genutzt. Der Fehler war, dass ich die Geduld verloren hatte. Ich hätte warten müssen. Auf eine andere Gelegenheit. Auf eine bessere Gelegenheit. Auf einen verregneten Tag, einen Schließtag, auf einen Moment, an dem grad nichts los ist. Dann wäre ich nicht dabei beobachtet worden. So aber …

So aber ging der Zirkus los.

Geschreie und Fingergezeige und ein Menschenauflauf, und ich steh da, die blutigen Gedärme hängen mir aus dem Maul. Es nervt. Sie nerven. Wie sie nerven. Ich tu so, als ließe mich das alles kalt, als ließen sie mich kalt, aber das tun sie nicht.

Nur habe ich nicht mehr die Kraft, mich zu ärgern.

Ich kaue die klebrigen Innereien mit offenem Maul, jeder kann sehen, was ich mache, wie es spritzt, das Blut, wenn sich meine Zähne in die Leber bohren, wie das Herz zerplatzt. Die Münder stehen offen. Laut wird die Atemluft eingesogen. Die Augen groß, starr bleibt der Blick.

Das hatten sie nicht erwartet. Nicht hier. Es ist so lange her. Es tut gut. Ich bin gespannt, wie meine Aufpasser darauf reagieren werden. Passt es in ihr Bild? Von mir? Schimpfen sie mich? Locken sie mich in den Käfig, um ohne Gefahr die Überreste der Leiche entfernen zu können? Was tot ist, muss weg. Lächeln sie heimlich dabei, weil sie erkennen, dass ich dann doch nicht zu zähmen bin, nach all den Jahren, und weil sie das im Grunde gut finden?

Den Menschen, die mir beim Fressen zuschauen, passt das ins Bild, das sie von mir haben. Der Große Böse Wolf. Wie oft habe ich es gehört.

Kleine Kinder, die sich mit Müh und Not am Geländer festhalten, um mich erblicken zu können. Und dann schnellen die Finger der Erwachsenen hinter ihnen hoch und zeigen auf mich, siehst du ihn, den Großen Bösen Wolf? Da kommt er, da, hinter dem Baum, da, hinter der Hecke, da, direkt vor deiner Nase.

Sind Kinder blind?

Und was ist, wenn er über den Wassergraben springt?

Das schafft der doch nicht.

Wetten?

Was wettest du? Das schafft der nie, der alte, zahnlose Hund, ganz zerzaust ist er.

Das ist das Winterfell, das er verliert.

Und warum hat er so große Ohren?

Damit er besser hören kann, wie du dich über ihn lustig machst.

Und warum hat er so große Augen?

Damit er besser sehen kann, wie du dir vor Angst in die Hose machst, wenn er seine Zähne fletscht.

Und warum hat er so große Zähne?

Was meinst du wohl?

Der Effekt, wenn ich dann gähne und sie herzeige, meine großen Zähne. Meine unnützen Zähne. Na ja, nicht ganz.

Die Bestie, kaltblütig, das Raubtier, schon wieder haben sie ein Schaf gerissen, haben Sie das gehört?

Eines? Drei, vier, eine ganze Herde. Ein Rudel gibt es da, ein Rudel. Hier im Zoo, schön und gut, aber draußen, in der Natur, was haben die denn da verloren? Die sind gefährlich.

Ach, die paar einsamen Wölfe, die tun doch nichts.

Die Schafe und dann die Hunde und dann die Menschen, ich sag es Ihnen.

Aber schon beeindruckend, so ein Tier mal aus der Nähe zu sehen, finden Sie nicht?

Ja, schon, ja, schon. Aber ein Löwe ist er nicht.

Ich bin ein einsamer Wolf und durchstreife mein Revier, das ein Gehege ist. Ich drehe meine Runde, Runde um Runde, und stell mir dabei vor, wie es wäre, wenn ich einen halben Tag bräuchte, um mein Territorium einmal zu umrunden, zu sichern, zu überprüfen, oder einen ganzen. Dann wär ich nicht allein. Dann wär ich tot. Das weiß ich. Das ist nicht natürlich, so lange zu leben wie ich. Draußen wär ich längst weg. Aufgefressen. Verfault. Vielleicht hätten mich meine eigenen Nachfahren getötet. Oder ein fremder Wolf. Ich frage mich, wo mein Bruder und meine Schwester gelandet sind. Gefressen wurden sie nicht.

Ein einsamer Wolf ist vollkommen absurd.

Sie haben mir meine Taube gelassen. Das wundert mich. Vielleicht später. Sicher später. Alles nicht so dringend, nicht so schlimm. Die Menschen haben sich beruhigt und sind weitergegangen, nachdem ich mich hingelegt hatte und nicht mehr zu sehen war. Ich habe sie immer noch gesehen. Die Nächsten, die vorbeigekommen sind, wussten nicht einmal, dass dort zwischen den Bäumen der Große Böse Wolf sein Schläfchen hält und sich ab und zu die noch vom Blut klebrigen Lefzen leckt. Sie haben geschaut, enttäuscht sind sie weitergegangen, leeres Gehege.

Er hat es gewusst. Da bin ich mir sicher. Ich habe ihn gerochen. Ich habe den Kopf gehoben, da stand er, wie immer, wie fast jeden Tag, angelehnt. Es war seine Zeit.

Er war nicht da, als ich sie getötet habe. Als sie wie jeden Tag unter meine Bäume geflattert ist, um dort nach Samen oder Würmern oder was auch immer zu picken, wo sich die anderen Tauben nicht hintrauen. Ihr Fehler. Er hat es nicht gesehen. Trotzdem grinst er mich jetzt an. Komplize. Seine kleinen Zähne sind genauso gelb wie meine. Jetzt denkt er sich: Siehst du, ich habs dir doch gesagt.

Er trägt ein blaues T-Shirt mit einem einsamen Wolf drauf, der den Mond anheult. Das trägt er oft.

Warum sollte ein einsamer Wolf einen Mond anheulen?
Du und ich, hat er gesagt, du und ich, wir sind einsame Wölfe.
Nichts habe ich gesagt.
Wie wenn er wie ich wär.
Er ist ein Mensch.
Meine Beine sind längst zu schwach, um auch nur den Versuch, über den Wassergraben zu springen, zu wagen. Nein, sie waren nie stark genug. Was liegt hinter dem Wassergraben? Wenn die Menschen weg sind, geht die Welt zu Ende.

Eine Frau stellt sich neben ihn und schaut zu mir rüber. Zuerst rückt er ein wenig von ihr ab, als ob er die Schautafel lesen wollen würde. Die kennt er auswendig. Dann schleicht er sich wieder von hinten an sie ran, ganz dicht. Er nickt zu ihr, er nickt mir zu. Er zeigt mit dem Finger auf sie und macht eine Krallenhand. Dann legt er den Kopf zur Seite und öffnet den Mund, seine gelben Zähne nähern sich ihrem Hals. Er beißt nicht zu. Er schaut zu mir. Die Frau spürt etwas neben ihr, doch da steht er wieder da, wie wenn nichts wär. Majestätisch, sagt er, und grinst. Grinsen ist wie Zähne zeigen. Sie sagt nichts, irritiert. Sie geht.

Siehst du, was hab ich dir gesagt.

Ist das da der Kommissar Rex?, hat einmal ein Kind gefragt.

Seine Mutter hatte mich noch nicht einmal entdeckt. Fast ein Welpe war ich noch, es ist sehr lange her.

Ist das da der Kommissar Rex?

Wo?

Da.

Ach so.

Kommt der und verhaftet der den Papa, wenn er dich haut?

Ich kann mich nicht an meinen Vater erinnern. Hatte ich einen Vater? Hat er mich gezüchtigt, wenn ich ihn genervt habe? Hat er meine Mutter gezüchtigt, wenn ich ihn genervt habe? Er will doch nur spielen, sagen die Menschen. Ein Welpe muss lernen, wo sein Platz ist. Es ist der unterste. Hat mein Vater die anderen Wölfe im Rudel gezüchtigt, wenn sie ihm seine Position streitig gemacht haben? Welches Rudel?

An dieser Stelle, an der sich die Fliegen über das eingetrocknete Blut einer toten Taube hermachen, starb ein Wolf. Jahre ist es her. Durch einen anderen Wolf. Der eine biss dem anderen die Kehle durch. Sie waren Brüder. Ich war nicht dabei. Aber es wird geredet. Auch ich habe mit meinem Bruder gelebt. Auch ich habe meinen Bruder überlebt. Ohne ihn zu töten. Oder? Bin ich der Nachkomme des Brudermörders von Hellabrunn? Habe ich es in mir? Das Töten? Der Große Böse Wolf? Der vor seinesgleichen nicht zurückschreckt. Dazu muss ich niemandes Nachfahre sein, ich bin, was ich bin. Manche sagen, es war ein Gnadenakt, dass der Bruder den Bruder getötet hat, er war alt und krank und hätte das Rudel belastet. Das Rudel hatte aus zwei Tieren bestanden. Die jungen Aufpasser hören die alten Geschichten, ehe sie auf mich aufpassen dürfen. Aber der da ist brav.

Ist das das Alphatier?, fragen die Menschen die Aufpasser, und hören gar nicht hin, dass das so nicht funktioniert im Rudel, dass es um Familie geht, nicht um Macht.

Nein, hatte die Mama zum Kind gesagt, sich umschauend, ob eh niemand gehört hat, was das Kind durch die Gegend gebrüllt hat, das ist nicht der Kommissar Rex. Der Kommissar Rex ist ein braver Hund, den es nur im Fernsehen gibt, aber im richtigen Leben dürfen Hunde keine Wurstsemmeln essen, und sie verhaften auch keine Männer, denen ist das wurscht. Aber das da ist ein böser Wolf, und du weißt, was du tun musst, wenn der böse Wolf kommt?

Husten und pusten und …

Nein, du versteckst dich im Schrank, so wie das kleinste Geißlein in der Uhr, damit er dich nicht sieht.

Und warum versteckst du dich nicht?

Weil er sonst nach dir sucht. Und jetzt gehen wir zu den Pinguinen, magst du Pinguine? Die sind lustig, haben Flügel und können nicht fliegen.

Ein einzelner, im viel zu hohen Gras hinter viel zu dichten Hecken herumliegender Wolf ist enttäuschend. Alle Märchen dieser Welt entpuppen sich als übertrieben. Wenn ich wach werde, schlittere ich nicht durch das übermäßige Gewicht irgendwelcher Wackersteine in meinem Bauch in den Wassergraben und ersaufe elendiglich vor mich hin. Komm, wir gehen zu den Elefanten. Komm, wir gehen zu den Erdmännchen. Komm, wir gehen irgendwo hin, wo wenigstens was los ist.

Ein Jahr später habe ich das Kind wiedergesehen. Wieder gerochen. Mit stapfenden Schritten in grauen Gummistiefeln ging es an meinem Gehege vorbei.

Wohin?, hat ein Mann gefragt.

Den mag ich nicht, hat das Kind gesagt.

Bleib stehen, hat der Mann gerufen.

Das Kind blieb stehen.

Komm her, hat der Mann gesagt.

Das Kind ist zu ihm gekommen.

Da, hat der Mann gesagt, der Wolf.

Das Kind hat genickt, aber mich nicht angeschaut.

Der Wolf, ein erhabenes Tier, hat der Mann gesagt.

Der Wolf ist doof, hat das Kind geflüstert, ganz leise, fast nicht hörbar, für einen Menschen nicht hörbar. Für mich schon.

Nach vielen Minuten erst hat der Mann gemeint: Na gut, dann gehen wir jetzt zu deinen blöden Eisbären, oder was du immer sehen musst.

Da hat das Kind tief in seine Hosentasche gegriffen und mit weitem Schwung etwas in meine Richtung geworfen. Zu meiner Überraschung landete das Etwas auf meiner Seite des Grabens. Das passiert selten. Der Vater hat das Kind angeschaut, wilde Wut in seinen Augen, kurz, dann eine feste Ohrfeige, der Griff zum Arm des Kinds, und er zerrte es weg. Es hat nicht geweint.

Es war eine platt gedrückte Kupfermünze. Auf ihr war ein Pinguin zu sehen. Niemand hat die Münze jemals von dort entfernt. In der Zwischenzeit liegt sie unter zu Erde verrottetem Laub begraben. Riechen kann ich sie trotzdem.

Der Mann ist seither oft gekommen. Immer öfter. Ohne das Kind.

Die Mutter war nie mehr dabei.

Wölfe bleiben ihr Leben lang als Paar zusammen.

Und der Mann hat angefangen, mit mir zu reden. Er hat gesagt: Du und ich. Er hat gesagt: Wir einsamen Wölfe. Er hat gesagt: Manchmal muss man töten, wenn es nicht mehr passt, das weißt du, oder? Wer könnte es besser wissen als du?

Wer könnte es besser wissen als ich, sagt der Mann. Ein Windstoß hat die Federn der toten Taube zum Fliegen gebracht. Er nickt zum Kadaver. Als er die Zähne zeigt, gehe ich ans andere Ende meines Reviers. Aber mein Revier ist ein Gehege, und sein saurer Menschengeruch hängt noch lange schwer zwischen den Bäumen und ätzt in meiner Nase. Ich wünschte, die Aufpasser hätten mich geschimpft und weggedrängt und hätten die Taube gleich entsorgt. Was tot ist, muss weg.

Der Brudermörder wurde zum einsamen Wolf. Wie hätte man den noch in ein Rudel integrieren können? Böser Wolf.

Warum ist denn der so traurig?, hat ein Kind gefragt. Es hing am Rockzipfel seiner Mutter.

Vielleicht weil er allein ist?

Ein Wolf ist nicht traurig, hat der Mann gesagt, plötzlich war er wieder da. Er kniete sich neben das Kind, legte seine Finger an dessen Kinn und drehte ihm sein Gesicht in meine Richtung. Er lauert, hat der Mann gesagt, schau ihn an, schau ihm in die Augen, dort liegt seine Kraft begraben. Siehst du das Blitzen? Der Wolf ist nicht traurig, er ist stark.

Das Kind hat sich dem Griff des Mannes entzogen und wollte weg. Seine Mutter folgte ihm. Nur ihr Blick blieb am Mann hängen, bis sie um die Ecke waren.

Seither kommen die Tauben.

Oder hat es die schon vorher gegeben?

Wo kommen die Tauben auf einmal her? Was haben sie in einem Tierpark verloren? Die sind doch frei.

Meistens flattern sie den Menschen hinterher und picken sich die Krümel von Brezen und Brot von den Gehwegen. Nur anfangs haben sie sich zu mir getraut. Ein Knurren hat gereicht. Und dann die eine. Sie tauchte immer dann auf, wenn ich meine Ruhe am dringendsten haben wollte. Eindringling. Er hat dann zu ihr genickt und mich fragend angeschaut. Und so was lässt du zu?

Ich bin froh, wenn es Abend wird und die Menschen gehen und die Tauben fliegen und er nicht mehr plötzlich dastehen kann.

Das bist du, hat er gesagt und seine Jacke ausgezogen, obwohl es für die Menschen kalt sein musste. Dann hat er sich umgedreht und seinen Rücken frei gemacht. Das bist du, hat er nochmals gesagt. Auf seiner hellen Haut war ein großer Wolfskopf zu sehen. Schwarz und grau. Wir beide, hat er gesagt, sich wieder zu mir drehend, du und ich, wir sind anders als die anderen. Immer noch stand er da mit freiem Rücken, ein hinter ihm vorbeischlenderndes Pärchen schaute erstaunt. Oder angewidert.

Das bin ich nicht auf deinem Rücken. Du bist kein Wolf. Du hast kein Rudel. Und daran bist du schuld. Ich bin kein Kommissar Rex, ich verhafte keine bösen Menschen. Wenn mir wer eine Semmel rüberwirft, lass ich sie links liegen. Mein Vater hat nicht seinen Bruder getötet, ich habe nicht meinen Bruder getötet, ich hatte nie eine Fähe. Ich weiß nicht einmal, was das sein soll, böse. Bin ich böse? Ich bin nicht böse. Lass mich in Ruhe. Ich bin alt und zerzaust, und das hat mit meinem Winterpelz überhaupt nichts zu tun, ich werf mir Wackersteine in den Rachen und spring über den Graben und beiß die Pinguine in den Kopf, und mein Grinsen ist ein Zähnefletschen, wo sind sie denn, deine Frau und dein Kind?

Ich halte mein Maul.

Ich bin ein Wolf.

Ich lecke mir mein eigenes Hinterteil, wenn es juckt.

Nur der ausgestoßene Wolf ist ein einsamer Wolf. Wenn er alt ist und sein Rudel nicht mehr führen kann, begehrt ein anderer auf und macht ihm seinen Platz strittig. Wenn der alte Wolf das überlebt, wird er ausgestoßen. Oder er war von Anfang an schwach und der Sündenbock des Rudels. Dann bleibt ihm nichts anderes übrig, als alleine durch die Gegend zu streunen, auf der Suche nach einem Platz, auf den niemand anderer Anspruch erhebt. Und wenn er den gefunden hat, dreht er seine Runde, Runde um Runde, und schaut nicht mehr hin, was außerhalb seines Reviers vor sich geht. Es ist ihm wurscht.

Der Geruch der vor sich hin faulenden Taube wabert süßlich wie zäher Nebel zwischen den Sträuchern hindurch und geht nicht weg. Vielleicht haben die Aufpasser einfach nicht aufgepasst und nicht gesehen, was ich getan habe. Oder es ist ihnen egal. Ich bin ihnen egal. Was ich tue, ist ihnen egal. Vielleicht hat der Mann mit dem Wolfskopf am Rücken seine Frau durch einen Biss in den Kehlkopf getötet und dann ausgeweidet und die Innereien gegessen. Ich weiß es nicht. Nur das Blut habe ich an ihm gerochen. Ich rieche es an ihm. Jedes Mal. Das bekommt er nicht mehr weg. Es gehört zu ihm. Er ist, was er ist.

Ich trotte zu meiner stinkenden Taube und nage die Knochen ab. Und irgendwelche Menschen deuten auf mich und erklären, so machen es die Omegas, die Letzten im Rudel, die sich mit dem begnügen müssen, was die anderen nicht wollen.

Ich bin der Letzte meines Rudels.

GEFÜLLTE TAUBEN

ZUTATEN
4 Tauben
100 Butter
1 Zwiebel
1-2 Semmeln
100 ml Milch
150 g Hühnerleber
50 g gekochter Schinken
2 Eier
Salz, Pfeffer, Petersilie

ZUBEREITUNG
Die ausgenommenen Tauben waschen und mit Salz einreiben. Die Zwiebel andünsten und zu den in Milch eingeweichten, gut ausgedrückten Semmeln geben. Mit Eiern, geschabter Hühnerleber, kleingeschnittenem Schinken, Petersilie, Salz und Pfeffer vermengen. Damit die Tauben füllen, zunähen und in eine Reine mit heißer Butter geben. Im Backofen bei 200° C unter mehrmaligem Wenden 45-60 Minuten braten, immer wieder mit Butter bepinseln, bis sie goldbraun sind.
Dazu schmecken Petersilienkartoffeln und Salat.

Der Rosenkavalier
Lena Avanzini

Was, du kennst die Frühbeißers nicht? Die in diesem Schickimickibungalow in der Pfingstrosenstraße wohnen? Ja natürlich bei uns in Hadern, wo denn sonst? Die Resl und den Korbinian Frühbeißer? Kennst du nicht? Ja mei, da kann ich dir jetzt auch nicht helfen. Setz dich hin und trink dein Bier. Ich hab zur Feier des Tages einen Kasten Haderner Bräu gekauft, gell, vollmundig, naturtrüb und alles bio. Nimm dir vom Obazdn und sperr deine Ohrwascheln auf, dann erzähl ich dir die Gschicht.

Zugetragen hat sichs letztes Jahr im April. Stell dir einfach vor: blauer Himmel, Sonne und allerlei Tirili und Gesumm in der Luft, von den dazu passenden Gefühlen ganz zu schweigen.

Der Korbinian hat gerade seinen Porsche eingeparkt und den Blumenstrauß vom Beifahrersitz genommen. Vorsichtig, gell, weil: wunderschöner Strauß. Elf langstielige, dunkelrote Rosen.

Aha, denkst du sicher, Liebessymbol, und da gebe ich dir recht. Aber genau genommen war das Rot so dunkel, dass es schon fast schwarz ausgeschaut hat. Und Schwarz natürlich: Farbe des Todes. Aus, Äpfel, Amen. Schwarze Rosen im Besonderen: Drohung! Am Schluss wirst du dir vielleicht auch denken, dass das ganze Unglück nicht passiert wär, wenn die Blumen nicht im Spiel gewesen wären, gell? Oder wenn der arme Tropf ein bisschen mehr Feingefühl in der Farbwahl bewiesen hätte.

Jetzt hat aber der Korbinian (Facharzt für Orthopädie und Unfallchirurgie im Klinikum Großhadern musst du wissen, also Schulmediziner durch und durch; außerdem zweiundsechzig, CSU-Wähler und über

Esoterik kann er nicht einmal lachen) mit Symbolik oder Blumensprache rein gar nichts am Hut gehabt. Dafür umso mehr mit den Frauen. Und ihm war klar, dass alle Frauen Rosen lieben. Durch die Bank. Zumindest die, die er näher (du weißt schon) gekannt hat, und das werden schon so an die achtzig, fünfundachtzig gewesen sein, wenn nicht neunzig – ganz grobe Schätzung, gell, weil gezählt habe ich sie natürlich nicht.

Die Zissi, der der Korbinian die Rosen überreicht hat, ist jedenfalls dahingeschmolzen. Was, die Zissi kennst du auch nicht? Franziska Kroiss, die junge Konditorin, die beim Widmann arbeitet, in der Heiglhofstraße. Wohnen tut sie bloß ein paar Häuser weiter. Blonde Locken, spitznasert, höchstens Mitte dreißig. Ja freilich ist das dem Korbinian sein Gschpusi, was glaubst denn du? Seit anderthalb Jahren schon. Aber jetzt pass auf, und lass mich weitererzählen. Also. Die Zissi hat sich so narrisch gefreut über den Buschen, ganz gerührt ist sie gewesen und noch anschmiegsamer als sonst. Leidenschaftlich sowieso. Kurz: granatenmäßig – so hat jedenfalls der Korbinian ihre Bettqualitäten beschrieben. (Als Putzfrau kriegst du Sachen mit bei den diversen Herrschaften, die willst du gar nicht wissen, gell.)

Leider hat die Zissi schon nach der zweiten Nummer wieder mit dem alten Lied angefangen: Der Korbinian möchte doch endlich Nägel mit Köpfen machen (in Sachen Scheidung) und reinen Wein einschenken (seiner Frau Theresa). So weit die erste Strophe. In der zweiten gehts ums Gegenteil, nämlich aus der Kroiss Zissi eine Franziska Frühbeißer zu machen, standesgemäße Immobilie inbegriffen. Genau, geheiratet will sie werden, die Zissi, jetzt bin ich aber froh, dass du das kapiert hast. Die dritte Strophe, die von einem Bankert handelt und vom unbarmherzigen Ticken der biologischen Uhr, hat sich der Korbinian dann nicht mehr gegeben. Wo kommen wir denn da hin? Er hat ja selber zwei erwachsene Söhne. In drei Jahren ist er in Pension, da geht sein Glust auf Duzi-duzi und Windeln wechseln gegen null. Und mit der Zissi will er seine Gene schon gar nicht vermischen, hat er sich gedacht, weil fesch und sexy und eine tüchtige Konditorin, das schon, aber nicht die hellste Kerze auf der Torte. So hat er das natürlich nicht gesagt, dass wir uns verstehen, er ist ja kein Depp. Herumgeeiert ist er, wie immer. »Schaun wir mal, dann sehn wir schon«, so in der Tonart.

Da ist die Zissi mit ihrem saudummen Ultimatum dahergekommen: Wenn er es der Resl bis zum Wochenende nicht sagt, wird sie es tun. Aber der Korbinian, dieser Saubär, hat sich gar nichts aus der Zissidrohung gemacht. Dem war das Blunzn.

»Kreizkruzefix, du blöde Amsel!«, hat er gesagt. »Die Resl weiß es doch längst!« Und weil Frauen, die Ultimaten stellen, keinen Platz in seinem Leben haben, hat er gleich mit der Zissi Schluss gemacht.

Ein bisschen leidgetan hat es ihm schon, gell. Weil sie so ein williges und biegsames Betthaserl gewesen ist. Aber im Grunde sind sie natürlich alle ersetzbar, sogar die Granaten, hat der Korbinian gewusst. Ihm sind so aus der Hüfte geschossen gleich drei Kandidatinnen eingefallen: An erster Stelle natürlich die Fanny mit dem beeindruckenden Herzkasten, die seiner Resl immer die Haare macht. Zweitens Silberblick-Sina, die ungeschickte Famulantin, von deren gepiercter Zunge er unlängst sehr angeregt geträumt hat. Und zum Schluss, aber nicht an letzter Stelle, die Frau Dr. Ulbrich, seine Kollegin, die immer so tut, als ob sie eine ganz Spröde wäre, aber unter ihrem Ärztekittel trägt sie keinen Slip – darauf hat er jedenfalls mit seinem Spezi Guido gewettet.

Er hat das Bild von dem sliplosen Darunter noch nicht zu Ende gedacht gehabt, da hat die Zissi schon ihre Schleusen geöffnet und zu flennen und trenzen angefangen. Grad als hätte sie seine Gedanken erraten. Dem Korbinian war das peinlich, ja, was denkst du? Er hat sich schleunigst verzupft. Still und leise. Die Rosen hat er auch mitgenommen. Das mit der Liebessymbolik hat jetzt sowieso nicht mehr gestimmt, und schad wärs auch drum gewesen.

Die Resl wird sich bestimmt über die Blumen freuen, hat er sich auf der Heimfahrt gesagt, und dass es vielleicht ganz gut ist, wenn er seinem Eheweib einmal was Schönes mitbringt, einfach so, ganz ohne Anlass. Weil die Resl hätte er niemals verlassen, auch wenn sie bei einem Schönheitswettbewerb keinen Blumentopf mehr gerissen hätte. Nicht dass du glaubst, dass sie eine Krautscheuche ist. Nein, nein, für ihr Alter ist sie noch recht gut erhalten. Dreiundfünfzig ist sie halt. Und du sagst ja selber immer, wie das mit den Weibern über fünfzig ist: Die einen gehen aus dem Leim, da können sie noch so viel Yoga machen. Die anderen kriegen Plissee im Gesicht, da können sie sich noch so viel Botox in ihre Krähenfüße spritzen lassen. Rein optisch verlieren wir Weiberleut im Alter, während gestandene Mannsbilder wie ihr reifer und interessanter werden, so ist es nun einmal. Und der Korbinian hat das natürlich erst recht gewusst.

Was? Du findest, dass das Aussehen nicht so wichtig ist? Weil schnackseln kann man auch im Dunkeln? Aber du darfst ja den Wechsel nicht vergessen! Die Hormone. An ausgelassene, leidenschaftliche Sexspiele mit der Resl hat der Korbinian nicht einmal denken mögen, schon weil sie so furchtbar geschwitzt hat. Und wegen der Abnützung, nach über dreißig Ehejahren, gell. Wegen der Abnützung natürlich auch. Aber das alles hat dem Korbinian nichts ausgemacht. Dafür hat er ja seine Betthaserln gehabt. Und außerdem hat er ganz leicht über die Nachteile seiner Alten hinwegsehen können, weil ein Talent alles aufgewogen hat: das Kulinarische. Kochen hat die Resl nämlich immer schon können. Und wie die Resl kochen kann! Besser als dem Korbinian seine Mutter. Deshalb ist ihm beim Heimkommen jedes Mal das Wasser im Mund zusammengeronnen.

Diesmal auch. Der Korbinian hat die Haustür noch gar nicht aufgemacht gehabt, da hat er es schon gerochen. So einen leicht fischigen, leicht säuerlichen Duft. Er ist sofort in die Küche gestürmt.

»Servus Spatzl, was kochst du Gutes?«

»Hallo mein Schatz, was hast du für wunderschöne Blumen mitgebracht?«

Und während die Resl unter aufrichtigen Dankesbezeugungen die Rosen in die große Kristallvase gestellt hat, hat der Korbinian voll Vorfreude auf den blauen Karpfen im Wurzelsud geschielt. Sein absolutes Lieblingsgericht.

»Dass du dran gedacht hast!«, hat die Resl gesagt und mit feuchten Augen zwischen Blumenstrauß und Korbinian hin- und hergeschaut. »Das hätt ich nicht geglaubt.«

Der Korbinian hat versucht, sich zu erinnern, welchen Jahrestag zum Kuckuck sie meinen könnte. Ihren Geburtstag nicht, da war er sich sicher. Namenstag? Schmarrn, den haben sie nie gefeiert.

»Dass du an unseren Hochzeitstag gedacht hast!«, hat die Resl zum Glück wiederholt, und da war es dann auch dem Korbinian klar.

Da hast du wieder einen Dusel gehabt, hat er sich ins Fäustchen gelacht. Dass sich das mit dem Blumenstrauß so gut ausgegangen ist.

»So wunderschöne Rosen«, hat die Resl ein ums andere Mal gesagt. »Wo hast du die denn her?«

»Ja mei, von der Blumen Heidi halt«, hat er geschwindelt.

»Die müssen ja ein Vermögen gekostet haben.«

»Heute ist ja auch ein besonderer Tag, und für dich ist mir nur das Beste gut genug«, hat der Korbinian Gas gegeben – da hat der Schlawiner es wirklich übertrieben, wenn du mich fragst.

Aber die Resl hat genickt. »Ein besonderer Tag, ja freilich. Deshalb hab ich mir gedacht, warum soll ich dein Lieblingsessen immer nur am Heiligen Abend kochen?«

Und das hat gestimmt. Du musst nämlich wissen, dass die Resl Fisch nicht gut verträgt. Histaminintoleranz heißt das, glaub ich. Und das ist nicht schlimm, weil Wammerl und Knödel verträgt sie bestens, das nur nebenbei. Aber Karpfen eben nicht so. Während der Korbinian sich als gebürtiger Franke (noch dazu aus dem Aischgrund) in den Karpfen blau mit Petersilienkartoffeln und Meerrettichsahne reinlegen hätte können. Vor allem, wenn die Resl ihn zubereitet hat – im Wurzelsud, ganz traditionell, gell, aber geschmacklich vom Feinsten.

Es hat dann auch so köstlich geschmeckt, wie er es sich vorgestellt hat. Genau wie immer. Pass auf, nicht dass ich lüge: fast wie immer. Weil ein ganz kleines bisserl hat die Resl improvisieren müssen. Ihr sind nämlich die Preiselbeeren ausgegangen. Und die gehören zur Meerrettichsahne zwingend dazu. Zeit, um welche zu kaufen, hat sie aber keine mehr gehabt. Jetzt hat sie sich gedacht: Ersetze ich sie halt durch Heidelbeeren. Und die Heidelbeeren hat sie dann püriert und untergerührt, dass die ganze Meerrettichsahne so blau geworden ist wie der Karpfen selber. Das ist streng genommen ein bisschen gegen die Tradition gewesen, aber optisch tipptopp. Geschmeckt hat es auch, sogar noch eine Spur besser als mit den Preiselbeeren, hat der Korbinian bestätigt.

Da war die Resl richtig erleichtert und hat ihm gleich ein zweites Glas vom furztrockenen Silvaner eingeschenkt, der dem Korbinian hintergeronnen ist wie das sprichwörtliche Öl. Ganz sicher war er sich auch nicht mehr, ob es nicht schon das dritte Glas Silvaner gewesen ist. Die Resl selber hat immer noch am ersten Glas genippt und an ihren Salatblättchen geknabbert, während sie ihrem Mann beim Schlemmen zugeschaut hat. Mit großem Vergnügen. Gelächelt hat sie dabei, immer breiter gelächelt, und jetzt ist es dem Korbinian auch aufgefallen.

»Was gibts denn da zu grinsen?«, hat er gefragt.

»Ja mei, mir gfällt halt, was ich seh.«

Da ist er fast ein bisschen rot geworden auf seine alten Tage. »Was? Ich gefall dir?«

»Nicht du!«, hat die Resl prompt gesagt, weil ehrlich wie ein Schluck Wasser, das muss man ihr lassen. »Dass es dir so schmeckt!«

»Mir schmeckt doch immer, was du kochst.«

»Heut freuts mich aber besonders.«

»Heut ist es auch besonders köstlich.«

Und so weiter, gell, das Gespräch hat sich so ein bisschen aufgeschaukelt, der Wein ist geflossen, also zumindest beim Korbinian, ihm ist schon ganz blümerant geworden im Hirn, fast ein bisschen schwindlig, aber Obacht jetzt, weil das ist interessant: Nicht nur im Hirn blümerant, sondern auch an einer anderen, mehr entgegengesetzten Stelle. Warm ist ihm geworden. Geschwitzt hat er! Und lauter wunderliche Gedanken sind ihm gekommen. Zum Beispiel, dass er zum Dessert am liebsten die Köchin vernaschen tät, gleich hier, auf dem Tisch, unter den Augen vom Karpfen (von dem inzwischen nur mehr der Kopf übrig gewesen ist). Er hat den Gedanken noch nicht zu Ende gedacht gehabt, da ist in seiner Hose schon ordentlich was los gewesen. Eine Erektion, sag ich dir, wie ein Halleluja!

»Himmiherrgottsakrament«, hat der Korbinian gesagt. »Das muss aber ein besonders scharfer Meerrettich gewesen sein.« Er ist aufgestanden und zum Platz von der Resl gegangen, damit sie die Beule in seiner Hose bewundern kann. Das heißt, er wollte zu ihr hin. Aber auf halbem Weg ist ihm plötzlich schwindlig geworden. Das Zimmer hat sich gedreht, und wie er sich am Stuhl festhalten wollte, ist der umgekippt. Mit einem Mordsgepolter sind sie beide umgefallen.

Komisch, hat er noch gedacht, nach drei Gläsern Wein – oder warens vier? – war ich noch nie so besoffen. Und so einen Wahnsinnsständer hat er auch schon lang nicht mehr gehabt. Direkt schmerzhaft. Und blöd natürlich, wenn du damit hilflos am Boden liegst und kein Weibsbild auf dir drauf, sondern nur ein Stuhl.

»Ist dir schlecht?«, hat die Resl gefragt und hat ihm auf die Beine geholfen. Aber da ist so ein heftiger Schmerz in seine linke Schulter gefahren, dass er gleich wieder umgekippt ist.

Und dann volles Programm: Schweißausbruch, Atemnot, Stechen in der Brust.

»Resl«, hat er gekeucht. Als Mediziner war ihm sofort klar: Herzinfarkt. »Ruf die Rettung!«

Und die Resl wirklich tipptopp, das muss man ihr lassen, hat sofort reagiert, hat sich das Handy gekrallt und angerufen.

Dem Korbinian ist es immer schlechter gegangen. Herzrasen, Schmerzen, Übelkeit. Und Angst, ja klar, weil wenn du selber Arzt bist und weißt, wie es um dich steht, hast du natürlich erst recht einen Grund, dich zu fürchten. In seinen Ohren hat es gerauscht, und im Hintergrund hat er gehört, wie die Resl telefoniert hat.

»Es ist so weit«, hat sie gesagt, obwohl, das hat irgendwie keinen Sinn für ihn ergeben.

Dann hat er für einige Minuten das Bewusstsein verloren, aber wie er zu sich gekommen ist, hat es schon an der Tür geklingelt. Gott sei Dank, hat er gedacht, der Notarzt.

Und gestaunt hat er, als er seine Kollegin erkannt hat, die Dr. Ulbrich. Dass die nicht nur Meniskuseinrisse behandelt, sondern nebenbei auch als Notärztin arbeitet, ist ihm ganz neu gewesen. Dass sie eine gute Bekannte von der Resl ist, auch. Jedenfalls haben die beiden sich abgebusselt wie dicke Freundinnen.

Im nächsten Moment hat es schon wieder geklingelt.

Aber wenn du glaubst, dass jetzt die Sanitäter gekommen sind, muss ich dich enttäuschen. Der Korbinian hat gedacht, er sieht nicht richtig. Sogar gezwickt hat er sich. Aber keine Halluzination. Es war wirklich die Zissi, die jetzt hereingekommen ist. Sie hat übrigens nicht mehr geflennt, sondern breit gegrinst, wie die Dr. Ulbrich und die Resl auch. Und dann haben sich die drei Grazien an den Tisch gesetzt und miteinander Wein getrunken.

»Hilfe!«, hat der Korbinian schreien wollen. Aber viel mehr als ein Röcheln ist nicht mehr herausgekommen.

»Er ist ja noch gar nicht … tot«, hat die Zissi da ein bisschen ängstlich gestammelt.

»Wird schon«, war der Kommentar von Dr. Ulbrich, so furztrocken wie der Silvaner, von dem die Resl eine neue Flasche aufgemacht hat.

»Ist nur eine Frage der Zeit«, hat die Resl gesagt. »Ich hab mindestens fünf Tabletten hineingemischt.«

»Fünf Viagra?«, hat die Zissi gefragt. Sie ist immer schon ein bisschen begriffsstutzig gewesen.

»Ja freilich«, hat die Resl bestätigt.

»Bei mir hat er auch schon zwei geschluckt. Dann sind es sieben.«

»Das reicht locker«, hat die Dr. Ulbrich gesagt.

»Aber werden die das nicht merken? Ich meine, dieser Dr. Boerne im Fernsehen, der merkt doch auch alles«, hat die Zissi eingewandt.

»Das passt schon«, hat ihr die Resl erklärt. »Wir geben ja zu, dass er die Viagra geschluckt hat. Damit er für den flotten Dreier gerüstet ist.«

»Wieso Dreier?«, hat die Zissi gefragt. »Müsste es nicht ein flotter Vierer sein?«

»Wenn es glaubhaft sein soll, bleiben wir beim Dreier. Der Gerichtsmediziner ist ein Spezl vom Bini. Der weiß genau, dass der mich als seine Alte nicht in seine Rudelbumsereien einbezogen hätte.«

Dem Korbinian ist es jetzt rapide schlechter gegangen, und zwischendurch hat er wieder ein-, zweimal das Bewusstsein verloren.

»Meint ihr nicht, wir sollten ihn wenigstens zudecken?«, hat die Zissi gefragt.

»Tut er dir leid?«

»Immerhin hat er uns wunderschöne Rosen mitgebracht.«

»Schön schon«, hat die Resl zugegeben. »Ein bisschen schwarz halt.«

Jetzt hat die Dr. Ulbrich zufällig gewusst, wo der Korbinian die Rosen hergehabt hat. Und sie hat es den anderen beiden unter die Nase gerieben.

»Nein«, hat sie gesagt, »nicht bei der Blumen Heidi gekauft. Die Rosen stammen aus der Klinik. Zimmer einhundertneun. Von dem Patienten, den der Korbinian vorgestern am Knie operiert hat. Leider hat es Komplikationen gegeben, und der Gute ist letzte Nacht an einer Thrombose verstorben. Ein Ungustl übrigens und ein Weiberer. Vielleicht hat ihm seine Ehefrau deshalb schwarze Rosen mitgebracht.«

Und jetzt pass auf, weil das war der Moment, in dem der Korbinian endgültig den Löffel abgegeben hat. Vielleicht aus Scham, nachträglich, weil er einem Toten die Blumen gestohlen hat. Oder aus Ärger, wegen der verlorenen Wette. Aus seiner liegenden Position heraus hat er nämlich den Slip von der Dr. Ulbrich genau sehen können. Biederste Baumwolle noch dazu!

So, jetzt weißt du, warum der Korbinian Frühbeißer in der Blüte seiner Jahre ins Gras hat beißen müssen. Die drei Weiber sind seither beste Freundinnen. Und die Resl ist fein heraus, weil, das Erbe kann sich sehen lassen.

Ob die Geschichte eine Moral hat, willst du wissen? Du meinst so was wie: Wenn man zum Hochzeitstag Rosen mitbringt, sollten sie nicht schwarz sein, dafür aber selbst gekauft? Schon möglich, denk halt selber nach.

Du schwitzt ja. Ist dir warm? Jaja, das Biobier geht runter wie Öl, gell.

Aha? Dir ist eingefallen, dass du unser Jubiläum vergessen hast? Und jetzt hast du Angst, dass ich zusammen mit der Vroni auch so einen Plan ausgeheckt habe wie die Resl, die Zissi und die Dr. Ulbrich? Was heißt da: welche Vroni? Dein Gspusi mein ich natürlich.

Wie lang ich das schon weiß? Ja, mei. Hast du gehört, es hat geklingelt. Das wird sie sein. Schwindlig ist dir auf einmal? Und Luft kriegst du auch keine? Schad. Sonst hättest du die Vroni selber fragen können, was wir dir in den Obazdn gemischt haben.

KARPFEN BLAU

ZUTATEN

1 Karpfen (ca. 1.8 kg, küchenfertig)
1 Bd. Suppengrün
750 g Kartoffeln
1 l Wasser
1 Lorbeerblatt
4 Pimentkörner
5 Pfefferkörner
1 Prise Zucker
etwas Salz
8 EL Essig
1 Bd. Petersilie (glatt)
200 ml Schlagsahne
3 TL Meerrettich
100 g Preiselbeerkompott
40 g Butter

ZUBEREITUNG

Karpfen vorsichtig waschen, damit die Schleimschicht nicht verletzt wird. Suppengrün putzen, waschen und in Stücke schneiden. Kartoffeln waschen und schälen.

Suppengrün mit Wasser, Lorbeerblatt, Pimentkörner, Pfefferkörner, Salz und Zucker in einen großen Topf geben und aufkochen. Essig ebenfalls aufkochen.

Den Karpfen vorsichtig in den Gemüsesud geben und löffelweise mit dem heißen Essig überziehen, damit sich die Haut «blau» färbt. Karpfen zugedeckt im Sud ca. 25 Minuten dünsten.

Kartoffeln in leicht gesalzenem Wasser 20-25 Minuten kochen. Inzwischen Petersilie waschen, trocken tupfen, von den Stielen zupfen und fein schneiden. Sahne steif schlagen. Meerrettich, 1 Prise Salz und Preiselbeerkompott vorsichtig unter die Sahne heben.

Butter schmelzen. Kartoffeln abgießen, in der Butter schwenken und mit Petersilie bestreuen. Karpfen mit Preiselbeer-Meerrettichsahne und Petersilienkartoffeln servieren. Dazu nach Belieben einen grünen Salat reichen.

BIOGRAFISCHES

Martin Arz, geboren 1963 in Würzburg, ist Schriftsteller, Künstler, Verleger, Hardcore-München-Kenner, München-Safari-Guide und Street-Art-Fan. Er schickte als Krimiautor bisher sieben Mal den taffen Kriminalrat Max Pfeffer auf Mördersuche (*Das geschenkte Mädchen*, *Reine Nervensache*, *Die Knochennäherin*, *Pechwinkel*, *Westend 17*, *Geldsack* und zuletzt *Münchner Gsindl*). Martin Arz veröffentlichte zudem zahlreiche Sachbücher, mehrere historische Romane sowie Kurzkrimis in verschiedenen Anthologien. 2007 gründete er den Hirschkäfer Verlag.
www.martin-arz.de • www.hirschkäfer-verlag.de

Lena Avanzini: Wenn eine Krimiautorin aus einem winzigen, von hohen Bergen umzingelten Land stammt (sprich: aus Tirol), ist sie praktisch darauf angewiesen, ihre Killergriffel ab und zu ins benachbarte Ausland auszustrecken. Mordlust kennt keine Grenzen! Und miese, mordenswerte Machos gibt es überall. Sogar in München. Dass bei ihrer aktuellen Macho-Minimierungsmission auch ein unschuldiger Karpfen sein Leben lassen muss, bedauert Lena Avanzini, die keinem Fisch ein Schüppchen krümmen kann, zutiefst. Sie schämt sich dafür und gelobt, ihr Honorar dem hiesigen Tierschutzverein zu spenden. Mehr Morde und eine Silberfischgeschichte finden Sie unter:
www.lena-avanzini.at

Joachim Biedermann (*1962) Stuttgart, kehrte 1998 zurück zu seinen niederbayerischen Wurzeln und lebte mehr als zwei Jahrzehnte in Passau. Seit Anfang 2020 wohnt er am Ammersee vor den Toren Münchens. Der Vater von drei Söhnen arbeitet als Mikrobiologe im Umweltbereich, wo er sich der Suche nach Kleinstlebewesen widmet. In seiner Freizeit sucht er Orte auf, an denen alles möglich ist: die Welt des Schreibens und des Fantasy-Rollenspiels. Er hat bereits einige Kurzgeschichten in Anthologien veröffentlicht und gewann 2018 den 2. Platz beim Münchner Kurzgeschichtenwettbewerb.

Raoul Biltgen, geboren 1974 in Luxemburg, lebt in Wien. Er ist Psychotherapeut und arbeitet als solcher bei der Männerberatung Wien, am Institut für Forensische Therapie und in einer österreichischen Justizanstalt. Als Schriftsteller verfasst er vor allem Theaterstücke, aber auch Romane und Kurzgeschichten. Raoul Biltgen war schon viermal für den Friedrich-Glauser-Preis nominiert (2014, 2017, 2020: Bester Kurzkrimi, 2018: Bester Roman).
www.raoulbiltgen.com

Bettina Brömme, geboren 1965 in Karlsruhe, ausgebildete und studierte Journalistin, veröffentlichte 1998 ihren ersten Roman. Sie lebt seit etwa 28 Jahren in München, die Hälfte davon verbrachte sie im Dreimühleneck. Als sie damals dorthin zog, mahnten sie die Bogenhausener Nachbarn noch vor dem Glasscherbenviertel. Davon ist schon lange nichts mehr zu sehen, und als sie aus ihrer Mietwohnung in der Dreimühlenstraße auszog, musste sie nur die Tür zuziehen – Renovierungsarbeiten waren nicht nötig. Die Wohnung war längst an einen Investor verkauft und wurde komplett luxussaniert. Doch Kurzkrimis, Jugendbücher, heitere Frauenromane, romantische Liebesgeschichten und Hörbücher schreiben, fremde Texte lektorieren, Schreibseminare mit ihrer Kollegin Beatrix Mannel abhalten oder für den Bayerischen Rundfunk arbeiten, kann man aus der Messestadt ebenso wunderbar. Wenn nicht besser ...
www.bettinabroemme.de • www.münchner-schreibakademie.de

Peter Goldner, geboren in Vorarlberg, ist als vielseitiger Musiker – ausgebildet als Instrumentalpädagoge im Fach Klavier sowie auch als Sänger und Chorleiter tätig – die meiste Zeit in Wien zu verorten. Er schreibt, um auch stillere Saiten zum Klingen zu bringen. Mit schrägen Charakteren wie Elfi, die sich an der Grenze und außerhalb der Gesetze bewegen, ist der Autor aus zahlreichen Opern bestens vertraut. Die Aufregungen solcher Charakterstudien gleicht er mit romantischer Klaviermusik von weniger bekannten Komponisten wie Theodor Kirchner oder Anton Rubinstein und einem guten Glas Wein wieder aus.

Lisa Graf-Riemann, geboren in Passau, hat nach Wanderjahren durch Bayern und Südeuropa in Berchtesgaden Wurzeln geschlagen. Sie war Deutschlehrerin, Redakteurin bei Kindlers Neuem Literatur Lexikon, Lehrwerksautorin, Reisebuchautorin und Polizeidolmetscherin am Flughafen München. Das war ihre Brücke

zur Kriminalschriftstellerin. Seitdem hat sie sieben Krimis und einen Thriller veröffentlicht. Nummer neun erscheint 2021 bei Benevento: *Kurschatten-Affäre. Ein Bad-Reichenhall-Krimi*. Derzeit arbeitet sie an einer dreibändigen historischen Romanreihe mit dem Schauplatz München um 1900, deren erster Band im Herbst 2021 bei Penguin erscheint.
www.graf-riemann.de

Ursula Hahnenberg lebt in Berlin und schon länger nicht mehr in München, aber wen lässt diese Stadt jemals wieder los? Nicht nur schreibend kehrt sie regelmäßig zurück. Fantasie ist ihr täglich Brot, daher sind Ähnlichkeiten zu real existierenden Einstecktüchern oder Dackelhochhebern natürlich rein zufällig. Mehr über ihre Arbeit als Autorin, Lektorin und Coach findet man auf
www.buechermacherei.de.

Julia Hofelich war Rechtsanwältin, ehe sie sich ganz ihrer großen Leidenschaft, dem Schreiben von Krimis, widmete. Ende 2018 erschien ihr erster Kriminalroman *Totwasser* um die Anwältin Linn Geller bei Bastei Lübbe, ein Jahr später der zweite Band der Reihe *Nebeljagd*. Ein weiterer Krimi wird bald erscheinen. Julia Hofelich ist verheiratet und hat zwei Kinder.
www.juliahofelich.de

Thomas Kastura, geboren 1966 in Bamberg, lebt ebendort. Er studierte Germanistik und Geschichte und arbeitet seit 1996 als Autor für den Bayerischen Rundfunk. Er hat zahlreiche Erzählungen, Jugendbücher und Kriminalromane geschrieben, u. a. *Der vierte Mörder* (2007 auf Platz 1 der KrimiWelt-Bestenliste). Unter dem Pseudonym Gordon Tyrie schreibt er Thriller, die auf den Hebriden angesiedelt sind. Zuletzt erschien *Schottensterben* (2020). Für die Erzählung *Genug ist genug* ist er mit dem Friedrich-Glauser-Preis ausgezeichnet worden.
www.connaction-bamberg.de

Iris Leister geriet nach dem Studium von Biologie und Linguistik per Zufall ans Drehbuchschreiben, ging mit einem Stipendium nach Hollywood und wurde für verschiedene Drehbuchpreise nominiert. Sie schrieb für die Hörspielreihe *Der Ohrenzeuge*, den Thriller *Novembertod* und viele z. T. preisgekrönte Kurzgeschichten, von denen eine in einem dänischen Deutschlehrbuch landete. 2016

gewann sie den Friedrich-Glauser-Preis in der Sparte Kurzkrimi. Sie lebt als freie Autorin und Dozentin für erzählendes Schreiben in München.
www.iris-leister.de

Beatrix Mannel studierte Theaterwissenschaften, Neuere Deutsche Literaturwissenschaften, Komparatistik und Italoromanistik in Erlangen, München und Perugia. 1989 schloss sie ihr Studium mit Magister Artium an der LMU in München ab. Nach zehn Jahren als Redakteurin bei diversen Fernsehsendern und der Bavaria München arbeitet sie seitdem als freie Autorin für Radio, Fernsehen und Print. Von ihren über 40 Büchern für Erwachsene, Kinder und Jugendliche wurden viele Romane in andere Sprachen übersetzt. Zusammen mit Bettina Brömme gründete sie 2016 die Münchner Schreibakademie.
www.beatrix-mannel.de • www.münchner-schreibakademie.de

Nicole Neubauer studierte Englische Literaturwissenschaft und Jura in München und London. Nach ihrer langjährigen Tätigkeit als Verbraucherschutzanwältin im Bereich der Wirtschaftskriminalität arbeitet sie hauptberuflich als Krimiautorin. Im Herbst 2020 ist der Kriminalroman *Opferstunde* erschienen, der vierte Fall des grantelnden Münchner Kommissars Wächter. In der Reihe *Mordsmäßig Münchnerisch* ermittelt sie schon zum dritten Mal in ihrer Heimatstadt.
www.nicole-neubauer.com

Manuela Obermeier ist gebürtige Münchnerin und lernte bereits im Kindergarten lesen, weil sie die Texte der Bildwitze in der Zeitung endlich selbst entziffern wollte, statt immer ihre Eltern darum zu bitten. Sie wuchs im Münchner Stadtteil Neuaubing auf und trieb sich natürlich auch in der nahe gelegenen Aubinger Lohe und auf dem sagenumwobenen Teufelsberg herum. Geisterjägerin wurde sie dennoch nicht, sondern ging 1990 als eine der ersten Frauen in Bayern zum uniformierten Dienst bei der Polizei. Sie veröffentlichte drei Kriminalromane mit der fiktiven Münchner Kommissarin Toni Stieglitz sowie ein gutes Dutzend Kurzgeschichten. Manuela Obermeier lebt mit ihrem Mann und einer Schar Hühner in einem gut hundert Jahre alten Haus im Landkreis Fürstenfeldbruck.
www.freude-am-morden.de

Oliver Pötzsch, Jahrgang 1970, war jahrelang Filmautor beim Bayerischen Rundfunk. Zu seinen Romanen gehören die *Henkerstochter-Saga*, aber auch andere historische Romane wie die Faustus-Reihe mit *Der Spielmann* und *Der Lehrmeister* oder *Die Ludwig-Verschwörung*, ein Thriller über Bayerns Märchenkönig Ludwig II. Viele seiner Bücher sind internationale Bestseller. Pötzsch lebt mit seiner Familie in Laim, wo er auch schon seine Kindheit verbrachte.
www.oliver-poetzsch.de

Heidi Rehn, geboren und aufgewachsen im Mittelrheintal, kam zum Studium der Germanistik und Geschichte nach München. Mit Romanen über die gesellschaftlichen, politischen und wirtschaftlichen Entwicklungen in der ersten Hälfte des 20. Jahrhunderts am Beispiel ihrer Wahlheimat München hat sie sich einen Namen gemacht. Zuletzt erschien von ihr ein Roman über die ersten Exiljahre von Erika Mann (*Die Tochter des Zauberers*, Aufbau Verlag) sowie der Auftakt einer Krimiserie aus dem Nachkriegsmünchen (*Das doppelte Gesicht*, Aufbau Verlag). 2014 erhielt sie den Goldenen Homer für den besten historischen Beziehungs- und Gesellschaftsroman. Aktuelle Infos und Termine zu den beliebten Romanspaziergängen »Auf den Spuren von …« in München auf
www.heidi-rehn.de

Ursula Schmid-Spreer hat zahlreiche Kurzgeschichten veröffentlicht, die teilweise vertont wurden, eine Anthologie wurde als Theaterstück adaptiert (*Haus der 13 Mörder*). (Mit)Herausgeberin von 25 Anthologien. Ihrem Lieblingsland Irland hat sie mittlerweile zwei Krimis gewidmet, in ihrer Heimatregion um Nürnberg spielen vier. Im Februar 2021 erscheint der regionale Kriminalroman *Nichts ist vergessen*. Sie arbeitet beim online-newsletter *The Tempest* mit, und sie ist Mitglied bei den Mörderischen Schwestern und beim BVjA sowie die Organisatorin des Nürnberger Autorentreffens.
www.schmid-spreer.de

Florian Scherzer ist gelernter Grafiker und arbeitet mittlerweile als Creative Director in der Kommunikationsbranche. Er stammt aus Dachau und lebt heute nach Stationen in Israel, Paris und Hamburg mit seiner Familie in München. Zum Schreiben kam er, als er eines Tages beim Ausmisten den »Roman«, den er mit hochpubertären sechzehn geschrieben hatte, wiederfand, mit Schamesröte im Gesicht

las und sich dachte: »Das kannst du doch eigentlich besser«. Von Florian Scherzer erschienen die Romane *Neubayern* und *Zeppelinpost* im Hirschkäfer Verlag.
www.aminal.de

Sabine Trinkaus wuchs im hohen Norden hinter einem Deich auf. Zum Studium verschlug es sie ins Rheinland, wo sie nach internationalen Lehr- und Wanderjahren sesshaft und heimisch wurde. Heute lebt sie in Alfter bei Bonn. 2007 begann sie, ihre kriminellen Neigungen in schriftlicher Form auszuleben. Sie veröffentlichte Kurzgeschichten, für die sie einige Blumentöpfe gewann. 2012 begann sie, auch in langer Form zu morden. Bis jetzt erschienen sechs Romane.

Ingrid Werner ist Autorin, Lektorin, Herausgeberin und CharakterCardsCoach. In der Erich-Kästner-Straße verlebte sie glückliche Jahre, ohne jemals unliebsamen Besuch zu bekommen. Inzwischen wohnt sie im niederbayerischen Rottal, aber mit dem Herzen (und krimineller Energie) ist sie ihrer Geburtsstadt München treu geblieben.
www.werner-ingrid.de

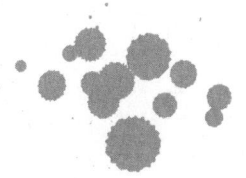

HEIMAT-NOIR

Ingrid Werner (Hrsg.)
Mordsmäßig Münchnerisch • 20 Stadtteilkrimis & 20 Rezepte

Eine lesenwerte Blutspur quer durch zwanzig Münchner Viertel ziehen:

Martin Arz, Joachim Biedermann, Bettina Brömme, Angela Eßer, Werner Gerl, Lisa Graf-Riemann, Beatrix Mannel, Ursula Hahnenberg, Thomas Kastura, Iris Leister, Nicole Neubauer, Ottmar Neuburger, Manuela Obermeier, Ricarda Oertel, Regina Ramstetter, Heidi Rehn, B.a. Robin, Ingeborg Struckmeyer, Ingrid Werner und Moses Wolff

Hirschkäfer Verlag | *3. Auflage* | *2017/18/20* | *224 Seiten* | *12,90 €* | *ISBN 978-3-940839-55-8*

Ingrid Werner (Hrsg.)
Mordsmäßig Münchnerisch 2 • 20 Stadtgeheimnisse

Diese 20 Stadtteilkrimis entführen zu interessanten Münchner Orten abseits von Frauenkirche und Olympiaturm.

Den kriminellen Stadtspaziergang haben für Sie ausgekundschaftet: Lena Avanzini, B.a.Robin, Raoul Biltgen, Bettina Brömme, Max Bronski, Lisa Graf-Riemann, Ursula Hahnenberg, Thomas Kastura, Ivonne Keller, Iris Leister, Nicole Makarewicz, Beatrix Mannel, Nicole Neubauer, Manuela Obermeier, Elke Pistor, Jutta Profijt, Florian Scherzer, Sabine Trinkaus, Ingrid Werner und Fenna Williams

Hirschkäfer Verlag | *2019* | *224 Seiten* | *12,90 €*
ISBN 978-3-940839-59-6

www.hirschkäfer-verlag.de